叶 归

张林峰◎著

文汇出版社

图书在版编目（CIP）数据

叶归 / 张林峰著. — 上海：文汇出版社，2019.11
ISBN 978 - 7 - 5496 - 3058 - 5

Ⅰ.①叶…　Ⅱ.①张…　Ⅲ.① 侠义小说－中国－当代
Ⅳ.①I247.5

中国版本图书馆CIP数据核字（2019）第255189号

叶　归

著　　者 / 张林峰

责任编辑 / 甘　棠
封面装帧 / 薛　冰

出版发行　文匯出版社
　　　　　上海市威海路755号
　　　　　（邮政编码200041）
经　　销 / 全国新华书店
排　　版 / 南京展望文化发展有限公司
印刷装订 / 启东市人民印刷有限公司
版　　次 / 2019年11月第1版
印　　次 / 2019年11月第1次印刷
开　　本 / 710×1000　1/16
字　　数 / 250千字
印　　张 / 16.5

ISBN 978 - 7 - 5496 - 3058 - 5
定　　价 / 42.00元

目　录

一

狭 路 相 逢

雪纷飞。

已是入暮时分，驿路两旁灯火渐起。

长孙欣裹紧了裘衣，面色冷峻。她暗中向两边看了看，便又迅速专注行走；只是压低了帽檐，嘴角弯起一弧冷笑。

远处，马蹄声逼近。

还是追来了！长孙欣暗忖。只这转念之间，一骑已飞驰而至。长孙欣头也不抬，赞道："好马！"

"过奖！"对方也不客气。

语落，又驰来两骑，空气中满是肃杀之气。风卷起雪花，拂过众人的脸，刀削一般。长孙欣这才抬起头来，冷眼扫视三人。

为首的便是刚才发话之人，一身貂皮大衣，罩着紫色披风，方脸阔鼻，四旬上下的年纪，正凝目怒视。左面是个书生模样，一袭白衫，手执铁扇；倒是文质彬彬的，却也在打量着长孙欣。右边的赫然是个莽汉，这样的天气赤着上身却也不打紧，浑身涨得通红；一虬须髯将整个嘴都给盖住，龙目星眼的，煞是吓人。

霎时，雪花似乎定住，却又缓缓汇成一股，直逼长孙欣身前。但见她撤去裘衣，当空舞着圈，或大或小；一边身形后移，疾退了两丈站住，运气出掌一抚，那些雪花便被悉数荡开。

那三人业已下马站定，紫衣人抚掌笑道："身手不错啊！"

长孙欣除去风帽，露出一肩黑发，嫣然一笑："好说！"

"可惜这样一个佳人儿，马上便是黄泉孤魂了！"

铁扇破风嘶鸣，白衣书生已欺过身来。顿时无数铁扇幻化，白茫茫一片，长孙欣只视若不见，兀自站定不动。待其近至五尺以内，她便一个鹞子翻身，让过书生；书生执扇扑空，立即合扇为尺，反手向后一击。长孙欣尚在空中，冷冷一笑，便用足尖轻点尺扇，借势弹开，稳稳着地。

雪花簌簌。

虬髯大汉从身后扑来，两把开山大斧娴熟使将出来，霎时长孙欣又被罩在一片斧影中了。

"刷"的一声，她从腰间抽出"情投"软剑，腕上使力，连抖两下，一边合身后仰，贴地向后疾掠。抖势不减，碰着钢斧，那斧来势一滞，再碰再滞，软剑却是一触即离，并不恋战。

虬髯气急败坏，却也无可奈何。只见他腾空而起，双斧合一，泰山压顶而来。凌厉霸道的杀气搅得雪花四散，气流急旋直击长孙欣！

但见她面色一沉，激舞软剑，地上雪花便被激至半空，形成道道屏障；同时她一脚蹬地，向上直跃，软剑护出气波。

雪障被斧气层层撕开，犹如冰湖破裂之声；就在最后一层粉碎后，剑斧交错而过——虬髯单膝落地，身形微颤，身旁的雪掩映出血一样的红。长孙欣后他着地，背向而立，手中软剑渗出血来，空中缓缓落下几缕发丝……

"休得猖狂！"书生又至，却被为首的紫衣人拦住，"现在把东西交出来还可以饶你一命，可别等老夫出手，哼！"

"有本事就来抢咯！"长孙欣甫宁气息，轻声嘀咕，"这么重要的东西，你以为我会随身携带么？"

"找死！"紫衣人连出三掌，呼啸而来。如此迅捷，避之已不及，长孙欣只得硬接。

"哇"的一声，一口鲜血吐出，长孙欣被震飞三丈开外，虎口生裂，半条胳膊耷拉着，倒地不起。

"让我结果了这娘们！"铁扇星闪而过，直取长孙欣。

"铛！"玉箫将铁扇挡开，伴着一声惨叫，书生便飞了出去，重重摔在地上。青影一闪，卷起地上的长孙欣，便已没了踪迹。

　　青衫玉箫，难道是他？紫衣人沉吟片刻，放出信号弹，追了上去。

　　雪越发下得紧了……

二
故 人 重 逢

新月客栈，一间厢房内。一道青影破窗而入，却只是发出一声微响，不曾引起任何人注意。

"意合箫！小天，是你么？"长孙欣面容惨淡，瞥了一眼他腰间玉箫——"你，你回来了？太好了，太，咳咳……"

"别说话了，你伤得不轻。"青衫男子缓缓为她运功疗伤，"现在的我，叫秦归陌。"

……

约莫一炷香后，嘭的一声，客栈大门被踹开，正是紫衣人一行。大厅内，众人本在吃饭，此时却都望向门口。一模样颇为机灵的小二赶紧上前，"几位爷，打尖还是住店？"虬髯大汉扯开嗓门问道："喂，我说，你们有谁见过一个青衣人带着一个受伤的姑娘进来，嗯？""没，没见过……""没看见啊。""我，我也是……"众人应道。

开什么玩笑，这三个是他们能惹得起的？眼尖的人怕都认出来了，他们都是天南宫的人啊！为首的紫衣人正是天南宫四鬼之一的天南魃！秦地这一带，还没有人敢正面和天南宫叫板。退一步讲，就算不知道这三人背景，光看这架势，除非吃饱了撑的，否则也没人敢招惹。

"三哥，怎么办？他们都说没见过。"书生急了。天南魃抬头扫了一眼，"哼，他们跑不远，方圆百里内只有这一家客栈，我就不信他带个受伤的人能跑多远，我们搜！"

三人立即一个个房间搜将起来。至于客栈里其他人，他们哪敢拦啊，除非不要命了！这时候，一直旁观的掌柜却是低声吩咐了贴身小二几句，便不动声色地潜了出去。

"嗯？有动静！"天南魁一掌拍开了门，只见窗户开着，却是一个人影也没有！"三哥！""主人！找到他们了？"书生和大汉也赶了过来。天南魁走进房间，扫视一圈，又盯着窗户，"他们刚走，跑不远，追！""是！""追！"三人迅速从窗口飞了出去！

没有人会注意，此时房梁顶上滴下了一丝鲜血。"唔！好疼！"一声低呼。"嘘，忍着，他们还没走远呢！你就不怕他们折返回来？""有你在，我什么都不怕。"长孙欣面带微笑，"小天，能再见到你，真好！六年了，我以为再也见不到你了！""我这不是回来了么？"秦归陌看着长孙欣，眼中满是怜爱，旋即一皱眉，"你怎么惹到天南宫的人了？"

长孙欣面容一肃，拿出一块信物，低声说了几句，又道："联络书信我也截获了一封，已经遣人送回家族！"秦归陌看到这块信物，也是大吃一惊，听完后更觉事情比想象中还要复杂。

"原来如此，看来他们不抓到你定不会罢休！我估摸着还有追兵！"秦归陌抱着长孙欣跃了下来，"马上他们就会发现上当了！你调息一阵，后院有我白驹，你骑着去柳庄找柳庄主，报我名字即可，我去拖住他们几个！"

"小天，小心点！"长孙欣虽然很相信他，却还是有点担心。"放心，我已经不是六年前的我了，就是天南宫主亲来，怕是也奈何不了我。"秦归陌淡然一笑，"别忘了，我现在，叫秦归陌。"之前长孙欣只觉得这名字好熟悉，这下再一提起，便想起来了。是了，秦归陌，不正是这一年内声名渐起的新晋少侠么？

"小，呃，归陌……"这一改口长孙欣还真有点不适应，"千万小心，我等着你。"秦归陌揉了揉长孙欣的头发，笑道："走了。"

青影一闪，消失不见。

三
你伤了她

　　长孙欣望着空荡荡的窗口发了一会呆，眼中满是担忧之色；旋即又想起多年前两小无猜的二人场景，嘴角忍不住扯起笑来。这一笑不打紧，却也牵动了伤口，不免咳出一丝血。于是长孙欣收起心神，专注调息起来。

　　亏得秦归陌已经将伤治愈了大半，经过半个时辰的调息，长孙欣便已经好转得差不多了。想到天南宫还有追兵，此地并不安全，她决定现在就前去柳庄，等候秦归陌。

　　天色已经完全暗了下来，大雪却仍然没有停的意思。

　　长孙欣朝手心里呵了口气，把裘衣裹紧了些，来到了客栈后院，顺利找到了秦归陌的白驹。不料此马却忽然发癫，扬起前蹄，万万不肯长孙欣近身。长孙欣只道是此马性烈，除去秦归陌，谁都骑将不得。当下会心一笑，正想着凭借长孙一族的驯马秘术好生安抚时，却只闻得一阵异香，便没了知觉。

　　其实寻常迷药怕也对长孙欣无用，只是一来长孙欣此时毫无防备；二来毕竟堪堪伤愈，实力有损；三来嘛，这非寻常迷药，乃是一种新出的独门迷药——绮罗香。

　　……

　　大雪压青松，青松挺且直。三人三骑冲进了一片松林。

　　如今这一片松林，却没了往日的宁静。雪花翻飞中，一株株松树东倒西歪。天南魁三人冲进密林中发泄了一通，越想越不对劲。

"主人，他们跑这么快？"虬髯满是不甘。

"三哥，我们该不会是被耍了吧？"书生起疑着。

不好，中计了！天南魈心中一惊，他们还在客栈！

正当天南魈准备折返时，一个清冷的声音在高空响起："你们，是在找我么？"

三人堪堪回头，一道青影已然袭来。只听得铮铮两声，书生和虬髯大汉就已经抛飞而起，铁扇和双斧也掉落一旁。

太快了！天南魈心中大惊，以他的眼力，虽也能看到一道影子，但想要出手阻止，却仍是没能来得及。

一招，就让书生昏死过去，虬髯大汉虽然嘴里还在哼唧，却也是立即失去战斗力！他更是看出——这，还是因为对方，没有狠下杀手。

夜，静得可怕。俩人就这么对峙着。

天南魈盯着对方手中玉箫，再细想眼前人如此实力，于是试探：青衫玉箫？阁下难道就是近年来风头正劲的秦归陌少侠！

秦归陌嘴角一挑："既然知道，还不快滚！"

"不知我天南宫与少侠有何恩怨？这中间怕是有什么误会。"天南魈强忍着怒气，脸上勉强挤出一丝笑意。只是，任谁看来，这笑委实虚假得很。

"没有什么误会，你伤了她。"秦归陌冷冷道。

"哼，为了一个小丫头，你便要与我整个天南宫为敌？"天南魈咬牙道，语气中竟是有了一丝威胁之意！

"还是这么喜欢仗势欺人，这么多年一点长进都没有！"

天南魈还来不及仔细琢磨那句话，眼前青影一闪，秦归陌出手了！

"莫要以为我真怕了你！"天南魈何等心高气傲之辈，被一个初出茅庐只是有点小名气的年轻人一再羞辱，哪里还忍得住，当即迎了上去，两人战在了一起！

这不交手还好，一交手，天南魈的心猛地一沉！

秦归陌身法太诡异了，不仅仅是速度快，身形更是虚实不定！他自恃内力够高，掌力雄浑，自是不惧这秦归陌。可是秦归陌根本就不跟他拼内力，只是与他斗身法。

待得勉强看清秦归陌的身影，天南魁一掌过去，却只感觉拍在一团棉花上，毫不受力，这让他很是憋屈。

四

杀意陡生

秦归陌也不跟他硬碰硬，就这么仗着身法与之纠缠。

半个时辰后，天南魈跳出战圈，朗声道："小子，你这么缠着我，不就是为了拖住我，好让那小丫头有时间溜走么？"

"怎么？不打了？"秦归陌不置可否。

"那丫头对我们颇为重要，你以为只有我们这一路追兵么？"

"那又怎样，我定要保她。"

"说不定她已经被其他人马抓到了！哈哈哈！"天南魈试图刺激他。

"啪啪！"虽然已经有了防备，但是，天南魈还是硬挨了这俩巴掌。这次，他甚至连对方的影子都没怎么看清，心中大骇：这小子果然保留了实力！

"天南宫很了不起么？呵呵，一群欺软怕硬的家伙罢了！"说这话的时候，秦归陌的眼中第一次有了怒意，满脸冰霜地盯着天南魈，握住玉箫的手都不自觉地紧了紧。

这眼神怎么有点熟悉？天南魈只觉得好像在哪里见过，只是此刻，他的腿微微颤抖。

远处，马蹄声渐渐迫近。

"还是和当年一样蠢。"只一瞬，秦归陌的脸色恢复如常。嘴角又是熟悉的弧度，"小爷我玩腻了，就不陪你们了！"

顿时漫天雪花纷飞，待得天南魈回过神来，却哪里还有秦归陌的影子！没错！就是刚才，秦归陌起了杀心，他分明感觉到了！那眼神，那杀气，虽然只有短短一瞬，但是绝错不了！直到现在，天南魈的双腿还是抖个不停。

十来骑冲进了松林。

最前面的，正是天南宫四鬼之首——天南魈！

之前看到信号弹，他就带着人往这边赶来了！虽然很相信三弟的办事能力，但是此次事关重大，宫主亲自吩咐务必把人抓回，销毁证据！因此，他也丝毫不敢大意，这才急急赶来。却没想到，还是慢了一步。

瞥了一眼倒地的书生和大汉，天南魈面无表情。

"没事吧，三弟。"看着仍在发呆的天南魈，做大哥的还是忍不住关心道，"你和谁交手了？那丫头呢？"

却不料，天南魈回过头，眼神有点呆滞，无厘头地冒出一句："大哥，你说，那小子……会不会是那小子，呃，回来了……"

那一刻，秦归陌确实起了杀心！不仅仅因为天南魈拿长孙欣的安危刺激他，更是因为看到那张嘴脸，看到天南宫的人，他就忍不住想到了过去：黎老伯，放心，我一定会为你们二老报仇的！天南宫的人，全都该死！

只是，看到援兵赶了过来，这才作罢。一方面，自己一时半会解决不掉天南魈，便会陷入众寡困斗，天南宫高手不少，他秦归陌还没那么自负；另一方面，追兵出现，意味着长孙欣那边已经安全脱险。他现在最关心的，便是长孙欣的安危。

至于报仇，来日方长。

这样想着，秦归陌便向柳家庄赶去。

雪，渐渐止住。

……

月朗星稀，雪晴千里。

一片白茫茫中，一道青影穿梭而过，几个纵跃，便已消失在尽头。

"小欣，等着我。"六年了，便是潇洒肆意如他，却也有千言万语，梗在心头。

秦归陌赶到柳家庄的时候，天已经蒙蒙亮了。

"小欣，小欣！"

然而，迎接他的，却只有柳庄主和斐氏兄弟。

五

富 贵 门 使

"贤侄，事情办得怎么样了？"柳庄主关心道，斐氏兄弟也围了上来。

"遇到了一位故人，事情比想象中还要麻烦。"秦归陌略一沉吟，"我让她先行至此，算算时间，应该早到了，诸位不曾见过么？"

众人均是一头雾水。

柳庄主疑惑道："却是不曾有客至此，可是路上出了什么意外？"

秦归陌当下心中一紧，面上却不动声色："我在路上恰好遇到了天南宫的人。"于是便把昨晚种种一一道来。

原本，秦归陌便是打算去天南宫一探究竟，因为，他和天南宫有太多的恩怨情仇。年少时被欺凌，还有黎老伯的惨死，这些年来，无时无刻不在煎熬着他。现在，该是让他们付出代价的时候了！

只是，直到昨晚，他才发觉，事情变得复杂多了——天南宫居然勾结了西域魔教的人！虽然不知道所图为何，但可以肯定的是，这里面有大阴谋！

而此刻，他最担心的，便是长孙欣的安危！甚至，他都有点懊恼，为何自己当时不陪着她一起走呢——尽管自己的出发点是好的，毕竟打斗中很难顾及受伤的她！

可是，秦归陌的脸色终究变了：明明天南宫的追兵都被他引进了松林，难道是魔教的人出手了？

正当众人焦急不解之时，家丁来报——庄外客至。

彼此对视一眼，一行人立即出庄瞧看，但见来者一身华美袍服，雪地掩映下，一片金灿。不等众人问询，那人神态倨傲道："在下富贵门使者。"

秦归陌和斐氏兄弟纷纷看向柳庄主。

"这个老朽倒是略知一二。"柳庄主道，"说起这富贵门，虽是近几年才崛起，不过在这秦地一带，也是大有来头。此门派作风倒也独特，向来是谋财却不害命，并且分据点众多，消息异常灵通。"

"不错，可以夸张一点说，秦地周边，江湖中大事小事，已经发生的，正在发生的，将要发生的，都逃不过我富贵门的耳目。"来者满面自得之色。

柳庄主继续道："而富贵门向来也只是专注敛财，不掺和门派之争，因此小势力敬之畏之，大势力也不愿与之为敌，甚至有时候还有求于富贵门。加上门规森严，手法干净，号称从不害人性命，手上也无甚命案，因此和官府的关系也是极好的。真正是黑白两道都吃得很开。"

"哦？倒是有趣。不知来使何意？"秦归陌懒懒问道。他才不关心什么狗屁富贵门呢，他现在只想找到长孙欣。

"想必这位便是秦归陌秦公子了吧。"富贵门使者也不再倨傲了，转身对着秦归陌深作一揖，道，"小人奉命前来，请公子前往一叙。"

"你家主人认得我？"秦归陌略微好奇，却仍是漫不经心。

"不仅如此，新月客栈也只是我富贵门的其中一处据点，公子的一位好友……"

"你说什么？"秦归陌立刻打断了对方。

长孙欣在富贵门那里！他几乎可以肯定。

"你是说，是你们抓走了长……嗯，我的朋友？"秦归陌眼中杀意涌现。

"公子莫生气，您的朋友我们是请过去的。"那使者也是吓了一跳，略微平缓了下情绪，接着道，"而且，我家主人与公子也是旧识。您……您去了就知道了。"

"谅你也不敢耍什么花招！"知晓了长孙欣的下落之后，秦归陌便与柳庄主告辞，带着斐氏兄弟便前往富贵门去了。

"小欣，等我。"秦归陌心中默念。

初雪乍晴，阳光洒满了大地。

六
薛少门主

一处密室内。

长孙欣已经清醒了过来，只是觉得浑身酸软无力。就着昏暗的光线迅速地检查了一遍，发现自己躺在一张柔软舒适的大床之上，身上还盖着厚厚的被褥。

还好，自己没有被人怎样。长孙欣暗自松了一口气，旋即不由得苦笑起来：这一次瞒着族人偷偷溜出来，只带了一个贴身丫鬟，没想到却接连吃了两个大亏。

丫鬟已经听自己命令带着书信回赵地家族了。上一次最后关头，秦归陌突然出现救了自己；这一次，她又能指望谁呢。

呵呵，果然自己还是不适合行走江湖么？

不过暂时看来，自己并没有生命危险，不知道抓她来此的人，到底是何用意。一边想着，长孙欣挣扎着起身来，却也不敢随意走动。

哗哗哗，三处火光亮起。

突然的亮堂，晃得长孙欣眯起了眼睛。

"哈哈哈，你醒了！"一阵清脆的声音传来，同时一个人影慢慢走来，带着阵阵清香。

适应了这光线之后，长孙欣仔细打量起眼前人来。

却是一位好生俊俏的公子，紫色发带将头发束起，眼神清澈，鼻梁高挺，清瘦的身形着一袭白衫，衬着腰间玉佩，富贵而又超然，更妙的是，周身有着淡淡清香。

长孙欣不由一阵迷醉，旋即清醒过来。

"公子将我掳至此地，有何见教？"说出来的话，倒是不卑不亢。

"本……嗯，本公子向你打听一个人"俊俏公子笑道，"秦归陌你认识吧？你们，又是什么关系？"

最后一句话看似漫不经心，但是长孙欣还是敏锐地感觉到了一丝别样的味道。

紧张？调皮？嗔怒？

眼前人居然认识归陌！应该是后来认识的，而且看起来关系匪浅。但是为了谨慎起见，长孙欣还是冷冷道：

"认识如何，不认识又如何？"

"姑娘莫生气，倒是我鲁莽了。我跟秦大哥是旧识，两年前更是共同经历生死。"说着，忙拉过椅子，"将你请来此地也是我之前考虑不周。来，咱们坐下说。"

"我跟秦归陌从小就认识了，不过后来分开了，这次也是偶遇。"听到这里，长孙欣脸色才缓和下来，"他之前帮我解决了一些麻烦，本来说好在柳家庄汇合的，谁知道……"

"哈哈，真是对不住。"俊俏公子微微尴尬，拍了拍手，马上进来了一个仆从。低声吩咐了几句，那仆从诺了一声便出去了。

"我已经派人去柳家庄请秦大哥了，估计晌午前就能到了。对了，还不知姑娘芳名。"

"长孙欣。"

"长孙姑娘，左右无聊，和我多说说你和秦大哥之间的事情吧。"

……

翌日中午，秦归陌一行终于抵达富贵门。

"秦大哥，我们又见面了！"一袭白衫的俊俏公子出来迎道。

"你是……"秦归陌盯着眼前人，仔细回想了一阵，"薛贤弟！"

"哈哈，来来来，里面请！我已备好美酒佳肴，为你接风洗尘！"

"好！楚地一别，两年有余，今日定要与你喝个痛快！"说着，秦归陌便与斐氏兄弟走了进去，"没想到，大名鼎鼎的富贵门的主人，居然是我贤弟！哈哈！"

"我只是个少门主罢了。"俊俏公子面上笑容一滞，旋即恢复正常，"秦大哥你请坐，长孙姑娘，你出来罢。"

秦归陌刚坐下，一听这话，立马又站了起来：小欣，你果然在这里么？

只见帘后出来一人：薄粉敷面兮，颜如渥丹，亭亭玉立兮，美目流盼。不正是他秦归陌朝思暮想的长孙欣么？

七
酒过三巡

"小欣!"秦归陌激动地迎了上去,握住长孙欣双手,"你没事吧!"

"嗯,一场误会。"长孙欣浅浅一笑,眼中波光流转,胜似千言万语。

"哈哈,是这样的!"薛少门主尴尬一笑,接过话头,"自从楚地一别,一晃两年有余,秦大哥当年风采,小弟记忆犹新!无奈家父急召,而秦大哥又有师命在身,须归沼泽。因此小弟心中虽思念得紧,亦不得相见,哎。"

此时,众人已经依次入席,分宾主坐下。

少门主接着道:"小弟忝为这秦地富贵门少门主,秦大哥这次入秦的消息,我也是一早便知。想着秦大哥一年来已经闯出些许名气来,小弟相见之心日益迫切。便吩咐手下耳目一有秦大哥消息,便马上来报,好请你前来一叙。谁知道手下贪功,不见了你的踪迹之后,竟然鲁莽地将长孙姑娘掳掠至此。实在是小弟管教不周,还望秦大哥恕罪!"

接着,亲自给秦归陌斟满酒,"小弟自罚三杯,先干为敬!"说完,少门主连饮三杯,一气呵成!

"哈哈,无妨!既是误会一场,况且现在人也没事,贤弟也无须自责了。"秦归陌也是豪爽地将杯中佳酿一饮而尽,"哈哈,好酒,痛快!"

"诸位请尽情享用!"

几个仆从鱼贯而出,又是给众人斟酒,又是上菜,少门主极尽地主之谊。

于是,斐氏兄弟自顾吃将起来。

秦归陌对着长孙欣寒暄了几句,便与那少门主把酒言欢,畅聊了起来。

两人话颇投机，不时发出阵阵大笑。

只是，一旁的长孙欣不由得嘟起了小嘴：虽然是一场误会，但是在他的心中，自己真的有那么重要么？还有这个少门主，问了自己半天归陌小时候的事情，显得那么感兴趣。自己起先犹有疑心，现在看来也的确是归陌的朋友，但自己还是觉得怪怪的！

怪在哪里呢？女人的直觉告诉她，这个少门主对秦归陌，关心的有点过分了，这让她心里很不舒服，却又说不出个所以然来。

这样想着，长孙欣便不时拿眼瞧看那少门主。

秦归陌是个粗大条，又是侧对着长孙欣，自然毫无察觉，仍然与那少门主你一言我一语，聊得正起劲。

那少门主正对着长孙欣，却是尽皆看在眼里。面上虽也不动声色，只是每次长孙欣望来的时候，他却要故意为秦归陌斟酒，"来来来，秦大哥，咱们今天不醉不归！"接着俩人又是一阵大笑，少门主故意离秦归陌又亲近了一些，还不忘转头去看一眼长孙欣，嘴角扯起一抹邪魅的笑来。

长孙欣真是看得又气又急，这个少门主，到底演的哪一出。

……

酒过三巡，菜过五味。

此时，少门主起身，屏退了一干仆从，只留了一位黑衣长者守在门口。

众人知晓这少门主是有话说，于是一个个停下了手中碗筷。

"酒足饭饱之后，我们现在来谈谈正事。"许是因为突然的凝重，少门主语气竟有些急促而尖细，胸口一阵起伏；许是因为不胜酒力，面色也略微泛红。

这一切，长孙欣都看在眼里。

"正事？贤弟的意思？"秦归陌诧异问道。

"不错，天南宫！"少门主面色一凝。

众人听了，均是一阵沉默：这富贵门不是向来与世无争么，怎么和秦地第一大势力天南宫有了瓜葛？而且是在这个时间点：他们可是都知道了天南宫意欲勾结魔教的消息！

秦归陌心中虽百般猜想，仍是小心问道："贤弟和天南宫……"

"家父数月前突然失踪，"少门主咬牙道："我怀疑，正是天南宫干的！"

八
拒 绝 合 作

"不仅如此，秦地另外两大势力——雪神谷和地剑阁现在也是日渐式微。因为谷主雪千寻，阁主剑铸天一年前相继失踪，门派中不少高手也是离奇地人间蒸发。"

在座的其余四人都是入秦不久，这些秘辛自然是不知晓。柳庄主或许了解一些，可惜现在他人并不在此。

四人对视，又是一阵沉默，心底却也猜出了个七八分。

秦归陌率先打破沉默："以天南宫的实力和一贯作风，干出这些事来，倒是不足为奇。"

"不错，事情发生后，家父一直在暗中调查。数月前我最后一次见到他时，他隐隐跟我透露，失踪众人恐怕均已遭遇不测，怕是天南宫所为。并且神色颇多顾忌，还说怕是要出大事情，叮嘱我富贵门以后行事尽量低调。"少门主面色一沉，哽咽道："没想到，之后，连家父……也失踪了。"

众人皆是一阵唏嘘。

秦归陌拍了拍少门主肩膀，劝道："贤弟，你也别太担心了，吉人自有天相，伯父一定会没事的。"

"秦大哥！"但见那少门主突然抱住秦归陌，双肩抖动，啜泣起来。

秦归陌只道是薛少主伤心悲恸，情难自抑。便也抱之入怀，好生安慰。便是斐氏兄弟见了，也只是觉得这少门主乃性情中人，并无不妥。

可是，长孙欣却是越看越不对劲，心底里莫名其妙涌起一股醋意。旋即自嘲：我干嘛吃一个男人的醋？

等等，男人？那少门主果真是男人么？长得这么俊俏，声音虽一直低沉温柔，但是偶尔激动时的尖细，还有之前胸口微微的起伏，晕红的双颊，加上初次相见时候身旁淡淡的清香……

再看到此刻依偎在秦归陌怀里的娇俏模样，这一切，令长孙欣豁然警觉：这位少门主，怕是在女扮男装罢！

顿时，长孙欣只觉得一阵晕眩：我的傻哥哥，你就没发现，你的这位生死"兄弟"，竟是个女儿身么……

良久，那少门主回过神来，捋了捋额间有些凌乱的发丝，正色道："虽然家父一直劝诫我行事低调，可是我怎么忍得下这口气。之前我势单力薄，没有办法；近来暗中联络了雪神谷和地剑阁的两位长老，他们也是有感唇亡齿寒，于是达成共识，结盟自保；现在秦大哥你来了，小弟有个不情之请……"

"贤弟说的哪里话。"秦归陌知道对方想说什么，此时不由得又想起了黎老伯夫妇的惨死，冷冷道："便是贤弟不开口，我也不会放过天南宫！实不相瞒，我此次入秦，正是向天南宫寻仇而来！"

少门主一愣，旋即大喜："有秦大哥相助，事必成矣！"

"只是……"秦归陌想到天南宫跟魔教勾结一事，不由皱了皱眉头，对付天南宫，怕是没那么容易啊。

"只是什么？"少门主急道，他等这一天已经很久了，他的父亲到现在还生死未卜，为了父亲，他可以不惜一切代价，"有什么需要的，秦大哥尽管吩咐；至于报酬，但说无妨，富贵门经营这些年，底子还是挺厚实的。"

"不关报酬的事情，贤弟误会了。"秦归陌刚想解释，却被长孙欣一把拉住，后者使了使眼色，微微摇头："富贵门果真财大气粗啊。听说贵派消息灵通，竟是不知此次的真正对手，到时候怕是自己丢了性命不说，还连累了别人！"

"长孙姑娘，你这是什么意思？"少门主略微恼怒。

长孙欣毫不示弱："不好意思，我们，拒绝合作。"

九
想靠自己

"小欣，莫要胡闹。"秦归陌沉声道。

"我才没有胡闹，我知道你在顾虑什么；可是他呢，他并不知道这里面的凶险。"长孙欣急道："我看还是等我回了赵地家族，让我父亲他们多联络几地世家，再一起想想办法吧。"

"不知长孙姑娘世家是？"这个时候，薛少门主好奇问道。

"赵地神驹营。"长孙欣说这话的时候，也是颇为神气。

"原来是神驹营的二小姐，真是失敬。"薛少主微微一愣，显然是没想到长孙欣还有这样一个身份，但是说话的语气间却又是对此不置可否。

"怕还是比不上富贵门呢。"长孙欣揶揄道。

针尖对麦芒……

看到这俩人剑拔弩张的诡异场景，秦归陌赶紧出来打圆场："贤弟，小欣她近日来接连遇险，情绪波动比较大。若是言语间有何冒犯之处，还望贤弟不要介意。"

"哪里哪里，秦大哥言重了。"少门主一副笑颜，很是善解人意。

"我才没有，小天你不要轻易被蛊惑了，就答应合作……"

"关于合作——"秦归陌打断长孙欣，向着少门主言道，"我们晚上再详谈。彻夜未眠，此时倒是有些困乏，我先带着他们下去歇息歇息。"

"也好。福伯你安排一下。"少门主望向门口的黑衣老者。

"好的，少爷。"黑衣老者对着少门主略一躬身，接着转过方向在前引路，"诸位请随我来。"

长孙欣还想说什么，就被秦归陌拉着走了。斐氏兄弟也一起跟了上来。

……

一间厢房内。

"小欣，你怎么回事啊？"秦归陌看着眼前的长孙欣，简直哭笑不得。长孙欣撅起了小嘴，坐在那里一言不发，面色冷淡，对秦归陌也是爱搭不理。

"薛贤弟毕竟是我朋友，之前将你掳来此处确是无心之过，人家不是也道歉了么？"秦归陌继续尝试着，他实在是想不通这二人为何竟是这般不对付。

长孙欣仍是没有反应，只是不时冷哼着。

"我知道了，定是我那薛贤弟此前轻薄于你，我这就去帮你报仇！"秦归陌没辙了，只能出此下策来逗长孙欣。

"哎呀你别闹，不是这个啦！"长孙欣终于开口了："你就这么信任你的那位薛兄弟？天南宫这次可是要勾结魔教的，谁知道这是不是一个圈套。"

"不会的！我跟他是生死兄弟！"秦归陌走近前，揉了揉长孙欣的头发，笑道，"你是在担心这个？"

"生死兄弟？那你知不知道，你的那位好兄弟可是一位女儿身！"长孙欣拨开秦归陌的大手，站起来怒气冲冲说道！

"这……怎么可能？"秦归陌心中震惊，一时也愣住了，口中喃喃：贤弟竟是一直在女扮男装么，这，怎么会呢。小欣，你莫诳我。

"不信的话亲自去问一下不就好了。还生死兄弟呢，是男是女都搞不清楚。"长孙欣冷哼一声，旋即柔情道，"小天，跟我回赵地好不好，我知道你想替黎老伯夫妇报仇，我父亲他们会帮你的。"

长孙欣知道秦归陌从小就倔强，自尊心又强，不肯接受别人帮忙。而且，换作以前，她父亲也不会为此出手。可是这次情况不一样，天南宫勾结魔教就是武林公敌，她父亲他们那些人，是不会坐视不理的。

还有一个重要的原因就是，她长孙欣，不愿意和秦归陌在这里停留，也不想秦归陌就这么和薛少门主合作。非常，非常，不愿意。

恨不得马上就离得远远的。

可是，想到那些世家的嘴脸，想到小时候受到的排挤，秦归陌缓缓摇了摇头："报仇，我更想靠自己。"

十
负气而走

"小天……"长孙欣没有放弃，她讨厌这个地方，讨厌少门主一口一个秦大哥；她想帮助秦归陌，她想留在他身边。

可是——

"好了小欣，报仇的事情我自己会处理好的。"秦归陌转过身，用他的大手轻轻地捋顺长孙欣额前些许散乱的刘海，温柔地笑道，"我必须留在这里等机会。"

"你一定要和富贵门合作么？"长孙欣睁大了眼睛，抿紧了嘴唇。

"我相信薛兄弟……呃，薛大妹子——如果他真是女儿身的话。"秦归陌说这话的时候，明显有点尴尬。

"呵哈哈……那你就留在这吧！"不知道是悲愤还是委屈，长孙欣甩开秦归陌的大手，冲出了房门。

"小欣，小欣！"

秦归陌追了出去，看到那丫头直奔大门而去，知道这妮子是真的生气了。可是，他就是不明白自己错在哪里。她是知道自己的一贯性子的，自己根本不可能去要求她家族帮忙。

苦苦学艺六年，就是为了给自己的养父母黎老伯夫妇报仇的！自己现在是不能离开这里的，他还要去和少门主仔细商量、计划。

不过一想到长孙欣接连的两次遇险，天南宫说不定还在追查他们！秦归陌便不由得担心起来。

长孙欣一口气跑出了富贵门，黑衣老者没有阻拦，少门主也没有挽留的意思——相反，还赠予了长孙欣一匹好马："祝长孙姑娘一路顺风！"脸上还挂着胜利般的微笑：秦大哥，果然是决定留下来了。

　　长孙欣看着那张俊美的脸，咬了咬牙，冷哼一声，也就不客气，纵身一跃，跨上骏马，跟着策马扬鞭，绝尘而去。

　　直到奔出去二三十里地，长孙欣这才停下来，回头看看来时的路，她多么希望秦归陌能够追出来，笑着对她说一句："小欣，我跟你走，跟你去见你父亲。报仇的事情我们一起想办法。"

　　可是——

　　身后却是一个人影儿都没有。

　　哎，我的傻哥哥，你可千万别冲动啊，一定要等我回来。长孙欣已经打定主意：一定要尽快让父亲他们知道天南宫和魔教勾结的消息，这样就能尽早帮到秦归陌了。

　　"驾！"

　　落日余晖中，一骑扬长而去。

　　……

　　"什么？天南宫竟然和魔教勾结上了！"刚刚知道这个消息的薛少门主，显然很是吃惊，"秦大哥，消息可靠么？"

　　"千真万确。我亲眼看过信物。"秦归陌眉头深锁，"正是小欣截获的，她也因此被天南宫盯上了。"

　　"那她现在……"少门主有点不好意思了。

　　"应该是回赵地家族了。"秦归陌淡淡一笑：这小妮子肯定是去请大人物来帮自己了。如果只是天南宫，他秦归陌还真不怵；可是，偃旗息鼓已经二十几年的魔教，这次的动作又是为了什么，秦归陌心里也隐隐不安。

　　二十余年前的那场惨烈大战爆发时，他秦归陌还没出生。甚至，六年前的他，对此也几乎是一无所知。

　　只是后来，在南蛮沼泽边境学艺的那几年，自己的授业恩师——彦一真人，对他讲了诸多秘辛，这才让他认识到魔教的强大和可怕；以及自己的生父，和魔教之间的渊源……

"长孙姑娘这一走，路上不会出什么事情吧？"看到秦归陌深锁的眉头，少门主以为他还在担心长孙欣，所以略带歉意地问道。

善意的提醒打断了秦归陌的思绪，他回过神，脸上神色舒展开来："应该不会，你可别小瞧斐氏兄弟，除非碰到顶尖高手；不过到了赵地，小欣肯定就安全了。"

"原来如此……"少门主一副了然的样子。

十一
雪 神 大 会

一间密室内，秦归陌与薛少门主仍在商谈着。

长孙欣已经回去赵地，斐氏兄弟在暗中保护，黑衣老者仍然忠实地守在密室门口。因此，密室里面，只剩秦归陌与少门主俩人独处。

"一个月后，就是雪神祭祀大会了。"长孙欣跟秦归陌解释着，"留给我们的时间并不多了。"

所谓的雪神祭祀大会，是秦地当地独有的风俗。这跟一个古老的传说有关：据说在很久很久之前，秦地一带的民众还在过着原始生活，未曾开化。秦地本就地处边陲，而在秦地的西南方向，就是连绵而巍峨的魄罗雪山群。魄罗雪山群终年积雪，寒风肆虐，并且经常性的伴有暴风雪，雪崩等突发险情，气候极其恶劣……

传说有一天，从雪山上走下来一个神明——她满头银发，风姿绰约，声音温和而婉转，更是能够随心所欲地驾驭风雪雨露等自然力量。因为是从雪山而来，被当时的人们尊称为——雪神。雪神在秦地逗留了十余年，更是教会了当地民众播种，取火，渔猎，土木，纺织等等一切生存手段，从此之后秦地之人才算是真正开化。这之后，那位神明便消失不见了。有人说，雪神继续云游四方，教导开化四方民众去了；也有人说，雪神回到魄罗雪山中沉睡去了。当然，这些，都只是传说罢了。

后来，也屡有好事者对此深信不疑。为了一探究竟，他们或是单独，或是结伴而行，深入到魄罗雪山群之中，欲要找到雪神的踪迹。

只是，大部分人都是一去而不复返，永远地留在了雪山之中。少数幸存回来的人们，也只是因为后来胆怯了，根本没敢再深入其中，在某些勉强算得上是安全的区域就打起了退堂鼓。而更多的勇士们，则是一往无前，永远地留在了那里。

而千百年来，探索者们也为后人留下了两条宝贵的信息：一、魄罗雪山群中可能生存着强大的雪人。二、魄罗雪山根本不适宜人类居住，深入其中，必死无疑。

渐渐地，这种无畏的勇士也少了起来，开化之后，大家便开始在秦地安居乐业。而关于雪神的传说却是经过口口相传，一代代保留下来。一些强者，为了表达对雪神的教导开化之恩的不忘与感激，从而便有了这一年一度的雪神祭祀大会，并且之后作为秦地特有的风俗一直流传了下来。

主持雪神祭祀大会的，向来是秦地的强者——雪神谷。后来因为天南宫和地剑阁的崛起，改为三派共同主持。只是，去年大会之后，雪神谷谷主雪千寻、地剑阁阁主剑铸天相继失踪，两派中的不少高手也都人间蒸发。于是这两派渐渐式微，影响力大不如前；天南宫最近几年却风头正劲，门派之中一片欣欣向荣。此消彼长，今年的雪神祭祀大会——完全是天南宫一方说了算！

十二
必 须 阻 止

"果然不出我的所料，这天南宫一定是借助了魔教的力量。"秦归陌淡淡道，"想必他们是要趁这次祭祀大会，来整合整个秦地的力量，好进行下一步的阴谋。"

"多半是如此。"薛少门主眉头仍是紧锁，"之前我还纳闷呢。就算雪谷主和剑阁主实力略逊于天南宫主，那也不至于就这么毫无声息失踪了啊。还有，我的父亲……"

说到这里，少门主顿了顿，轻声哽咽起来。

"贤……你且莫要伤心，伯父一定会没事的。"见到对方又开始啜泣，秦归陌想起了长孙欣的话，忍不住问道："听小欣说，你，你是女儿身？"

听到这，少门主破涕为笑："你，你都知道了？家父薛傲天，我的真名，叫薛采芝。"

果然如此么？

秦归陌还是显得有些尴尬："相识这么久，竟不知你一直是在女扮男装。枉我还一直贤弟贤弟地称呼你！"

"不管你怎样称呼我，在我看来，你永远都是我的秦大哥！"薛采芝就这么静静地看着秦归陌，此刻她也不再伪装声音了，恢复了少女细腻而温柔的音色。

美目流盼中，传递出浓浓的情意。

"咳咳……"秦归陌顿觉颇不自在，偏过头，故意扯开话题，"接下来，你打算怎么办？现在你也已经知道了，魔教可是也掺和进来了。"

面对秦归陌的刻意回避，薛采芝也不做过多纠结。毕竟来日方长嘛，况且，现在最要紧的，是揭穿天南宫的阴谋，以及寻回失踪的父亲——尽管希望渺茫。

"一定不能让他们得逞！雪神祭祀大会上，天南宫一定会诱骗众人！"薛采芝咬紧牙关，恨恨道，"我们必须阻止！为了我的父亲，也为了秦地的普通百姓。"

薛采芝很清楚，一旦天南宫和魔教真的勾结上了，将来爆发大战，受苦受难的，永远是秦地的老百姓们。以前她是有私心的，一切都是为了自己的父亲；而现在，她也开始担心起秦地普通百姓的生死了。毕竟，这里是她的家乡。

"嗯，的确如此。这些江湖恩怨，最后受苦的还是百姓们。"秦归陌忍不住想起了自己的养父母黎老伯夫妇的惨死，眼中不免一阵哀伤；但，紧跟着的，便是熊熊烈火和滔天恨意。

天南宫，我定要让你血债血偿！

"此前，我已经派人通知了雪神谷的雪影长老和地剑阁的剑心长老。明日，他们俩便会过来一起商议大事。"

薛采芝一番话打断了秦归陌的思绪，就在刚才，他还沉浸在浓浓恨意之中。

此刻，秦归陌立刻恢复了清醒，问道："照你所说，雪神谷和地剑阁众人失踪定是天南宫所为。这么看来，天南宫必定有派人监视这两派的一举一动，你这……"

似是知道秦归陌在担心什么，薛采芝淡淡一笑："放心，这两位长老也不是寻常人，一般人怕是没那个本事跟踪。而且，天南宫也不敢明着就跟大家撕破脸，同时进攻我们三处。再者，我这处地方，可并不是富贵门原址，而是一处隐秘之所。"

秦归陌想起来的时候，外面七拐八拐迂回弯折的小路，还在纳闷呢：这哪里像是鼎鼎大名的一方豪强——富贵门的居所嘛。现在看来，一切都了然了。

这样想着，秦归陌不禁对薛采芝又是一阵刮目相看。年纪轻轻，已是一派门主，心思缜密，意志坚定，身手——想到两年前南蛮沼泽边缘的初遇——当然也算很不错了，倒是颇为难得。

十三
天 南 宫 主

这是一处阴冷的地方。

四周也暗沉得很。只有两处烛火微微摇曳着，仿佛瞬间就会熄灭。

高处端坐着一人，因为太暗，看不清容貌。只是在烛火掩映下，勉强看到此人脸上有一道疤，从眉心划过鼻梁再到右眼下方，很是恐怖。此刻，他紧闭着双眼，不发一言。

台下跪着两个人，旁边还各自站着一个。诡异的气氛，冷得可怖。

"跑了？"端坐之人淡淡问了声，仍然没有睁开眼睛。

"是……是的。"跪着的其中一个，嗫嚅着说道，身子却在瑟瑟发抖。

"哼，我就说让我去吧，偏不信。"站在左边的一个说道，是个沙哑的女子声音。

"三哥，可别怪我帮不了你了。"右边的一个声音传来，带着一丝讥讽。

"行了，你们两个都闭嘴。"跪着的另一个说话了，抬起头来，眼神有点畏惧，仍是说道，"禀宫主，这次三弟差点就治住那个女娃子了。谁知道，半路杀出来一个秦归陌。"

这里，便是天南宫的老巢。

书信被截，信物被盗，出了这么大的事情，宫主自是震怒非常。

而为首端坐之人，正是天南宫宫主——天南嚣！跪着的自然便是四鬼中的老大和老三，站在左边的是老二天南魅，右边的便是老四天南魑。此刻，魑魅魍魉聚齐了。

"哦?"天南嚣睁开了眼睛，"这秦归陌是何人?"

"听说是最近一年刚出道的新人，不过在秦、楚西南一带，名气倒是不小。"天南魃不慌不忙地说道，虽然对宫主也怀着敬畏，但他毕竟是四鬼之首，实力与地位自然比其他三个高上一筹。

"有点意思。"天南嚣一声冷笑，"可是故意与我们作对?"

"看起来不像，应该是认识那个女娃子，碰巧给救了去。不过……"

"嗯?"天南嚣身子前倾，两眼射出一道精芒，紧盯着天南魃。

"听，听三弟说……"天南魃顿觉压力陡增，慌忙低下头。

感受到宫主正盯着自己，一直不敢抬头的天南魋将身子压得更低了，有点结巴地说道："我，我感觉，呃，那个秦归陌……好，好像是，当年黎，黎家的，那，那个兔，兔崽子……"

瞬间的安静，静得可怕。

天南宫四鬼此刻全都安静了下来，各怀心思。

"哈哈哈哈哈，有趣，有趣!"天南嚣打破了这份安静，"有意思，有意思! 我倒是想会会这个秦归陌了，哈哈哈!"

寻仇? 那又怎样? 我堂堂天南宫主，会怕一个初出江湖的毛头小伙? 开什么玩笑。没错，当年确实是自己下令屠杀黎家的，一切都是为了那本秘籍。只可惜，最终并未如愿找到。当时那兔崽子不在家，正好躲过这一劫。现在来寻仇? 呵呵，本宫主奉陪到底——只是，莫要坏了我们的大计。

"给我全力搜捕他们俩人! 记住，我要活的!"

"是! 宫主!"

"马上就是雪神祭祀大会了，之前安排的都给我仔细做好，我不希望再出现什么意外。"

"请宫主放心!"

"保证完成任务!"

烛火掩映下，天南嚣脸上的疤微微抽动，分外诡异……

十四
两 位 长 老

富贵门秘所。

"见过雪影长老，剑心长老。这边请！"此时的薛采芝仍是女扮男装，压低着声音说道，出手作了一个请的姿势。

"少门主客气了！"二人同时应道。

雪影长老一身白袍似雪，五旬左右的年纪，虽然脸上有些皱纹，但面目慈祥，很是让人产生亲近之感。而剑心长老虽然刚四旬出头，却是一副仙风道骨的模样，让人印象深刻的便是他那一对浓眉了。

此时，众人分宾主坐下。黑衣老者仍然忠实地守在门口。

雪影，剑心二位长老发现在场的还有一位陌生年轻人，便都向薛采芝投去了疑惑的目光。

"我来介绍一下，这两位便是雪影长老和剑心长老。"薛采芝笑着说道。

"晚辈见过两位长老。"秦归陌起身，微一作揖，礼数做得很足。

雪影长老额首微笑，剑心长老也是捻须一笑。这个年轻人还是很有礼貌的嘛，不像有些小伙子一副自大和目中无人的样子，倒是难得。

"这位，便是秦归陌少侠了。是我的故友，身手不凡，而且同天南宫有血仇——也算是我们，坚定的盟友。"

"少侠请坐。以后就是同一阵线了。"

"少侠倒是一表人才。"

虽然两位长老深居简出，并未听过秦归陌的名字，但是可以看出，他们对秦归陌的第一印象还是不错的。

"雪神祭祀大会马上就要举行了。天南宫这次的意图很明显。"薛采芝说道，"接下来这些天，我会与诸位仔细筹划，共同商议对策。"

"如此甚好。"两位长老都微微点头。

"不过，在此之前，我必须告知两位前辈一个相当棘手的消息，很可能，会影响到此次成败。"秦归陌皱着眉头，缓缓说道。

"这次，我们的对手，恐怕不仅仅只是天南宫……"秦归陌稍作犹豫，可还是准备把实情说出来，必须要做好最坏的打算。

"哦？此话怎讲？"

"一个天南宫就已经够我们头疼了，不知少侠的意思是？"

两位长老都是一副疑惑的样子。

"天南宫，很有可能已经和西域魔教勾结上了。因此，我们要格外小心谨慎。"薛采芝接过话头，缓缓说道。

"什么！""这……"

好半晌，两位长老才从震惊中恢复过来。

"确实相当棘手……"

"怎么魔教也掺和进来了……"

可以感觉到，两位长老变得忧心忡忡起来，现场的气氛也很诡异。剑心长老还好，二十余年前的惨烈大战爆发时，他还只是个入室弟子，没有参战，只是听闻了魔教的可怕；而雪影长老，可是亲身经历过那场大战的，虽然只是底层的战斗，可对于整个魔教的强大与可怖，她比在场的其他人都更有发言权。

而且，雪影长老莫名地喃喃道：也不知千寻谷主，怎么会痴迷那样一个恶魔……

只是，声音很低，除了她自己，谁也没听清楚。

"兵来将挡，水来土掩。不管怎样，我们必须阻止天南宫。"

"不错，不管这次魔教又有什么阴谋，我相信，最后胜利的还是我们，就像二十多年前一样。虽然代价有些惨烈，终究是，邪不胜正！"

见到两位长老都表明了立场，薛采芝也是舒了一口气，道："当下最要紧的，便是在雪神祭祀大会之上阻止天南宫的阴谋，趁着魔教势力还未完全渗透秦地，打乱他们的计划。”

"说的没错！"

"理应如此！"

接下来的几天，众人便是一直在商议对策，积极做着准备。等到计划颇为周详之后，两位长老便是告辞而去，各自回门派之中去做详细部署。

时间，一步步逼近大会之期。

十五
大火焰咒

期间，秦归陌也与两位长老有过切磋。雪影长老使得一身雪神谷正宗功法，举手投足间雪花幻化，寒气逼人。对手与之过招，没多久就会被寒气侵入，手脚僵硬，自是难以应付，很是让人头疼。剑心长老一套立地剑法使得炉火纯青，颇为难缠。虽说是攻守兼备，但因立足下盘，招式稳健，所以更擅长防守，往往等对手久攻不下，情急中漏出破绽之时，再看准时机，一招制敌。

当然，这是指实力相当之时。实力优于对方的话，两位长老完全可以正面碾压对方；若实力不如对方，却也只能借此拖延时间，败局则是早晚将至。

秦归陌，便是让两位长老尝到了败仗的滋味。

对付雪影长老，秦归陌避实就虚，利用敏捷的身法闪过了大部分进攻，而那些寒气，则正好被秦归陌的火焰咒所克制——虽然还不成熟。对战剑心长老的立地剑法，秦归陌则是使出了更加高明的洞箫十二式，最后以一招"仙人指路"破开了剑心长老的防守。

"真是后生可畏啊！"两位长老走前心服口服。

然而，秦归陌却没有半点喜色：两位长老的实力顶多也就和天南宫四鬼相当，而天南宫经营这么多年，门中好手并不少，反观雪神谷和地剑阁，一线高手几乎全部失踪。这一仗，不好打啊。

说实话，对付宫主天南器，他并无十足把握，至少目前来看是这样。秦归陌想到自己的恩师彦一真人叮嘱他勤加研习的两卷秘籍，默默地回到房间：本来打算神功学成，有了十足把握再去报仇，现在看来，计划不得不提前。

这两卷秘籍，一卷是红色封面，上面写着"大火焰咒"四个烫金大字。自从下山之后，秦归陌也是反复研习，只是效果一般，实战威力尚不可知。另外一卷是通体黑色，封面上甚至连名字也没有，相对于《大火焰咒》也是要薄了许多。可是，秦归陌却根本看不懂里面的文字——这是一种有别于当下的通行文字，甚至只能说算是一个个符号，更为贴切。而且，看的时间长了，还会令人头晕眼花，产生幻觉，严重者甚至憋出内伤。当真是诡异非常。

秦归陌才看了一会，便又开始觉得昏头涨脑，于是立刻放下。

……

"这火焰咒还罢了，虽然晦涩难懂，不过勤加练习，早晚有成。"秦归陌不解地看向彦一真人，"可是这卷无名秘籍，根本就练不了啊！"

又一次晕过去之后，醒来的秦归陌忍不住抱怨。

"时机未到。"彦一真人只是淡淡应道。

撇过嘴，于是，秦归陌换回了《大火焰咒》。

"气沉丹田，神游四肢，精走双脉，力凝于指……"秦归陌顺着口诀，慢慢运起功来。

"嗤"的一声，只见他双手食指各蹿出一道火苗，哒哒作响。秦归陌默念口诀，暗自运力，"噌"的一下，两只手掌都已被火焰覆盖。

"嘿，成功了！师父你看！"秦归陌兴奋叫道。

正当秦归陌得意之时，火焰却卷上了他的袖口，烧了起来。

"哎呀，这什么破火焰！"秦归陌在那急得直跳脚。

"哈哈哈！"彦一真人抚着花白的胡须，自顾着乐。

"师父救我，哎呀！"秦归陌在地上打起滚来，撒着娇。

一道气劲射出，扑灭了他身上的火焰。出手的，自然是彦一真人。

"你呀……"彦一真人摇了摇头。

"嘿嘿，师父，我这次有进步吧。"秦归陌觍着一张乌黑的脸凑过来。

"还有脸说，你上次不就学会收放自如了么？"

"我想让您老人家活动活动筋骨嘛！"

"臭小子，皮又痒了！"

"嘿嘿，打不着打不着……"

……

秦归陌忍不住笑了。

真是怀念那段在山上学艺的日子啊。

十六
福伯陪练

第二天用膳的时候，秦归陌跟薛采芝提起了这件事。

"要更好地对付天南嚣，我需要通过实战来完善火焰咒的威力。"

"我来当你的对手。"薛采芝毫不犹豫地脱口而出。

"不行。"秦归陌一口否决，"这两年我可是精进了许多，万一伤了你……"

"秦大哥是嫌弃我实力差么，这两年我也没有偷懒!"薛采芝眼神黯淡，想起两年前在楚地相遇，之后一起大闹胡府，杀南蛮凶兽，快意恩仇的日子，心中难免一阵失落。

"贤弟……额，你这是说的哪里话。"秦归陌顿了顿，缓缓说道，"若是以前，我自然是乐意与你切磋的。只是现在……"

"现在怎么了?"薛采芝抬起头，睁大一双无辜的眼睛。

"咳咳，现在我已经知道你是女儿身了。"秦归陌摸摸鼻子，"若是其他功法，那还好说。只是这火焰咒颇为凶险，我还尚且不能做到完全收放自如。那个……万一火焰真缠上你，那就糟了。毕竟，毕竟你是个女孩子嘛。"

呼，好不容易说完这段话，秦归陌难掩尴尬。之前一直把眼前人当兄弟对待，如今知道对方乃一巾帼，情感也复杂起来。

"好了好了，原谅你了。"薛采芝毫无预兆地锤了秦归陌胸口一下，"我让福伯来陪你练习。"说完径自离开。

这一锤莫名其妙，秦归陌好半天才缓过神来，苦笑一声，也出了大厅。

空地上，薛采芝已经候在一侧，身边站着那个熟悉的黑衣老者。

"他就是福伯，很厉害的哦。"薛采芝介绍说，然后走出场地。

"少侠请。"福伯的声音低沉沙哑，仿佛没有任何情感。

"请。"秦归陌回道，身形一动，已经来到福伯身后。

好诡异的速度！福伯显然吃了一惊，立刻向旁边跃开。秦归陌双掌落空，福伯一记鞭腿已至。嘭！秦归陌收掌成拳，挡住胸前。俩人借力拉开距离。

来不及慨叹双臂的酸麻——

"火焰咒之火焰弹！"一道火焰自右掌射出。

福伯刚想闪身躲避，却见火焰半途熄灭，掉落在地。福伯和薛采芝都是一头雾水。

"不好意思，刚才火候没掌控好。"秦归陌讪讪一笑，"试试这个！"

"火焰双枪！"秦归陌左右开弓，两只手掌各自射出一道烈焰，呈包夹之势，急速直奔福伯而去。闪避已经来不及，福伯腾身而起。

"连环踢！"嘭嘭两声，两道火焰被尽数弹开。福伯面不改色，落地之后重新摆好架势。只是，细心的秦归陌当然注意到，福伯的双脚微缩，鞋子上冒出两缕焦烟。

"哈哈，有意思，再来！"秦归陌迎了上去。

……

一天下来，两人倒是累得够呛。福伯内力不弱，腿法娴熟，整体实力似乎要略胜于雪影、剑心两位长老。当然真要打起来，多半不是秦归陌的对手。不过，作为秦归陌完善火焰咒的实战对手，却是再合适不过。

静谧的夜晚，秦归陌吹着洞箫，在屋顶感受着习习晚风，心中思绪万千：一定要手刃天南嚣，为黎老伯夫妇报仇！这一天又近了，为了增加胜算，一定要将火焰咒的威力发挥出来。明天再接再厉！

薛采芝在暗中默默注视着，她知道这个男人心中背负了太多，而她，又何尝不是呢。

一曲奏罢，秦归陌放下洞箫，仔细端详。"意合箫"三字映入眼前，这是他与她小时候的约定，秦归陌不禁想起了"情投软剑"的主人。

小欣，你现在怎样了……

十七
神驹大营

赵地神驹营。

首席长老公孙丑刚刚处理完手头的事情，正在低头饮茶。

"二小姐回来了！"家丁来报，公孙丑忙起身相迎。

长孙欣急匆匆赶到家中，却没有见到她的父亲长孙离——神驹营的一把手。

"丑叔叔，我父亲呢？"长孙欣一脸焦急。

"长孙大人有要事去中州了。"公孙丑满脸黑线，这小妮子，这么多年来一直叫他丑叔叔，虽然名字、辈分都没错，不过听起来还是怪怪的。

"好啦，我的公孙长老，你从小疼我，又不是不知道我不是故意的。"

"得，你还是叫我丑叔叔吧，公孙长老我反而听不习惯。"公孙丑佯作生气，老脸一翻，背过身去。

"谁让你取的这名字……"长孙欣捂着嘴轻声嘀咕。

"嘿！你这丫头。"公孙丑刚转过身，却见长孙欣一溜烟跑了。

不过没多会，却又折返回来。

"对了，丑叔叔。前些时候我让丫鬟小云带回来的书信，我父亲看过了么？"长孙欣一脸严肃。

公孙丑这时候也不计较了："长孙大人当时已经动身去了中州，所以并未查看。"

"这样啊。"长孙欣一脸愁容。

"怎么了？二小姐。书信在我这里保管着呢，可是发生了什么要紧事情？"

犹疑了一阵，长孙欣还是说了出来，她心中惦记着秦归陌，她想帮他。

"什么！"公孙丑显然很震惊，"魔教势力不是早就衰败了么？"

"丑叔叔不信的话，可以亲自看看那封信。"长孙欣眉头一皱，从怀里拿出一物，"而且，还有信物为证。"

公孙丑定睛一看，六子令！魔教六大护法专属之物！

这下真是麻烦了，魔教蠢蠢欲动，不知道要搞出什么事情来。

"所以，丑叔叔，快找些高手给我，我先去坏了天南宫的好事！"这话说得正义凛然，其实她还是心系秦归陌。

"这……"公孙丑犯难了，"没有长孙大人的命令，我也不能随意调动人手啊。况且最近，我们跟凉地的千毒教和韩地的风流寨，关系都挺紧张，万一……"

"哼，尽是些借口。"长孙欣嘟起了嘴。

"呃，不过，小七的身手你是知道的，而且他现在没有编制……"

"停停停，我还是自己想办法吧。"长孙欣立刻打断。开什么玩笑，才不要给那个家伙给缠上呢。

"义父，你找我？"院子里跑进来一个人，黝黑的皮肤，健硕的身材，浓眉下一双大眼，炯炯有神。正是公孙丑的义子——鬼脚七！

"诶？二小姐！你回来啦！"鬼脚七喜出望外，满脸兴奋地盯着长孙欣。

天啊，这冤大头！长孙欣翻了翻白眼，心里连叹晦气。

"咳咳，二小姐有件棘手任务，需要人手……"公孙丑淡淡说道。

"找我呀！"鬼脚七抢过话头，拍拍胸脯，"不是俺说大话，甭管多棘手，只要是二小姐吩咐的，我一定帮你圆满完成！"说完就在那嘿嘿嘿傻笑。

"呃，那个，我还有事就先走了，帮忙的事情我自己想办法吧。"长孙欣赶紧逃之夭夭。当初就是为了避开这讨厌鬼，才离家四处游玩的，怎么刚一回来就又被缠上呢。哎，老天快把他赶走吧。

"义父，二小姐见到我不高兴啊？"鬼脚七挠了挠大脑袋。

"女孩子害羞罢了，这次可是你表现的好机会啊，快去吧！"公孙丑鼓励道。

嗯！鬼脚七立刻来了劲，追了出去。

"二小姐！二小姐！""别跟着我！""我有人手呀，我帮你！""才不要！""那你找到帮手了么？""这个……""俺跟你说，你找谁都没有俺可靠，嘿嘿。""切。"

长孙欣没有搭理，自顾往前走：可是，现在上哪里找帮手呢。

回头一看，鬼脚七还站在那里一个劲傻笑。虽然人是惹人厌了些，不过实力还是有的。也罢，为了帮秦大哥，就忍这一次罢，嗯，仅此一次，下不为例。

"喂，你过来！""好，嘿嘿嘿。""路上都要听我的，明白么？""没，没问题。""不许一直盯着我看！""不，不看，嘿嘿。"

哦，老天！

十八
大 会 前 夕

"火焰弹！"秦归陌轻松使出。

"回旋踢！"福伯好整以暇。

"火焰双枪！""连环踢！""十三路鞭腿！""火焰墙！""唔，咳咳……""大火焰弹！""回旋……唔！""双龙戏珠！""连环……哦天！"

轰轰！福伯重重摔了出去，身上缠绕着火焰。"福伯！"薛采芝早候在一旁，立即用水浇灭。福伯在地上一个侧翻，坐起身来，调整气息。

我的妈呀！刚刚那是什么！两条火龙汹涌而来！福伯根本招架不住！

秦归陌一脸歉意地跑过来："不好意思啊，福伯，这一招'双龙戏珠'我也是第一次使出来，还无法完全掌控……"

"算了，咳咳，看来我也不适合继续做陪练了……"

开玩笑，这还怎么打下去！

三人顿时一阵尴尬。

"福伯，我先扶你回去歇息吧。"薛采芝搀起福伯，临走时还不忘瞪了秦归陌一眼。此时，秦归陌也只好摸摸鼻子，讪讪一笑。

这些天的对练，刚开始两人互有攻防，打得有声有色，难分伯仲。渐渐地，随着秦归陌对火焰的掌控越来越自如，威力越来越大，福伯也只能采取守势，攻少防多。到后来，秦归陌不断使出新招式，威力有增无减，福伯应对起来已经捉襟见肘。

直到今天的爆发！双龙戏珠的威力太可怕了！好在秦归陌堪堪使用出

来，准度、威力各方面都有欠缺，不然的话，福伯就不只是轻伤这么简单了。

而这一招，在《大火焰咒》中才只能算是普通杀招，后面还有更为厉害的招式——当然现在的秦归陌是根本驾驭不了的。

《大火焰咒》到底什么来历，秦归陌也不禁暗暗咂舌。只记得恩师彦一真人隐约提过他的家乡——东海仙岛。

静谧的夜晚，箫声悠扬，秦归陌仍在屋顶，薛采芝仍在一旁。不同的是，这一次，薛采芝也翻身上了屋顶，挨着秦归陌坐下。

"箫声真美，一如两年之前。""只是如今，物是人非。"

"你在想长孙姑娘？""我和她青梅竹马。"

"秦大哥，其实我……""再过两天就是雪神祭祀大会了，我们不容有失！"

"唔，嗯……好。"到嘴的话终究没有说出来，薛采芝别过头。

"白天真是抱歉了，福伯他没事吧？"秦归陌开口。

"嗯，没受内伤，没什么大碍，调理调理就好。"薛采芝好奇问道，"那一招这么厉害，以前怎么不用？"

"也是刚刚学会，不太熟练。"秦归陌看看手掌心，淡淡说道。

"不管怎样，你的火焰咒使用得越发自如了，我们的胜算也大大增加。"

"但愿如此。明天就要动身前往天南宫了，准备好了么？"

"嗯！"薛采芝心中默念：父亲，保佑我们！

……

阴暗的地下室。

"怎样了？"问话之人脸上有一道恐怖疤痕，从眉心划过鼻梁再到右眼下方。

"禀宫主，我们已经全力搜捕了，不，不过……"跪着的人战战兢兢。

"一群饭桶！"天南嚚手心紧握，咯吱作响，目露凶光，杀意已决。

"宫主，明天就是雪神祭祀大会了。"天南魈这个时候站了出来，"为了我们的大计，此刻实在不宜大开杀戒啊，还望宫主三思。"

虽然同是四鬼，这个时候也只有天南魈敢出来说话了，其他三鬼都站在一旁不发一言。

只见天南嚣神情一变："也罢，两只小丑罢了，等明天大事一定，再慢慢收拾他们。"

"还不快滚！"天南魈对着跪着的斥侯喝道。

"谢宫主不杀之恩！谢魈鬼大人！"只见那斥侯一溜烟屁滚尿流地跑了。要是多待一秒，小命不保啊！

"叮！"可惜还没跑出大门，一枚飞刀就已经送他见了阎王！

飞刀下系着一卷纸条：秦归陌与富贵门已经合作，准备在明日大会中捣乱。截取书信的是赵地神驹营二小姐长孙欣，已入秦。

真是，越来越有趣了啊！天南嚣揉碎了纸条，目露凶光……

十九
蛊惑人心

天朗气清，万里无云。

天南宫外，正德广场上，人山人海。秦地大小势力，各门各派，此时此刻，几乎全部聚集于此。因为今天，是个特殊的日子，秦地一年一度的——雪神祭祀大会，马上就要开始了！

广场之上筑有一个四方高台，高台正北方向有一巨鼎，里面燃着三柱巨香，香烟渺渺，无风自动。巨鼎南面则是一条长形案几，甚为巨大。因为上面摆满了马、牛、羊、鸡、犬、豕等牲畜，称为"六畜"。除了这些肉食牺牲，还有各种粮食五谷，鱼兔野味，以及琳琅满目的瓜果鲜蔬。搭配上玉帛及美酒，祭品当真是异常丰富！

与之对应的，在高台南面筑有一坛，上面立有一白玉雕像，她满头银发，风姿绰约，正是秦地百姓心中敬奉的神明——雪神大人！

此刻，场地中央，一群戴着面具、穿着兽皮兽衣的青年男女正在载歌载舞，气氛相当热闹。

场地四周，则是大小门派当家人分席而坐，面前案几上自是少不了美酒佳肴。至于各门派弟子仆从，则只能列队站在身后，他们这些人，自然是没有位置的。

居首的自然便是天南宫主天南器了，身后立着天南魑、天南魅、天南魍三鬼以及一众好手。左右两边自然就是雪神谷的雪影长老以及地剑阁的剑心长老一众了，再之后便是其他各门各派了。

"怎么不见富贵门的人？"

"本来富贵门也有一席之地，你看那，位子还很靠前，只不过此刻，空无一人啊。"

"嘘，听说跟天南宫不和，好像是知道天南宫有什么阴谋。"

"你别瞎说，天南宫一心为我秦地发展，我才不信。"

"雪神谷和地剑阁来的怎么都是长老啊？"

"天南宫现在确实是强大啊。"

"反正轮不到我们小帮派操心。"

"是啊是啊，听说宫主天南嚣武功深不可测。"

底下众人交头接耳，议论纷纷。

半晌，歌舞结束，天南嚣站起身来，环顾四周，底下立刻一片安静。

待得众人散去，天南嚣缓缓登上高台，端起酒杯，朗声道："诸位，我秦地百姓受雪神开化之恩，方才脱离蛮荒，步入文明，从此安居乐业。这第一杯酒，敬雪神！"

"敬雪神！"众人齐道。

"可惜我秦地始终地处边陲，遭人歧视。"天南嚣面色一变，"以往中州的逐鹿大会上，咱们秦地的代表始终是沦为看客！受尽白眼！身为秦地子民，我天南嚣不甘心呐！"

四下一片寂静，鸦雀无声，众人知道天南嚣还有话说。

"不过如今，时运来了！"但见他话锋一转，"我天南嚣不才，这几年经营这天南宫，也算小有成绩。而我秦地大小门派，也是愈发强盛！身为雪神庇护的后人，你们甘心一直受人白眼，被中州那些混蛋称为蛮夷之人，一直踩在脚底之下吗？"

"不甘心！"底下群情激奋！

"中州的逐鹿大会，十年一期，来年三月三，十二地的代表将又一次齐聚，共襄盛举！"天南嚣动情说道，"这一次，我秦地将不再是看客！这一次，要让天下群雄见识到我们秦地的厉害！"

"让他们知道我们的厉害！"众人振臂高呼！

"所以这第二杯酒，敬秦地群雄！敬我们自己！"

"敬自己！"一片觥筹交错。

"为了在逐鹿大会中能有优异的表现，壮大我秦地声威，方便我秦地众人以后行走江湖，因此要选出一个代表来，统御众人，团结秦地的力量……"

"还选什么，我认为天南宫主就是最合适的人选！"立刻有人喊道。

"但凭天南宫主做主！"

"扬我秦地威名！"

雪影长老和剑心长老对视一眼，互相摇头：这个天南嚣，真会蛊惑人心。

"好！好！既然大家如此信任鄙人。"天南嚣满面笑容，"那我，就却之不恭了！"

"慢着！"

二十
揭穿面目

　　谁这么大胆？在这节骨眼上，敢当面拆天南嚣的台！

　　"大家可不要被天南嚣给蛊惑了！"

　　众人循着声音望去，只见一青衫男子，腰间别着玉箫，面带笑容，缓缓步入场中。在他左边是一袭白衫，系紫色发带的俊俏公子，右边则是一黑衣老者；而在他们的身后，还跟着一帮尽皆穿着华美袍服之人。

　　"是富贵门的人！"有人立刻认了出来。

　　"那个白衣公子好像是富贵门少门主，那个青衫小子是谁？"

　　"我也不认识，不过好像是这群人里带头的。"

　　天南魈倒是一眼认出了秦归陌，捏紧了拳头。

　　底下一片议论纷纷，天南嚣眯缝着双眼，冷冷地注视着这一切。

　　"放肆！""你是何人？""竟敢擅闯大会！"天南宫的一帮喽啰全部亮出了武器。

　　"在下秦归陌，听说你们一直在找我？"

　　"哦？原来你就是秦归陌！"天南嚣终于开口了，嘴角一扯，脸上疤痕显得更加可怖，"真是天堂有路你不走，地狱无门你闯进来！"

　　"大家请听我一言，天南宫已经和魔教勾结，千万不要相信他们！"

　　"什么？"

　　"这是真的么？"

　　"是西域魔教么？"

"哦，老天！"

底下立刻炸开了锅。

"这位小兄弟，饭可以乱吃，话可不能乱说。"天南嚣面色阴沉，语气冷得可以结冰，接着手一挥，秦归陌一行人便被天南宫势力团团围住。

"年轻人，凡事都要讲求证据！不然，你会死得很惨！"天南嚣威胁道。

"看来宫主记性不大好啊，难道你忘了那封书信和六子令么！"

"六子令？那是什么？"

"听说是魔教六大护法专属之物！"

"竟然还有私通书信！"

现场众人无不震惊。

"不仅如此，雪神谷谷主和地剑阁阁主的失踪，怕是和天南宫也脱不了干系吧！"这个时候，雪影长老和剑心长老也站了出来，准备加入战圈。

什么？整个广场又是一片哗然，一些门派也开始骚动起来。

"天南宫主！这是真的么？"

"天南嚣，你到底有何目的？"

"我们虽然是小帮派，但也绝不会任你摆布！"

"雪神谷弟子听命！铲除天南宫！"

"地剑阁弟子听命！"

"哈哈哈，你们觉得他们还会听你们的命令么！"见事已至此，天南嚣当即撕破脸，"顺我者昌，逆我者亡！"

铿锵铿锵！噗噗！

"剑舞师弟！你干什么！"

"啊！雪蕊师姐！"

只见雪神谷和地剑阁阵中忽然起了骚动，不少人都丧命于同门的偷袭之下。不光如此，其他各帮派内部也是炸成一团，互相残杀。

很明显，他们中一些人，早就被天南宫策反了！

"哈哈哈！秦地在我手中才能更为强大！你们都得臣服于我！"天南嚣毫不掩饰，放声狂笑，"我等这一天，很久了！"

大手一挥，天南宫门众从四面八方涌来！此时，天南宫拥有绝对的人数优势！

"天南嚣！"秦归陌眼中满是怒火，一掌击飞一个喽啰之后，纵身跃入内场，直奔高台上的天南嚣。新仇旧怨，一并清算！

喊杀声声，锣鼓阵阵！

来不及斥责与诘问，收起了愤怒与悲恸，各个帮派之间早就是一团混战。

另一边，福伯对上了天南魈，雪影长老跟天南魍斗在了一处，剑心长老的对手则是天南魑。只不过，每一处战圈都是天南宫稍稍占优！

加上天南宫人多势众，局面对秦归陌他们，非常不利！

"大火焰弹！"秦归陌咬牙切齿，上来就想着拼命！

二十一
新 手 打 劫

两年前，楚地。

"总算溜出来了！呼呼！"秦归陌嘴里叼了一根狼尾草，找了一块相对干净的草地，仰面就躺了下去，眯缝着双眼，还跷起了二郎腿，好不潇洒惬意。

当初被师父带来这钟灵山上学艺，一晃已经四年过去了。这第一年还好，秦归陌认真学本领，夯实基本功。第二年开始，秦归陌就耐不住性子，总想着偷偷下山。可是山上有着阵法机关，下山的通道变幻不定。秦归陌三年间尝试了数十次，无一不以失败而告终。

这一次，他终于成功了！兴奋之情溢于言表！连赶了三天路，这才抵达这片辽阔的草原，一屁股躺了下去，尽情地呼吸着这片清新的空气。

哼！师父不让我下山，不就是怕我急着去报仇么，还给我取了个新名字叫秦归陌。秦归陌秦归陌，倒过来念，不就是莫归秦么？我才没有那么莽撞呢！秦归陌不置可否，虽然他真的很想，很想，立刻就去报仇。

我还是觉得黎小天这个名字更好听呢：你说是吧？小欣，也不知道你现在怎么样了。等我大仇得报，一定去找你！秦归陌轻叹一口气。

只是，自己学艺还未精进，现在去报仇，无异于自寻死路。这一点秦归陌相当清楚："师父他老人家真的想多啦。"

可是，整天在山上练功真的好无聊啊，虽然师父是为了他好，而且师父本人也没有想象中的那么呆板古董，反而有些幽默风趣。

只不过整整四年没有下过山，还是有点郁闷的。十六岁的秦归陌，毕竟还是有些少年心性，对外面的世界还是相当憧憬好奇的。

无论是当年秦地黎家收养的黎小天，还是后来上山学艺的秦归陌，都有着一颗浪迹天涯，云游天下之心。

秦地困不住他，钟灵山也困不住他。大概，也只有仇恨，能让秦归陌稍稍定下心性吧。不过此时，秦归陌明显很享受这份自由与洒脱，暂时将一切抛诸脑后。至于接下来去哪里，走一步看一步呗！

咕噜咕噜！正当秦归陌眯着眼睛打盹时，他的肚子唱起了歌来。翻过身，喝完水囊里的最后一口水，秦归陌尴尬一笑：带下山的干粮已经吃完了！这下子头大了！

坐起身，秦归陌习惯性地四处张望：嘿，有惊喜！只见前方缓缓驰来一队人马。

真是天无绝人之路啊，哈哈哈！秦归陌来了精神，几个纵跃，就已经挡在了那支队伍的跟前，双手叉腰，气沉丹田：

"此山是我开，此树是我栽。欲从此路过，留下买路财！"此时的秦归陌一脸匪气，极其流畅地说出了这四句金言，也不知是从哪里学会的。

"哪里来的毛头小子！"前面一个大汉吼道，"一边去一边去！"

"好狗不挡道！"

"就你一个人，还出来打劫？"

"小兄弟，别闹了，快回去找你娘亲吧！"

"哈哈哈！"

一群人彼此大笑，根本没将秦归陌放在眼里，反而拿他寻开心。

哼，狗眼看人低！让你们尝尝小爷的厉害！说时迟，那时快，秦归陌纵身一跃，翻到其中一匹马上，双手一搭，"下去！"

那人还没反应过来，就已经摔了个狗啃泥。

"嘿，还动起手来了，给我上！"大汉喊道。

嘭嘭嘭！秦归陌接连撂倒了三个之后，拍了拍手，仰脸笑道："还有谁想试试？"

这小子有两下子啊！大汉决定亲自动手。

"咳咳！"这时候马车上下来一个美少年，面如玉冠，白衣翩翩，紫色发带随风而起。

"少主！""少主！"场面顿时安静，一群人恭敬垂首。

"这里明明是一片草原，既没有山，也没有树，你怎么证明这地方是你的？"白衣美少年不疾不徐，缓缓开口问道。

"这，这……"秦归陌抓抓脑袋，一时间竟不知如何作答，相当窘迫。

咕噜咕噜，此时，秦归陌的肚子又开始唱歌了。

二十二
拉拢入伙

"哟，饿啦？"美少年开口问道。

"要，要你管！"秦归陌明显很紧张，"赶紧给小爷拿些吃的喝的来，我要是满意了，可以饶你们这一次！"

"嘿，别给脸不要脸！"大汉撸起袖子，"真以为我治不了你了还！"

"等等！"美少年开口制止了大汉，"去给他拿些食物过来。"

"少主！"大汉急了，众人也都是不解，个个摩拳擦掌：这小子也忒嚣张了。

"快去！"美少年冷冷道。

"是。"大汉心不甘情不愿地应道，使了个眼神，立刻就有两名手下去后面车子里取食物去了。

"刚出来走江湖吧？"美少年走近秦归陌，试探着。

"是又怎样！你，你别想蒙我！"秦归陌也是实诚得很。

"我喜欢你的实诚！哈哈哈，想不想一直有肉吃？"美少年循循善诱。

"当然……想了。"秦归陌刚一激动，提高嗓门，后面却又矮了下去。

"我们这次要深入沼泽，猎杀几头凶兽。我看你身手不错，不如跟我们一起，出分力。吃喝自然不是问题，到时候说不定还有其他好处。"

"少主！"大汉急了，"你怎么能让一个土匪跟我们一起呢？"

"呸！"秦归陌一口吐掉嘴里叼着的狼尾草，"你丫才是土匪呢，你全家都是土匪！"

"那你刚才不还想打劫我们来着？不是土匪是啥？"大汉较上真了。

"小爷……我那是劫富济贫，你懂个锤子！"秦归陌此时再仔细瞧看眼前这队人马，发现车马上的纹饰颇为讲究，众人穿戴也不俗，虽然已经刻意遮掩了，不过还是有股浓浓的富贵气派！总而言之：有钱人呐！

"你！"大汉气急败坏，忍不住就要动手。

"好了好了！都别吵了！"美少年开口了，"怎样，想好要跟我们一起了么？"

"额……"就在秦归陌犹豫不决的时候，两名手下已经将一些吃喝带到眼前。

秦归陌摸了摸鼻子："看在这好酒好肉的份上，我就勉强答应了吧。"

话是这么说，秦归陌早已抓起鸡大腿，一手抢过酒壶，猛灌了几大口，接着自顾自狼吞虎咽起来。在山上学艺的时候，大部分时间是没有酒和肉的：这味道，真让人怀念啊！

"哈哈哈，预祝我们合作愉快！"美少年笑道。

"吃吃吃，就不怕里面有毒，毒不死你！"大汉看不下去，揶揄着。

"噗！"一口呛住，秦归陌干呕了几声，看向那大汉，"兄弟，不是吧？"

"那还有假？"大汉眉飞色舞，"这么相信陌生人给的食物，你还是太年轻了！"

"完了，这下死定了……"秦归陌立马蔫了下去，一下子瘫坐在地上。

"哈哈哈！"底下一片哄笑，大汉也是解气了，"让你小子嚣张！"

"好了，你们就别逗他了！放心吃吧，没毒的。"美少年蹲下身来，拍拍秦归陌肩膀，劝慰道。接着，他自己也取了些食物，当着秦归陌的面，吃了起来。

"奶奶的，要我！"秦归陌站起来，刚想和那大汉算账，想了想，还是作罢：还是填饱肚子要紧呐，于是又继续埋头吃喝起来。

美少年吃了几口作罢，回头瞪了大汉一眼。

"嘿嘿，少主，我就是看不惯他那嚣张样儿，逗一逗他。"大汉这时候嬉皮笑脸，一副讨好的模样。

"父亲说过，这几头凶兽不容易对付。尤其是那头银角犀牛，很是厉害。

此人身手不凡，拉拢他过来，说不定到时候真能帮上忙。"

"听凭少主吩咐！"

待得秦归陌吃完最后一口肉，喝光最后一滴酒，拍拍肚皮，怎一个"爽"字了得！

"酒足饭饱之后，我们，也该上路了！"

二十三
胡　家　庄

美少年下完指令，众人便准备启程。

"我不会骑马，嘿嘿。"面对大汉从车队后面牵过来的马匹，秦归陌尴尬一笑。

"你！"大汉气得脸都绿了，"我就说这小子不靠谱！"

"算了，你跟我去坐马车吧。"美少年开口道。

"少主，你不能这么惯着他！"大汉又反对了，"就该让他跟在后面跑！"

"行了，薛洪！你俩就别斗嘴了！对了，小兄弟，怎么称呼？"

"秦归陌！"

"在下薛之才！你就快上车吧，我们接着赶路。"美少年淡淡说道，转身上了马车。

"好咧！"秦归陌吹了吹口哨，好整以暇地双手往脑后一枕，还不忘对着那个叫薛洪的大汉使个鬼脸，"辛苦你了，哈哈！"这才慢悠悠地上了马车。

"你你你！"薛洪的胡子都气歪了，"走着瞧！"

……

赶了半天路，前方出现了一个镇子，此时天色也已经渐渐暗了下来，于是众人决定今晚留宿此地，明日再继续赶路。

"胡！家！庄！"秦归陌早已跳下马车，抬头看着上方的匾额，一字一字地念出声来，接着便大摇大摆地进了镇子，心中默想：不知道有没有什么好玩的。四年来第一次下山，秦归陌觉得一切都是那么的新鲜与刺激，整个人也兴奋得很。

"呜呜呜……爹！"突然前方传来一阵啼哭声。

"女儿啊，是爹没用，爹对不起你啊！"一个老伯沧桑的声音。

这个时候，秦归陌看清前方不远处，一对父母正抱在一起痛哭流涕，身上都带着行李。而在他们身边，则围了七八个壮汉。

"想逃跑？"只见其中一个大汉一把推倒那个老伯，"我说你咋这么不开窍呢，你女儿要是嫁进胡府，那可是要什么有什么，别人求还求不来呢！"

"爹！"女儿跪在地上，无力地喊着。老伯倒在地上，亦无能为力。

"起来起来！带走！"几个大汉硬是架起了父女俩，拖拽着带走了！

路见不平一声吼！这怎么能忍！秦归陌刚想逞一回英雄，还没吼出声来，却被薛之才给拦了下来。

"薛兄弟你这是干什么？那父女俩明显被胁迫了啊！"秦归陌很是不解，此番难得下山行走江湖，有机会当然要锄强扶弱了啊。

"你先别轻举妄动，我们还有任务在身。"薛之才劝道。

"哼，强龙不压地头蛇！逞什么英雄？"薛洪冷嘲热讽。

"怎么？你怕了？我可不怕！"秦归陌立刻针锋相对。

"嘿！你这小子！""怎样？""太，太年轻！""切！"

"别吵了，我们先打听清楚到底怎么回事。"薛之才冷静地分析道。

此时父女俩刚被带走没多远，周围还是有一些百姓围在一起指指点点，议论纷纷。不过他们，自然是敢怒不敢言的。

"你们是外地来的吧？"一个面馆老板小心翼翼地往左右看了看，确定安全后，这才招呼众人进店，将事情经过娓娓道来。

原来此地名叫胡家庄，庄主本是地方一霸，但是为人慷慨，仗义疏财，因此口碑很好，百姓们敬之畏之。不料去年却突然暴毙家中，自此庄中之人就开始各种欺压本地老百姓了。这庄主生有一对智障双胞胎，一个唤作胡丢三，一个唤作胡落四。这哥俩虽然脑子不太好使，但彼此感情却是出奇的好，饭同吃，衣同穿。这不，俩人连媳妇也是要一块娶。镇子上大家都知道这兄弟俩是傻子，家里的女儿到了年纪都早早选了人家嫁了出去，可怜老李家女儿还没满十六岁就被盯上了，哎……

秦归陌忍不住喝道:"简直是岂有此理,这事你们管不管,你们不管我管!"

"我劝你们还是不要蹚这趟浑水罢,这胡家庄里的家丁可都是练家子。况且明天就是大婚之日了,今天老李家准备逃走,结果还是被抓回去了,哎……"

"我倒是心生一计。"薛之才慢悠悠说道。

二十四
乔装入府

"薛兄弟有何主意？"秦归陌忍不住道。

"嗯……路上再说！哈哈哈！"薛之才笑了出来，众人都是一头雾水。问清楚老李家的住址之后，薛之才便带着众人离去。

一路上，薛之才接连笑了好几次。

"嘿，你别光顾着笑啊，到底什么主意，你倒是说啊！"秦归陌急了。

"嗯，我觉得吧……"于是薛之才说出了他的计划。

"这……"秦归陌听完，脸都绿了。

"哈哈哈，我觉得这个办法妙极了！"薛洪笑的最卖力，似是极其赞同的样子。

"切，你怎么不去？"秦归陌眉头一皱。

"我这么大块头在这里呢，骗不了人。"薛洪打着哈哈，"你也别乱看了，我是不会让少主冒险的，其他人的身手又不如你，你不是很厉害么？怎么着，怕了？"

"怕他奶奶！我……我去就我去！"秦归陌一咬牙，似乎下了很大的决心。

于是众人挑了一间客栈暂且住下，就等明天的行动。而秦归陌，则是一个人摸索着来到了老李家：果然，四面都有人围着，想必是为了防止父女俩再次逃跑。

抛了一颗石子引开两个人的注意后，秦归陌从这一侧的窗户翻了进去，那对父女俩明显一惊。

"嘘！别出声！我是来帮你们的！"不等父女俩叫出声来，秦归陌示意道。

"听我说，你们先答应他们，顺从他们，然后……"秦归陌迅速地把计划说了一遍，"明白了么？"

"多谢小英雄！"那个老伯感激道，"可是到时候你一个人，却是如何脱险啊，我们可不愿拖累恩人啊。"

"我自有办法。你们按计划行事就好。"秦归陌轻松回道。

"多谢恩人！"父女俩一齐跪拜。

"好了好了，快去准备吧！"秦归陌心里还是美滋滋的。

一夜无话。

翌日，接亲的队伍来了，场面倒是很气派，锣鼓喧天，热闹非凡。而新娘子早已凤冠霞帔，穿戴整齐。

"想通了？"几个大汉带了个媒婆，本来准备用强的，一看新娘子已经自己穿上了嫁衣，倒是省了一番功夫。

新娘子点点头，默不作声。

"这就对了嘛，以后就能过上好日子了！请吧！"

就这样，由媒婆搀扶着新娘，接亲队伍渐渐远去。

……

胡府，婚房，新娘端坐着，不时用手挠挠脖子，抓抓脚背。听到脚步声，又一本正经地坐好。

外面的宴席，也已经接近尾声。突然——

嘭的一声，房门被一脚踢开。两个人醉醺醺地闯了进来。一个弯腰驼背，口水直流；一个仰面叉腰，口眼歪斜，正是那对智障双胞胎兄弟——胡丢三，胡落四！

"哥，你今晚，嗝！可喝多了！"

"我没有，嗝！我看你倒是醉了！"

"嘿嘿，我确实是有点，要不新娘就交给你了，我先去睡会，嗝！"

"不不不，还是你来吧！嗝！我，我头有点晕！"

扑通扑通，这哥俩双双倒在了床边。

不是吧，这什么情况！新娘自己站了起来，一把掀起了盖头来：我还没使力，你俩就倒下了？

"你是谁！鬼啊！"兄弟俩异口同声叫了出来，同时跳向旁边，酒也差不多吓醒了一半。

"我是你俩的媳妇儿啊！"新娘娇媚道。只是，这声音，实在是恶心到让人作呕。

"呕！呕！"这哥俩双双倒下。

原来，这新娘正是男扮女装的秦归陌！一脸脂粉，再加上这销魂的声音，也难怪那兄弟俩反应这么大。

"起来起来！"秦归陌忍不住了，"让我好好教训教训你们！"

"哥！这家伙是捣乱的！"

"嗯，揍完再说！"

只见兄弟俩同时跃起，喝道，"丢三落四拳！"从左右两边围攻向秦归陌，此时他们，倒是完全酒醒了，抓起身边一切可用之物，砸向秦归陌。

酒杯，筷子，碟子，花瓶，一个劲地丢！秦归陌闪转腾挪，一一躲过。尽管穿着这身嫁衣，行动多有不便，不过还是轻松化解。

"颠三倒四！"兄弟俩立即变招，从左右合围变成上下齐攻，一人倒立，头顶着头，拳脚齐出，看似毫无章法，实则招招凶险。

这兄弟俩虽然脑子不大好使，身手还是很不错的，特别是两个人配合起来，一时间倒是让秦归陌有点手忙脚乱。

二十五
不打不相识

正当场面僵持不下时，外面听到里面的打斗之声，于是胡府的一干家丁渐渐集结，往婚房赶去。

此时，正在大厅里面吃喝的宾客们也是发出声声尖叫。因为薛洪一干人等纷纷亮出了兵器，也冲进了后院，和胡府家丁对峙着。

只是，胡府赶来的家丁越来越多，众人也陷入了缠斗。

房间内，秦归陌渐渐摸清那兄弟俩的招式，瞅准一个时机钻出了战圈，迅速褪去一身嫁衣，恢复了往日的灵巧。

"朝三暮四！"兄弟俩同时喝道，俩人左右交叉前行，步步紧逼，同样是毫无章法，却是处处击向秦归陌的要害！

"幻影如风！"热身活动结束，秦归陌使出了令他最为骄傲的身法。只见他立刻幻化成一道风影，往来穿梭于兄弟俩之间，直要得那兄弟俩团团转。

轰！"哎呀，你打到我了！"胡丢三惊呼出声。

嘭！"哥，你踢我干嘛？"胡落四忍不住埋怨。

秦归陌继续戏耍二人！这幻影如风的身法秦归陌早已练得相当纯熟。当年跟随师父彦一真人上山学艺的时候，一开始便是学的这身法，四年来由浅入深，如今终于大成。

当时的想法是：学好了这门功夫，即使我打不过，我跑还不行。

然而，幻影如风这门身法可不只是用来逃跑的，其中奥妙，自是难以言说。

明明胡丢三和胡落四的招式是打在秦归陌的身上的，却仿佛陷入泥潭一般，虚实难测，毫不受力；还没等他俩反应过来，秦归陌身形一动，手带脚提，以力借力，兄弟俩的攻势便又尽皆招呼在了对方的身上。而秦归陌则始终是一副好整以暇的样子。

最为头疼的是，以这哥俩的智商，怎么也理不清楚这里面的门道。

"真是邪了门了！""哎呀，疼！""我们打不过啊！"几个回合下来，兄弟俩吃了不少亏。这时候酒也完全醒了，只见俩人对视一眼，互相点头，于是使出了终极绝招——"低三下四！"

扑通扑通！只见兄弟俩一齐跪下，口中求饶道："不打了不打了，我们认输！"然后开始在那一个劲地磕头！

看到这一幕，秦归陌也是哭笑不得：这两个白痴，唱的哪一出？

"大哥，我们服了！我们认输！"俩人异口同声。

"我问你们，为什么要强抢民女为妻，你们经过人家的同意了么？"

"大哥教训的是！不过这门婚事我们并不多感兴趣，是曹管家一手安排的。"

原来自从他们老爹胡庄主去年突然暴毙家中之后，这两个白痴什么也不懂，于是胡府上下大小事情都是曹管家一人打理。这哥俩也乐得清闲，自顾玩乐。今年开始，曹管家说俩人也老大不小了，该讨媳妇了，俩人对此没啥感觉，只有一个要求：兄弟俩人不分开，要娶媳妇一块娶。于是便张罗起来了，接着便有了这次事件。

秦归陌又追问，之前胡家庄在当地口碑很好，为何现在搞得百姓们怨声载道。兄弟俩都表示不知情，府中事情都是曹管家打理的，这让秦归陌若有所思。

这哥俩对秦归陌"幻影如风"的身法表现出很大兴趣，像个孩子一样不断发问，一口一个秦大哥。知道这哥俩虽然脑子不好使，但是本性不坏，秦归陌便和这傻哥俩闲聊起来，大致解释了一下，不过看他们抓耳挠腮的样子也只能是一知半解。哥俩也对秦归陌吐露，以前庄主因为广交朋友，也给他们俩找过几个师父习武，不过最后都因为他俩近乎为零的资质而无能为力，几年下来也就练练基本功，至于招式功法什么的，他们根本学不会。

不过俩人逐渐来了兴趣，而且不可思议的是，兄弟俩私下里互相琢磨研习，瞎鼓捣鼓捣，居然创出了这套"丢三落四"拳，俩人也正式改名胡丢三，胡落四，并且还沾沾自喜。真是大千世界，无奇不有。

嘭！大门被破开！原来胡府家丁和薛洪他们已经打到了这里。家丁人数占优，一下子冲了进来！都拿着武器指着秦归陌。

"干什么干什么？我们和大哥正在聊天呢！"兄弟俩不满道。

"两位少爷，这……"家丁们面面相觑。

"我倒要看看，是谁这么大胆子，敢在胡府捣乱。"一个阴阳怪气的声音传来。

二十六
真 相 大 白

"曹管家来了!""曹管家!"一众家丁纷纷让开一条道路,只见一个带着黑色皮帽的中年瘦削男子慢慢踱步走来。

"老曹你这是干什么?"兄弟俩不咸不淡地回应着。

"哟,两位少爷,怎么坐在地上? 快起来快起来。"曹管家倒是一片殷勤,只是暗中咬了咬牙,马上又堆起一张笑脸,"我这不是来查捣乱两位少爷婚事的人嘛。"

"没什么好查的,这位是我们秦大哥。"兄弟俩立即表明立场。

"这……好,好!"曹管家咬牙忍住,刚准备转身——

"你就是曹管家?"秦归陌眉眼一挑,一个跟头便翻起身来,"光天化日下,强抢民女真是够威风啊!"

"放肆! 哪里来的毛头小子! 给我拿下!"曹管家哪里忍得住这番奚落,也顾不得兄弟俩在场了,一声令下,家丁们纷纷围了上去。

"嘿,我说秦老弟,跟他废什么话!"薛洪扯开了嗓子,便要动手。

"也好,我就替本地百姓好好教训下你!"秦归陌使出"幻影如风",顷刻间撂倒几名家丁,直取曹管家面前。

另一边,薛洪他们也和家丁动起手来。

"哎,一团糟!"胡丢三胡落四兄弟俩一时间没了主意,一边是刚认得的大哥,一边是自家的管家和家丁,两边都不好帮,只能在一旁干瞪眼。

这曹管家虽然也会些拳脚功夫,却哪里是秦归陌的对手,没两下就被秦归陌给制住了，黑色皮帽也被掀飞了，露出一个大光头，场面颇为搞笑。

"住，住手！"曹管家吓得不轻。众人停止了打斗。

"继续横啊！"秦归陌把曹管家踩在脚底，啐了一口。

"好，好汉饶命！"曹管家吓得魂都没了，心想这是遇到高手了，赶紧用目光向兄弟俩求助："两位少爷救命啊！"

"这，秦大哥，你看……"这哥俩愣半天也说不出个所以然来。

"这，这样，我立刻叫人放了那父女俩，你饶了我吧！"曹管家声音都变形了。

"谁要你放？我们早救走了！"秦归陌又是使劲一脚。

"哎哟！"

"婆婆妈妈的，干脆给他一刀！"薛洪吼道。

"可他毕竟罪不至死啊，要不送官府吧？"秦归陌有些犹豫。

"这你就太嫩了，要是送去官府，他们使点钱，保管没几天就又出来了。"薛洪冷冷哼道。

"谁说他罪不至死！"一身白衣的美男子薛之才出现了，"依我看，简直是死有余辜！"

"少主！""薛兄弟！"薛洪和秦归陌都看向门口。

跟着薛之才一起出现的，还有一个妇人，此人虽然徐娘半老，但是却颇有姿色。

"姨太太！"下人们喊道。"姨娘！"俩兄弟也起来了。

"你，你怎么来了？"地上的曹管家倒是一惊。

"我，我……"那妇人看了看曹管家，又看看薛之才，竟是半句话也说不上来。

"当然是来看看她的相好啊！"薛之才手上一使力，那妇人便被推倒在地，正巧，倒在了曹管家的旁边。

原来昨天秦归陌离开之后，薛之才又找了些当地百姓打听这胡家庄的事情，众人都说之前的胡庄主很受百姓称赞，只是自从去年突然暴毙之后，这胡家庄便好似换了一番模样，开始无恶不作，鱼肉百姓。薛之才越发觉得奇怪，于是夜探胡府，终于发现了这曹管家和姨太太的奸情！

"所以我今天就把她带了过来！"薛之才冷冷道。

居然还有这种事情！众家丁中除了曹管家的几个心腹，大部分人都是吃了一惊。至于那傻哥俩，估计都没听懂薛之才在讲什么。

"你们老爹，就是被他俩合谋害死的！"还没等众人缓过神来，薛之才又扔出一颗重磅炸弹。

这回兄弟俩再傻也听明白了，纷纷望向曹管家，"这，是真的么？"

"你……你不要血口喷人！"曹管家挣扎着坐起身。

"需要证据么？"薛之才看向两个家丁，那俩人立刻低下头。

"你就认了吧，咱们瞒不下去了！"妇人拉扯着，带着哭腔。

"你这个贱人！"曹管家伸手就掐她的脖子。

噗噗！

"他奶奶的！"薛洪手起刀落，结束了这场闹剧。

二十七
南蛮沼泽

哎！望着两人的尸体，众人也只是一声叹息。

胡丢三胡落四兄弟俩愣在那里，竟是半句话都说不出来。一众家丁们也是呆立在场，一时间没了主意，其中俩人见势不妙，挪动身子，正准备悄悄溜走。

"薛兄弟，这到底怎么回事啊？"秦归陌看着胡家哥俩落寞的神情，忍不住代他们问道。

"还是让他们说吧！"薛之才身形一动，砰砰两脚就将那两个准备悄悄溜走的家丁给踢翻在地。

"好汉饶命啊！都是，都是曹管家指使我们干的！"

"对对对！"两个家丁顺势跪在地上一阵猛磕头。

"把你们知道的都说出来，如有半点隐瞒，他们二人便是你们的下场！"

看着曹管家和姨太太的尸体，两个家丁脸都吓青了，于是二人你一言我一语，将整个实情一五一十的全都讲了出来。

原来，自从几年前两位少爷的亲娘——也就是老夫人，染上重病卧床不起之后，胡庄主就又娶了一房姨太太。后来这曹管家觊觎姨太太美色，姨太太又嫌庄主年迈，这俩人便勾搭上了。好了一阵子之后，俩人怕东窗事发，便起了杀心。于是在庄主的饭菜里下了毒药，因为曹管家一直很受器重，因此丝毫没有被怀疑。加上这兄弟俩糊里糊涂，老夫人又卧病不起，别说查清楚真相，就是这府上的大小事情，这之后都全部是曹管家一人说了算。

为了不引起怀疑，表面上曹管家对兄弟俩还是言听计从，不过为了自己的利益，对外面百姓的态度却是十分恶劣，这也让胡府的口碑逐渐变差。而为了更好地控制兄弟俩，真正长久掌管胡府，这才决定给兄弟俩张罗婚事。

没想到，抢亲一事却成了自己显形的导火索。一切，都是天意啊！

胡丢三、胡落四这兄弟俩的脸色很难看。

尽管平时有些白痴犯傻，不过人终究还是有感情的，知道自己的生父是被毒死之后，心情都十分复杂。以后，怕是不能再像从前那般没心没肺了。在秦归陌和薛之才的建议下，兄弟俩决定遣散大部分家丁，以后好好陪伴与侍奉自己卧病多年的生母。

在胡府住了一夜，翌日清晨，一行人便准备辞别。

"老夫人保重！"秦归陌和薛之才准备动身。

"麻，麻烦了。"老夫人虽然卧病在床，不过此刻也是明白了事情的来龙去脉，对这几个年轻人，还是有着感激与好感的。

"秦大哥，再多住几天吧？"兄弟俩只感觉跟秦归陌相当投缘，似乎有聊不完的话题，尽管可能都比秦归陌年长一两岁，不过这个秦大哥他们心中是笃定认了下来。

"不好意思啊，我们还有任务在身。"秦归陌笑道，顿了顿，"有缘自会再见！"

一定会的。

……

又赶了几天路，一行人终于是来到了南蛮沼泽的边缘。对于秦归陌在胡府的表现，大家都有目共睹，于是渐渐地大家都接受了他成为团队的一分子。虽然秦归陌和薛洪还是会偶尔斗嘴，但是这时候就纯粹只是为了在路上打发时间，调节气氛了。可以说，秦归陌已经渐渐融入这个团队中了。

沼泽边缘，暗沉的地表已经泛着些许黄绿色，几簇低矮的灌木丛三三两两的分布着，一些浅洼不时冒着泡泡，发出诡异的声音，再向深处望去，只有一片幽暗。

"我们走吧，大家都小心点。"薛之才已经下了马车，对大伙说道。于是薛洪领着几个人在前面开路，秦归陌和薛之才走在队伍中央，还有十来人殿后。

秦归陌发现，前面薛洪他们几个不时弯腰，好像在仔细辨别着什么，而后面的那些人都背着一个竹篓，手上也都拿着一捆捆粗壮的绳索。

"绳索是要用来对付凶兽的，竹篓自然是用来装东西。"似是看出了秦归陌的疑惑，薛之才耐心解释道，"而薛洪他们几个，则是在沿着记号辨别路径。"

"辨别路径？"初次下山，进入南蛮沼泽的秦归陌这个时候只能虚心请教。

"不错，这南蛮沼泽外围虽然没有内部凶险，但是四处分布的坑洼沼泽可是不少，不小心陷进去会相当麻烦。"薛之才继续解释。

"而为了更有效率，不断探索进入其中的人们，自然会找出一条条相对安全的路径。眼下这条，便是我们薛家与这沼泽历次往来的纽带。"

原来如此。

二十八
银角犀牛

经过大半日的跋涉，一行人终于来到了南蛮沼泽的腹地，到了这里，土地已经不再松软，相对的，也没有了那么多陷落的危险。不同于外面低矮的灌木丛，这里的树木相当高大繁茂。

此时已经由黄昏渐渐入夜，一众人便生起篝火，支起帐篷，准备歇息，明日一早再进发。而茂林深处不时涌出阵阵阴风，篝火明灭不定，加上隐约间传来的稀疏的几声兽吼，不禁令人毛骨悚然。秦归陌向那一片黑暗望去，更多的，则是兴奋。

此时的秦归陌和薛之才已经相当熟络，便聚在一处吃喝闲聊。而薛之才显然也是认可了这个朋友，几乎无话不谈。明天就要正式行动了，于是薛之才坦然透露，他们家是做生意的，包括重点的皮革制品与野兽买卖。这南蛮沼泽深处便是生活着各种奇珍异兽，这里的野兽往往能够卖到更好的价钱。不过要小心的是，除了普通野兽，这里同样生存着各种各样稀有的凶兽，这些越往深处，便越是残暴的凶兽。

不过一般来说，普通凶兽们都有着各自大致的活动范围，你不去招惹它们，还是相对安全的。至于沼泽最深处，据说存在着超级恐怖的史前凶兽，一旦被发现进入它们的领地，它们就会发动无差别攻击，那样的情况下，几乎无人能够生还。当然，薛之才一伙人自然不会自大到深入那里，他们此行只是抓捕一般的野兽，最多，包括一头名为"银角犀牛"的普通凶兽。

第二天，大家拿着工具依次进发。渐渐的，秦归陌越来越清楚地听到各种兽鸣；渐渐的，他也见识到了各种飞禽走兽。

真是壮观啊！还没等秦归陌慨叹完毕——

"行动！"随着薛洪的示意，一队人马迅速散开，他们四人一组，人手一根粗大的绳索，前端扣成一个圈，纷纷套向被盯上的目标的四肢。扣中，收缩，用力，拉紧，放倒。动作娴熟，配合默契。眨眼间，就制服了两头野猪。

"厉害啊！"秦归陌忍不住赞叹道。

"对付这些野兽，他们已经很有经验了。"薛之才说道，"我现在担心的，还是那头银角犀牛。"

几天下来，秦归陌发现，他们利用各种灵活的办法，轻松制服了诸如野猪，豺狼，高角鹿，斑点貘等各种野兽。有一次，薛之才也亲自上阵，一根银鞭使得有模有样，眨眼间就放倒了一只野猪。当然，秦归陌也加入了其中，几次历练下来，只感觉相当新鲜刺激。

……

不过这一天，小队中几个人的脸色都显得很沉重。

"怎么了？"秦归陌迅速察觉到了大伙的异样。

"再往前走，就是银角犀牛的领地了。"薛之才深吸一口气，缓缓道。

终于要碰到凶兽了么？秦归陌倒是期待得很。

沿着标记，小心翼翼地往前又走了一段路，拐过一个弯口，秦归陌终于是看到了那头，不，是足足六头银角犀牛！

此时的六头犀牛有的正悠哉悠哉地喝着水，有的安静地趴在一旁小憩，还有的在远处慢慢来回踱步。

乍一看，简直温顺驯良，人畜无害啊。

不过薛之才心中却是一阵小紧张，那张俊俏的脸上也是缓缓滑过几粒汗珠。此刻，一只手搭在了美少年的肩上。

"薛兄弟，别紧张，我们一起制服它！"秦归陌咧嘴一笑，漏出一口白牙。

"唔，好，好的……"慌慌张张拍掉秦归陌搭在肩上的那只手，美少年心跳一阵加速，悄悄挪了挪身子，表情有些不自然，"薛，薛洪，准备好了没？"

"一切准备就绪！"饶是薛洪的大嗓门，此刻也是压低着回应。

"行动吧！"薛之才马上恢复了过来。

于是，薛洪和几个人点燃了几支特制的蜡烛，不一会，一阵异香传来。这股香味，顺着风向，往最近的那头银角犀牛飘了过去。

"这种麝香，是银角犀牛最喜欢的味道。"薛之才一边跟秦归陌解释道，"一头银角犀牛已经够难缠的了，而如果是面对六头，我们将会毫无胜算；所以我们必须想办法单独引出来一头。"

秦归陌点点头，眼下这个办法确实是最稳妥的了。

果然，不一会，离得最近的那头银角犀牛停止了喝水，昂起了身子，抬起了头颅，粗大的鼻孔一翕一张，似是闻到了什么，接着缓缓转过身子，迈开步子，向着秦归陌这边，渐渐走来。

二十九
危险逼近

"那畜生过来了！"薛洪压低了声音。

"我们撤！把它再引出来一些！"薛之才冷静地传达指令。

于是一行人沿着拐角处缓缓向后撤退，众人神经都高度紧张，十来人都不自觉地握紧了手中的绳索，而拿着香烛的几个人，则是掩护在队伍最后头，只有他们手中缓缓散发的这股麝香，才能将银角犀牛吸引过来。

近了，更近了！银角犀牛已经行到了拐角处！众人隐蔽在不远处的草丛中，观察着它的一举一动——然而，银角犀牛停在了这个拐角处，这里似乎就是它的领地边缘了，看上去好像犹豫了一下，接着缓缓挪动身子，便要准备回头。

"那畜生要跑了！我们行动吧！"

"不行，这样的距离还不够，一旦被缠住，很快就会惊动其他几头！"

"那怎么办？"

正在大家犹豫不决的时候，薛之才感觉身边一阵风动，接着便是一道人影射了出去！

"嘿！小牛仔！看看这是什么？"秦归陌已经冲到了银角犀牛的面前，左手握着两支香烛，右手还在那边使劲地扇着。距离那头犀牛，只有短短十来米！

"危险！"薛之才惊呼出声。

这么近的距离，这么浓的味道，那头银角犀牛彻底被吸引住了，转过头狠狠地盯着眼前挑衅的人类，鼻孔不断往外喷着气！

"想要么？来追爷爷啊！"秦归陌转身就跑。

只见那头银角犀牛突然加速冲了过来，两眼泛红，似乎是被彻底激怒了：区区一个人类，竟然敢挑衅一头凶兽，一定要把他碾碎！

虽然知道秦归陌这样的挑衅相当危险，但事已至此，众人也不能白白浪费这样一个机会。于是在秦归陌转身的一瞬间，整支队伍又迅速向后退了数百米，彻底远离了这个拐角口。

"准备！"一声令下，"上！"

当秦归陌堪堪穿过这块空地的时候，两边突然暴起了十二人，三人一组，每人手中都紧握着一根粗大的绳索，向着紧跟上来的那头银角犀牛的四肢套去！

扣中！扣中！扣中！扣中！

收缩！收缩！收缩！收缩！

拉紧！拉紧！拉紧！拉紧！

放倒！放倒？放——倒？

合十二人之力，竟然还是没能在第一时间将这头银角犀牛放倒！此时，这头犀牛的四肢上，每一处都被扣紧了三根粗大的绳索。

"吼！"犀牛怒了，四肢一用力，两边抓捕的十二个人竟被它带的一阵东倒西歪。

"好家伙！"秦归陌已经转过身，此时看到这番场景，也不禁为它的蛮力暗暗咂舌。

"麻醉它！"薛洪吼道！只见之前殿后的几个人早就扔掉了蜡烛，纷纷掏出弩箭，向着银角犀牛射去。

这些弩箭的箭头上，都涂着高效的麻醉剂，正常情况下，不出几分钟，就能奏效。

噗噗噗！全部命中！

"吼！吼！"犀牛吃痛，立刻进入暴走状态！牛躯一震，撒开蹄子横冲直撞起来！围困的十二个人硬是没能拉住，被一直拖着走。

噗噗噗！又是一阵弩箭命中！

"吼——"银角犀牛彻底发飙，四肢猛地收力一蹬。

嘭嘭嘭嘭嘭！绳索悉数断裂！十二个人被这股反作用力全部震飞！这头犀牛刚一挣开控制，便赤红着眼睛，继续向着眼前的众人冲来。

几个弩箭手来不及闪躲，被直接顶飞。那畜生却是冲势不减，竟是直接奔着薛之才而去！

"少主小心！"薛洪试图阻拦，情急之下，操起一根粗木棍，便向着那头犀牛的前腿挥去。

嘭！毫无意外的，木棍应声而断！薛洪也被这股狠力反弹震开，眼见着那畜生就要撞向薛之才了！

"少主！"薛洪失声惊呼！

此时的薛之才完全被这股气势给吓懵了，竟然愣在那里，不躲不闪。

啪！嘭！"唔！"

电光火石之间，秦归陌一掌推开了薛之才，而自己，却是被犀牛给蹭到了，在地上翻了好几个滚，才卸去了这股冲劲。尽管如此，他的左边胳膊，也是暂时失去了知觉。

"小牛仔，你爷爷在此，放马过来啊！"立刻翻身，秦归陌没有一丝犹豫，冲着那头银角犀牛吼道。刚刚失去的目标，现在竟然又来挑衅自己！银角犀牛满眼赤红，发疯一般冲向了秦归陌。

"幻影如风！"秦归陌毫不示弱，立刻化成一道残影，与这头凶兽纠缠起来。

……

远处，剩余的五头银角犀牛也是先后闻到了这股淡淡的麝香，似乎是察觉到了什么，竟是不约而同的，缓缓向着这边走来。

危险！一步步逼近！

三十
柳下送别

"吼!"又一次扑空,银角犀牛已经出离了愤怒,两只猩红的眼睛里,似乎是要滴出血来。转身,调整好角度,继续冲锋!

眼前的这个人类,一定要将他撕碎!

第九次对决!

秦归陌将"幻影如风"的身法催发到极致!饶是如此,那头畜生还是渐渐迫近,咬紧在他的身后,那根银色的犀牛角,泛着森森冷光,眼看着就要撞进秦归陌的后背!

千钧一发之际,只见秦归陌骤然转身,降速,屈膝跪地,上身后仰,几乎与地面平行,从那头犀牛的身下四肢之间,滑行而去,堪堪避过。

"呼!呼!"秦归陌喘着气,这样下去可不行啊。

虽然银角犀牛素来以蛮力和耐力著称,但是它发飙起来,速度也是一等一的,这就迫使着秦归陌只能不断利用"幻影如风"的身法来与之纠缠。换作一般对手,早就被秦归陌摆脱了。不过显然,他还是低估了这头犀牛的耐力以及——对他的仇恨!

失去目标,又一次被耍!此时的银角犀牛已经收住脚步,正缓缓转身:这个人类,太可恶了!一定要碾碎他!

秦归陌大口喘着气,紧紧地盯着不远处转身的犀牛,左边胳膊还没恢复过来,右腿上也有一道划伤——之前一次闪躲时不小心被牛角尖刮到。此时,他的体力已经快到极限,不知道还能坚持多久:这大家伙,真难缠啊!

期间，其他人也已经集结起来，除了薛之才，大伙儿都或多或少地受了些伤。此时，他们也只能紧紧盯着场上的局面，一个个显得毫无办法。

薛之才攥紧手中的银鞭，刚才要不是秦归陌及时救援，自己可能已经身负重伤了吧。本来以为这次只是一个普通的历练，没想到自己的表现这么差，刚才居然慌神了，要是父亲看到了，一定会对自己相当失望。薛之才抬眼凝视前方——

一定要坚持住啊！

此刻，银角犀牛已经转过身来，一对赤红双目死死锁定了面前的秦归陌，恨不得将他生吞活剥。正当它降低身子，准备再度发起一轮冲锋的时候，脚下却是一阵趔趄，差点没站稳，紧跟着，它那肥硕的大脑袋使劲晃了晃，身子开始东倒西歪。

看来，麻醉剂已经有了效果。

"呼！"秦归陌舒了一口气，总算奏效了。高强度的连续运动，高度集中的精神状态，此时的秦归陌已经到了一个极限点，一看到那头畜生出现了麻醉反应，便好似卸尽浑身力气，整个人都虚脱了一样，接着便一屁股瘫坐在了地上。

什么！看到面前的人类如此挑衅，竟然坐在地上不动弹！这是对自己赤裸裸的蔑视啊！银角犀牛怎么能忍，扯开蹄子就要冲过去。只是这一次，它再也冲不动了——

嘭！银角犀牛重重地摔在了地上，粗大的鼻孔不断哼哼着向外冒着热气，四肢象征性地挣扎了几下，眼皮便缓缓阖上，意识，也终于渐渐模糊……

至此，这场狩猎大戏，也是落下了帷幕。

"干得漂亮！"

"你小子挺行啊！"

薛洪等人一拥而上，将秦归陌团团围住，对于秦归陌的表现，众人也是不吝赞美。

"嘿，侥幸而已，再来几次我可真就扛不住了。"秦归陌抓抓头，此时倒显得不好意思起来，"还好麻醉药效果及时。"

"对对对！不过还是多亏了你拖住了时间。"薛洪使劲拍了拍秦归陌的肩膀夸道。

"嘶——"正好拍在了左肩上，疼得秦归陌一阵龇牙咧嘴。

"哎呀，对不住啊！秦兄弟！我不是故意的！"薛洪一阵抱歉，紧接着便转移话题，"你们几个快去，动作利索点！"

于是，秦归陌看着十来人向那头犀牛奔去，只能一阵苦笑："没，没关系……"

"少主！"薛洪停止了哄闹。

原来薛之才也已经赶了过来，"之前，多亏你了！你，你没事吧？"

"我没事！"秦归陌一个跟头翻起来，脚下却一个趔趄，"就是有点累，哈哈哈！"

"秦大哥！"看着秦归陌垂着的左半边胳膊，还有大腿上的伤口，薛之才忍不住说道，"谢谢你！"

薛洪摸了摸鼻子，识趣地走向犀牛那边。

"谢什么？跟着你们白吃白喝这么久，总得出份力不是！"

"不管怎么说，总之你救我一命，这个大哥，我认了！"

"那随你便咯！"

"那犀牛头上的银角，是很珍贵的药材呢！你帮了我们一个大忙！"

"哈哈，薛贤弟你太客气了！"

"我们正在研制中的'绮罗香'可是少不了这一味药，这也是父亲让我出来历练的目的。"此时的薛之才完全意识不到自己的啰嗦。

"哦？'绮罗香'是什么？名字很好听嘛！"

薛之才刚想解释，突然，大地一阵颤动。

它们也来了！众人警觉：剩下的五头银角犀牛，怕是追了过来！

被五头大家伙给缠住的话，那可就糟了！

"赶紧把犀牛角挖出来，先撤！"薛之才当机立断。

……

最终，他们还是有惊无险地完成了任务，出了沼泽。

"秦大哥，我们要回去了。你接下来有什么打算？"

"溜出来这么久，我也要回山上去了，否则师父要着急了。"

"嗯，这些银子你就收下吧，就当盘缠用，大恩不言谢！"话虽这么说，可是薛之才心中实在不舍，不知何时，"他"的心中，已经默默种下了秦归陌的身影。

"薛贤弟，一路顺风！"秦归陌不疑有他，拿出意合箫，在柳树下用箫声送别，心中却是想着另一个人影。

"秦大哥，保重！"

还会再见么？薛之才在心中默念。

落日余晖中，马队渐行渐远——

一定会的。

三十一

正 面 激 战

"大火焰弹！"秦归陌毫不犹豫地冲向了天南嚣，一上来就是火焰咒的威力。仇人见面，分外眼红！

"归元盾！"只见天南嚣不疾不徐地抬起双手，在身前拨弄两圈，一个黑色的无形防护罩即刻生成。

噗嗤！火焰弹被弹开，并没能造成杀伤！

不过这一切早在秦归陌的预料之中：天南嚣可不会这么容易对付！

"幻影如风！"眨眼之间，秦归陌已欺身上前——居然是准备正面肉搏！

好快的速度！天南嚣眉头一皱，饶是以他的自负，也是被这诡异的身法一惊，不过，这小子居然敢上来硬拼，未免太小瞧他了！

嘭嘭嘭嘭嘭！

电光火石之间，两人已然交手！天南嚣起初只觉得双掌似乎击打在一团棉花上，毫不受力，不过转瞬间就想通了：这小子不过在借力卸力罢了。于是后面几掌之中注入了自己雄浑的内力，准备以力破巧。

这个方法，的确奏效了！

秦归陌只感到五脏六腑内一阵翻江倒海——自己的内力修为，终究是不到火候。

嘭嘭！

又是匆匆两下对掌，秦归陌顾不得双掌上传来的痛感，一个借力，迅速拉开了距离，同时脑海中飞快思忖着：刚刚自己确实是被仇恨蒙蔽了才失去理智，急于报仇而选择上去硬拼，自己显然太冲动了！

果然，还是太勉强了么？那么，试试这个吧！

双！龙！——

"三才掌！"

然而，天南嚣并没有给他喘息的机会，几乎是在秦归陌退去的一瞬间，便紧跟着追了上来，使出了自己的成名绝技！

三道弧形利刃自他掌中射出，挟裹着黑色的煞气，直追秦归陌身前，一旦被击中，铁定是重伤的下场！天南嚣嘴角扯出一抹阴笑，脸上的刀疤一阵牵引，显得分外狰狞。

躲不过去了！天南嚣几乎可以肯定！

"火焰墙！"秦归陌迅速在身前施放出一堵火红色的墙壁来，在关键时候，能化解眼前的危机么？

"唔！"秦归陌从高台上倒飞了出去。

火焰墙挡住了其中两道弧形利刃，第三道利刃却是从一个侧面破空而来，挟裹着一股黑色煞气，狠狠地撞进秦归陌的右侧身躯。

嘭！秦归陌栽进了雪地中，侧身吐出一口鲜血，染红了一小块地面。

可恶！根本来不及聚气凝力！刚才秦归陌正准备使出"双龙戏珠"的大杀招，可是天南嚣根本不给他机会，便立刻抢攻！无奈之下，秦归陌只能被迫防守。饶是如此，短时间凝聚出的火焰墙堪堪挡住了两道利刃，还是在侧面露出了破绽，被第三道利刃给击中！

秦归陌犯了一个致命的失误！"双龙戏珠"威力固然强大，但是这是同凝聚出的火焰数量成正比的。想要完美发挥出来，就需要一个不短的准备时间！而天南嚣，自然不可能站在那里给你瞄准！

实战，终究不同于陪练时候的试招！

一击得手，天南嚣更是步步紧逼！不等秦归陌站起来，一个纵身，便已经来到了后者的身前，右手举起，掌下已然凝聚出一股黑色煞气！

这么近的距离，这一击如果打实了，秦归陌就真的凶多吉少了！

"去死吧！"天南嚣喝道！

关键时候，秦归陌用意合箫挑起一片雪花，向着天南嚣双目之间撒去，接着便一个翻滚，以不可思议的角度旋起了身子——同样是"幻影如风"的一个妙招。

轰！

雪花四溅！地面被击出一个大坑。

刚才的那片雪花，短暂地影响了天南嚣的视线，使得这一击，稍稍地偏了一丝角度，而秦归陌，才得以惊险避过。

"哼！垂死挣扎！"天南嚣毫不迟疑，立刻追了过去。

拖！

秦归陌心中很清楚：目前的自己，还不是天南嚣的对手！硬拼显然是愚蠢的行为！拖！等他漏出破绽！等到自己有机会使出"双龙戏珠"，就能给予他致命一击！

然而，天南嚣怎么可能给他这么一个机会？尽管秦归陌已经开启"幻影如风"模式，天南嚣还是紧紧咬在他的身后，伺机而动。

右肋下隐隐传来剧痛——那是被之前的第三道弧形利刃给准确命中，虽然不够致命，但是却大大影响了秦归陌此刻的速度，"幻影如风"根本无法完美发挥出来。

结果就是：完全摆脱不了天南嚣的纠缠！

几乎是每十个呼吸，秦归陌就要被迫与追上来的天南嚣一阵交手。之前吃了亏，此时的秦归陌也不敢近身硬拼，只能利用意合箫不断使出洞箫十二式，进行中距离缠斗。

这样下去可不行啊！

秦归陌暗自发愁……

三十二
三处缠斗

此时的正德广场上，各个门派早已厮杀成一团，混乱不堪。让人头疼的是，他们不仅要抵御天南宫众人的围攻，还要时刻提防"自己人"的偷袭——说不定身边与你并肩战斗的同门，就是被天南宫安插进来的卧底，冷不丁地从背后给你一刀。

而这样的例子，并不在少数。因此一时之间，广场上血流成河，染红了一块又一块地面，在铺满白雪的长卷上，绽放出一簇簇鲜红欲滴的血色之花，场面甚是凄美。

天南嚣和秦归陌一追一躲，从高台斗到圈外，又从圈外杀进广场，纠缠不休。其他各处战圈，战况也都十分胶着，而这其中的三处交手，则最为关键。

"十三路鞭腿！"福伯老当益壮，他的对手，正是天南宫四鬼中的老大——天南魈！

"三才掌！"天南魈正面迎击。同样的三道弧形利刃射出，只是少了黑色煞气的裹挟。

嘭嘭嘭！针尖对麦芒！

一触即离，两人迅速错身！

天南魈面不改色，而福伯的眉头却是略微一皱。显然，刚才的交手，福伯吃了些暗亏。

连环踢！回旋踢！福伯不退反进，发动暴风骤雨般的攻击。

天南魈毫无惧意，出招对轰！

轰轰轰！雪花四溅！

几个回合下来，福伯的双腿已经不自觉的颤抖起来，一股胀痛从双腿传遍全身；而天南魈，硬挨了几记鞭腿之后，也只是掸掸身上的积雪与灰尘，似是相当轻松随意。

此消彼长，福伯陷入苦战！

……

"雪之舞！"雪花幻化，寒气逼人！

雪影长老倾尽毕生所学，脚步频移，双掌迭出，在雪地里辗转腾挪，一身白袍随风舞动，猎猎作响，整个人仿佛是只在雪中翩翩起舞的白色精灵。

这样的战斗技巧，看得人如痴如醉。

只不过，在她面前的天南魈可不敢掉以轻心。雪影长老的每一掌，都蕴含着森然冷气，每一次交手，那寒气便直接缠上他的手臂，瞬间的僵冻使得他的灵活性大打折扣，这样的战斗也令他十分难受和憋屈。

"吼！"又是一记对拼，天南魈只能试图以内力硬撑。

几番交手，他的眉毛上都已经附着上了一丝冰霜，双手更是在寒气侵袭之下快要失去知觉，明知道继续下去情况不妙，却是想不出有效的破解之法。

紫色披风一扫，天南魈竟然掉头就撤！同时还不忘就近抓起身边的人向着身后的雪影长老掷去，期望能延缓后者追击的脚步。

被他抓起的人，则是不分敌友，既有其他门派的弟子，也有天南宫的手下。面对后者，雪影长老果断一掌击飞，若是前者，她则是不忍心，于是稳稳接住后先安置在一旁，再继续追击天南魈。

不过这样一来，就大大影响了追击速度！而天南魈也乐得与之拖着。

这样一来，雪影长老和天南魈这边倒是战成一个均势甚至是小优的局面。

……

"立地剑法！"剑心长老一套剑法使得行云流水，把身前守得严严实实。

这让灵活见长的天南魈也是拿他没有办法。

身形瘦削的天南魈在一旁上蹿下跳，左右突袭，伺机而动，活脱脱一个野猴子的模样。无奈剑心长老这套剑法本就是注重防御，立足稳健的下盘，剑芒舞得密不透风，天南魈根本无法近身。

不过，狡黠的天南魈很快便有了一个主意。

只见他不再理会剑心长老，转而攻击其他门派之人。顷刻之间，便有数人丧生在他的鬼爪之下。

"岂有此理！"剑心长老浓眉一抖，接着便一剑向天南魈刺来。

"鬼之爪！"天南魈敏捷的一个闪身，躲过了这一刺，接着便欺近剑心长老怀中，一双利爪向着后者的胸膛抓去！

"不好！"剑心长老及时撤剑回防，同时身形迅速后撤，欲要躲过这一抓。

噗嗤！

可惜还是慢了一步，胸前的衣衫被撕裂了一块，漏出五道血红的爪印。不过好在反应及时，没有受到重创。

正当天南魈准备继续发难时，剑心长老已经稳住身形，那套"立地剑法"又是稳稳施展开来，迫得天南魈只能最终放弃。

不过，天南魈丝毫不以为意，转而继续攻击其他人。普通人哪里是他鬼爪的对手，纷纷出现伤亡。于是，剑心长老不得不放弃守势，只能出剑攻向天南魈。而天南魈总能找到一个合适的时机，在剑心长老攻向自己的时候，从一个刁钻的角度回报后者一记鬼爪。

天南魈倒是想得明白：这剑心长老的剑法固然防御厉害，攻击性可是很一般，自己抓住对方进攻的机会才能造成杀伤。

剑心长老却头痛得很：这套剑法本来就是一对一立足防守，再抓对方破绽给予致命一击的，没想到现在却屡屡被对方抓住机会讨了便宜。

几番下来，起初剑心长老身上倒是不小心出现几处伤口，不过后来加倍小心，便也让对方没那么容易下手。不过天南魈也不过多纠结，索性把目标瞄向了其他人。

这一次，他盯上的是——

薛采芝！

三十三
出现转机

　　此时的薛采芝仍是一袭白衫的俊俏公子模样，打斗中紫色发带随风而动。只见她长鞭飞舞，宛若蛟龙，三两下就将天南宫的几个手下给打趴下了。

　　"哟！身手不错！"天南魈盯住目标，鬼魅般的身影已然欺近身前。

　　警觉背后有人，薛采芝立刻一个侧身准备让过，同时回头一记长鞭向身后扫去！

　　落空！

　　"少门主小心！"剑心长老也已经赶到，出声提醒！

　　"鬼之爪！"天南魈毫不留情，直接对着薛采芝的脑袋抓去！

　　长鞭已经扫出，来不及收回防御。危急时刻，薛采芝沉住气，矮身一个劈叉，利用一字马造型，仰首堪堪避过。

　　不过，天南魈这一爪还是扯掉了薛采芝头上的发带，露出了后者的披肩长发。

　　"哈哈哈，意外的惊喜呢！"天南魈盯着薛采芝，眼神中满是贪婪。

　　就连赶来的剑心长老也是一愣，没想到富贵门的少门主原来竟是个女儿身。

　　"这样一张俏脸，我还真有点舍不得毁掉呢！"天南魈的指尖抓着几缕发丝，忍不住凑到鼻前闻了闻，"真香啊，阿哈哈哈！"

　　"有本事就放马过来！"看着对方这恶心的举动，薛采芝也是怒从心生，于是立刻起身，握紧手中银鞭，调整好姿势，准备好好给他一个教训。

"那我就不客气了！"天南魈鬼魅般启动，迅速避过准备拦阻的剑心长老，径直向着薛采芝奔去！

可恶！千万小心啊！剑心长老显得很无奈。

铿！锵！银鞭挡住了天南魈的两记鬼爪。

噗嗤！第三下鬼爪还是没能拦下！

"唔！"薛采芝的右肩上被撕开一个口子，面色凝重地望着天南魈。

后者正戏谑地看向她，伸手舔了舔爪上的血迹，"接下来，撕哪里呢？哈哈哈！"

"薛贤弟！"秦归陌也是注意到这边的情况，失声惊呼！

"哦？居然还有空关心别人！"天南嚣岂会放过这样一个机会，两道黑色煞气直奔秦归陌身前，"还是小心你自己吧！"

"火焰，墙！唔，咳咳！"虽然已经及时反应回来，秦归陌还是被这股气劲给震开数丈之远，搅起一片雪花。

右肋下的伤势始终是大大影响了他的速度，虽然秦归陌已经将"幻影如风"施展到极致，一直拖着在等待一个机会，可是机会在哪里呢？不断的追击与交手，秦归陌更为吃亏，再拖下去，自己肯定先扛不住吧？

自己这边打不开局面！

福伯陷入苦战！

薛采芝有危险！

剑心长老帮不上大忙！

雪影长老那里——唯一的优势也是顷刻间荡然无存！

原来在雪影长老追击天南魈的过程中，后者不断抛掷出人肉飞盘。对于穿着天南宫服饰的手下，雪影长老自然不会手下留情，都是一掌击飞了事；而若是其他门派弟子，雪影长老不免心软，总是好生接住往一旁放下，再进行追击。

光是延误了追击还好说，更糟糕的是，其中居然有一个已经被天南宫策反的弟子，在雪影长老接住他的一瞬间，那家伙居然反手捅了雪影长老一刀！

尽管反应及时，没有伤及要害，但是小腹上的伤口还是不可避免地出现了，一时间鲜血染红了白袍。

嘭！雪影长老忍痛出掌，将偷袭者击晕在雪地中。

"哈哈哈！看你还能拿我怎么样？"天南魈也不再逃了，转身便向着雪影长老奔去。此时的他，双手已经恢复灵活，面对受伤的雪影长老，一时间信心倍增！

凌厉霸道的拳法袭来，雪影长老只能出掌相迎，却因为小腹上伤口的牵扯，完全发挥不出应有的实力，"雪之舞"也难以贯入寒气御敌，只能被动防守。

场面急转直下！主要的几处战圈，天南宫占尽上风！

再加上天南宫始终人多势众，配合之前在各门派渗透进的卧底，广场上其他门派虽然竭尽全力自保，但形势仍是岌岌可危。

只能……这样了么？

秦归陌暗自叹息。

尽管薛采芝已经竭尽全力，一套银鞭使得翩若惊鸿，也只是化解了天南魈的几波进攻。然而后者却是狡黠异常，仍然是利用敏捷的身形钻了两个空子，在薛采芝的左手臂和右膝盖上先后撕开两个口子。

薛采芝咬着牙，惊怒交加。

"接下来，你要小心哟！"天南魈狞笑着，目光紧紧盯着薛采芝的胸前！

"鬼之——"爪字还没说出口，天南魈便赫然发现自己的视野突然拔高，广场上打斗的人影骤然变小，尽收眼底，而自己的身体也正在离自己远去……

咚！一阵天旋地转之后，天南魈瞪大了眼睛，只看到了自己的脚后跟，便永远地失去了知觉。

"爹！"

薛采芝欣喜出声。

三十四
胜利在即

一身灰袍的中年男子出现在薛采芝的面前，古铜色的皮肤，略显浑浊的双目之中透着一股沧桑和坚毅。此刻，他柔声问道："阿芝，你没事吧？"

薛采芝喜极而泣，连忙扑上去抱住后者："爹！你失踪那么久，我以为，我以为……"跟着便是一阵哽咽，再听不真切。

"爹爹来晚了！"灰袍男子出声宽慰，"害你受苦了。"

突然出现的中年男子，正是失踪数月之久的薛采芝父亲——富贵门门主薛傲天！

一刀斩杀天南魃，薛傲天惊艳登场，纵然是有突袭因素在，但他的实力绝对不容小觑。

"爹！我没事！罪魁祸首天南嚣，就在那边！"薛采芝急道，其实她的心里也暗自为秦归陌在担心。

眼尖的薛傲天自然是发现了天南嚣和秦归陌的缠斗，心中也是一阵诧异：这个年轻人是谁？身手很不错啊。

来不及多想，薛傲天提刀便迎了上去——擒贼先擒王！

"剑心，我这丫头就暂时交给你了！"

"哦，好，好……"此时的剑心长老非常尴尬，自己之前的表现实在是……

"居合斩！"寒光一闪，薛傲天举刀便向着天南嚣劈去，刀锋凛冽，破风嘶鸣。

"归元盾！"天南嚣丝毫不敢大意，急忙侧身避过，一边极为稳妥地在身前凝聚出黑色防护罩。

铿！刀锋划过，发出刺耳的尖啸。

两人也是顺势拉开了距离，都没有立即再动手。

"小兄弟，还撑得住么？"薛傲天站到了秦归陌的身边，淡淡问道，一边仍是警惕着对面天南嚣的一举一动。

"还可以，呼！前辈小心，这天南嚣不易对付。"秦归陌捂着右肋，声音略显疲态。

之前的秦归陌被天南嚣逼迫得毫无喘息的余地，不过随着薛傲天加入战场，这让前者的压力顿时大减。

"薛傲天！你终于出现了！"天南嚣咬着牙看着对面，脸上的刀疤一阵抽动，分外狰狞。

"我还没死，你肯定很失望吧？"薛傲天举起刀，神色桀骜。

"话不要说得太早，今天就是你的死期！"天南嚣冲了过来，掌上裹挟着黑色煞气。

"三才掌！"

"旋风斩！"薛傲天毫无惧意，举刀飞旋着迎了上去，凛冽的刀芒包裹住全身。

铿！锵！

棋逢对手！

秦归陌在一旁抓紧时间恢复元气，同时伺机而动，别忘了，他还有一个大杀招！

……

"我没事，剑心长老你快去援助雪影长老吧！"看到雪影长老陷入苦战，薛采芝也是有些焦急，一边用银鞭抽飞一个天南宫喽啰。

"好！我这就去！你自己小心！"剑心长老也不再纠结自己的表现了，况且之前天南魃存心戏弄薛采芝，三处爪伤都没有伤及后者要害。

剑心长老一剑解决旁边的一个敌人，正准备去救援，却发现有人比自己快了一步——

柳庄的柳庄主终于是带着人马赶到了！

"总算赶上了啊！"秦归陌也是会心一笑。

这也是计划中的一环，之前在富贵门秘所商议的时候，秦归陌便让薛采芝派人通知了柳庄主，就等今日的大战。而后者的实力，足以媲美天南宫四鬼！

嘭嘭嘭！

眨眼之间，柳庄主与天南魃对了三拳！前者轻松写意，后者却是满脸震惊：刚才的交手，自己没讨到任何便宜，甚至双拳隐隐作痛。

这个生力军的突然加盟，立刻让雪影长老压力骤减。反观天南魃，则是萌生了退意。只见他紫色披风一扫，又想故技重施，拔腿开溜。

不过这一次，他可没那么好运了。剑心长老已经围了过来，堵住了他的退路。

三对一！似乎没有了悬念！

"立地剑法！"

"雪之舞！"

"破裂之拳！"

双拳难敌四手，更何况是六只手！没过多久，柳庄主便寻得一个破绽，一记重拳击在了天南魃的胸口，同时雪影长老一招蕴着寒气的"雪之舞"印在了他的后心，剑心长老紧跟着补上一剑！

死的不能再透了！

紧接着，柳庄主和剑心长老又去支援福伯，后者一直在和天南魃苦战，勉力支撑了这么久，已经殊为不易。雪影长老因为腹部的受伤，并没有跟过去，而是和薛采芝汇合，互相照应。

此时，秦归陌已经逐渐恢复了元气，便和薛傲天共同对抗天南器。论单打独斗，天南器轻取秦归陌，比之薛傲天也是略胜一筹；不过之前为了给秦归陌更大的压迫力，在后者一直使用"幻影如风"的时候，他也是拼命在后面追赶，因此自己的体力消耗也不少。如今同时面对两人的夹击，一时间竟也是稍稍落入下风！

天南宫四鬼死了两个，此时的老大天南魃，竟也是同时面对福伯，柳庄主和剑心长老三人的包夹，虽然实力比天南魁要强出许多，不至于被立刻秒杀，但是一时间也只能陷入被动防守，落败，似乎是早晚的事情。

　　胜利的天平，逐渐倾向了秦归陌这边！

三十五
女人的嫉妒

秦地处边陲，毗邻魄罗雪山，入冬后常伴大雪。

宁静的小道上，一小队人马正在急速前进。难得的天晴，使得晨光透过两旁树木间稀疏的枝叶，在雪地上留下了点点斑驳亮影，也映射出其中一人满脸的焦虑之色。

今天，就是雪神祭祀大会的日子了，小天，你可千万别出事啊！

一骑当先的，正是从赵地返回秦境的长孙欣，此时距离天南宫，还有小半日的路程。

"二小姐！二小姐！您慢点！"紧跟在后头的，便是满脸黝黑的鬼脚七。再往后，则是十来骑面无表情且一身劲装的个中好手。

"你让他们快点跟上！驾！"长孙欣又是一鞭，在前面纵马狂奔。

赵地长孙家族，世代掌管神驹营，驯马之术，天下间无能出其右。长孙欣此番带队出来，挑选的坐骑全都是能够日行八百里的骏马。饶是如此，长孙欣还是嫌慢，还是心急如焚。

小天，我就快到了！等我！

"二小姐，你这么着急，到底是为了谁啊？"鬼脚七穷追不舍。

一路上，鬼脚七问了不下七八次，长孙欣没有一次搭理过他。此时，许是快到目的地了，许是就要见到朝思暮想的人了——

"为了……"长孙欣沉默片刻，终于开口，"一个很重要的人……"

尽管上次负气而走，可是心中对他还是诸多牵挂——那个从小，便和自己青梅竹马的男人。

"哦……驾！驾！"鬼脚七似懂非懂，不过还是乖乖听话，于是众人又是一阵纵马狂奔！

近了！更近了！长孙欣在心中默念着。

突然，前方惊现一堆绊马索，长孙欣他们猝不及防，身下坐骑全被掀翻倒地，紧跟着，便是一阵箭羽袭来！

噗噗噗！好几处地方连人带马给射成了刺猬！

异变乍起！

长孙欣反应够快，只是狼狈地滚向一旁；鬼脚七手臂和腿上都中了一箭，好在没有性命之忧；后面的弟兄们，则是死伤惨重。

这还不算完，一群手持砍刀之人立刻从两旁杀了出来，逮着对方落单了的、被摔下马来的人举刀就砍。双倍的人数优势，再加上有心算无心，眨眼之间，长孙欣这边几乎是全军覆没。

而伏击他们的，正是天南宫一伙！

长孙欣刚起身，一个人影便拦在了她的面前。此人黑纱裹面，双手各持一把短戟，黑色紧身衣包裹住她那玲珑别致的身材，露在外面的两只眼睛，透着一股狠劲。

"长孙姑娘，等候多时了！"沙哑的声音，正是天南宫四鬼中排行第二的天南魅！

"哼，天南宫真是好本事啊！"长孙欣也是立刻反应过来对方的身份，抽出腰间的"情投"软剑，警惕地盯着天南魅，语气冰冷地说道。

"哈哈哈！你以为刚才躲了过去是自己的运气么？"沙哑的声音透着一种惊悚的笑声，天南魅用戟指着长孙欣，"要不是宫主吩咐要抓活的，你已经死了！"

"是么？那就要看你有没有这个本事了！"长孙欣毫不示弱，"你们上次派来追杀的人可也是这么说的。"

语气之中，颇多挑衅！

"别拿天南魍那个废物跟老娘相提并论！"天南魅明显动怒了，一个纵跃，双戟在身前交错，俯身向着长孙欣冲来。

天南宫四鬼之中，除了老大天南魈实力明显高出一等，其他三个私下里是谁也不服谁的，此刻，被对面将自己拿来和天南魈相比，天南魅心中别提有多窝火了。

"戟之流！"天南魅刺向长孙欣！

"二小姐！"鬼脚七也是第一时间发现了那边的战斗，想要过来支援，无奈却被一群人给围困住。

自己带来的人马在刚才那波伏击中几乎死伤殆尽，现在面对十来人的包夹，自己先前又中了两箭，别说去支援长孙欣了，再拖下去都自身难保。

"情意绵绵！"长孙欣横剑勉力防住这一戟。

嗡——长孙欣只觉得双手一阵发麻，软剑差点脱手！

"哦？剑招的名字很有韵味啊！"依旧是沙哑的声音，天南魅转过头，看着仍奋力冲向这边的鬼脚七，"那个家伙，身手还不错。"

此时的鬼脚七一脚踹飞两人，刚打开一个缺口正要冲过来，却一个不小心被人在后背砍了一刀——嗤！背上衣襟裂开，露出印血的伤口。鬼脚七吃痛，行动一滞，便立刻又被紧紧围了起来。

"啧啧！都自身难保了还这么拼！"沙哑的声音中掩饰不住一股戏谑，"是你的姘头么？不过我记得你之前不是和那个姓秦的……"

"管得真多！"长孙欣不堪受辱，竟是主动发起了进攻！

"找死！"天南魅立刻还击，一双短戟使得行云流水，接连在长孙欣的身上刺出两个伤口，更糟的是，长孙欣的软剑也被震飞。

"二小姐！"鬼脚七大喊，还在试图挣脱包围！

失去武器的长孙欣仍是满脸倔强地看着天南魅，丝毫没有低头的意思！

天南魅看着这副模样，心中极为不爽！肤白而貌美，两个男人先后为了她而拼命！天南魅立即起了杀心，甚至都将宫主活捉的命令抛在了脑后！而这一切，全都是因为嫉妒！

没错！就是嫉妒！为什么自己从小练这种阴毒的武功？为什么自己因为走火入魔而毁容？为什么自己只能整天以黑纱裹面而不得见人？为什么没人敢追求自己？为什么自己得不到想要的爱情？为什么自己总被那三个家伙嘲笑？为什么眼前这个人比自己年轻漂亮？

这一切都是为什么！真想一戟戳上去，毁了这张脸！

对！是她该死！

"戟之奥义——鬼刺！"

天南魅杀意已决！

三十六
斐氏双雄

这股浓浓的嫉妒，长孙欣自是全然不知；不过天南魅眼中四溢的杀意，她则是完全感受到了！

双戟幻化，似是突破了空间的限制，一瞬间抵达长孙欣眼前。

捂着受伤的胳膊，长孙欣绝望地闭上了眼睛。

只能走到这里了么？小天，我，真的很不甘心呢。

"二——小——姐！"鬼脚七仍在拼命挣脱，却只是徒劳，腿上又挨了一刀。

时间，仿佛在此刻静止。

"咕咕，嘎——"

一阵雕叫声打破了现场的气氛！

几乎所有人都听到了这雕声，紧接着便是一阵神情恍惚，思维、动作全都陷入了短暂的停顿。

嗖！——噗！

飞来的黑影，一箭贯穿了天南魅的太阳穴！

双戟堪堪停在长孙欣的喉咙之前，天南魅瞪大了双眼，死不瞑目！

噗通！天南魅直挺挺地向后倒去——刚才，是幻觉么？

而伴随着这一声响，众人才刚刚恍过神来，却没人知道刚才发生了什么！

噗噗噗噗噗！

围困鬼脚七的天南宫众人，瞬间被射杀五人！

大家的目光终于是集中到箭矢射来的方向！

树上跳下来两个人：

"抱歉，我们来晚了！"

长孙欣已经睁开了双眼，看到面前毙命倒地的天南魅已经是大吃一惊；不过听到这声音，长孙欣一回头，立即认出了这俩人——

斐氏双雄：斐一箭！斐双雕！

只见斐双雕迅速冲入战圈，雕形拳施展开来，所向披靡。

而斐一箭则在原地继续弯弓搭箭，瞄准了天南宫剩下之人，自然是箭无虚发。

当长孙欣捡回"情投"软剑，欲要上前帮忙的时候，战斗已经接近了尾声。

噗！一箭贯穿！

咚！一拳击毙！

嘭！一脚踹飞！

随着最后一人被鬼脚七一脚踹飞后倒地不起，斐氏双雄和鬼脚七以迅雷之势，风卷残云一般将天南宫剩下人马悉数歼灭！

"二小姐，你，你没事吧！"看到长孙欣走了过来，鬼脚七搓搓手，不好意思地低下了头。是谁出发前信誓旦旦，刚才却差点让长孙欣出事来着？

"我没事。"长孙欣摆摆手，转过身道，"多谢两位相助，不过你们怎么会出现在这里？"

"是秦归陌兄弟的意思。"斐一箭爽快地说道。

"当初你一离开富贵门，我们俩就一直跟着了，秦兄弟他可不放心你一个人。"斐双雕则是啰嗦了一点，还带着一股怪笑的表情。

真的么？小天他很担心我呢！

听到这里，长孙欣也是略微娇羞地低下头，不过心里还是觉得暖暖的，脸上洋溢着幸福的味道。

"看到你顺利抵达赵地，进了神驹营，我们便准备折返。没想到不到半天你又带着一队人马出来了。"

"我们也没办法，已经答应了秦兄弟的嘱托，只能继续在暗中跟着你了。"

"谁知道你们的速度这么快，啧啧，神驹营真不是吹的！"

"虽然我们擅长追踪术，不过这次可把我俩给累坏了！差点就跟丢你们了！"

"我还不是为了能早点见到秦大哥！"长孙欣情急出口，不过马上意识到自己的失态，旋即立刻掩饰，"为了帮，帮上他忙……"

后面的声音却是小了许多。

哈哈哈！斐氏兄弟相视一笑，一切尽在不言中！

"对了，刚才是怎么回事？天南魅就这么死了？"长孙欣赶紧转移话题，却也是问出了心中疑惑。

"准确来说，是被我俩联手干掉的！"斐一箭解释着。

原来这斐氏兄弟，一个叫做斐一箭，一个叫做斐双雕。顾名思义，斐一箭箭法精准，取人性命只需一箭；而斐双雕的"双雕"由来，一是指其自创的雕形拳，二是指他能够模仿雕的叫声，并且这雕声还能攻敌心神，扰人心智。要不是之前的雕声使得天南魅出现了短暂的幻觉，那一箭说不定就没那么容易命中了！

"怪不得当时我也觉得一阵恍惚呢！"长孙欣咂咂舌：这招好像很厉害！

"二，二小姐！我们现在怎么办？还去帮忙么？"此时的鬼脚七挠挠脑袋，傻里傻气地插上来问道。

长孙欣环视四周，自己身上被短戟刺了两个伤口，不过问题不大；鬼脚七身上则是两处箭伤两处砍伤，不轻不重；而他带来的那些人，只活下来四五个，还都是重伤，短时间是没有战斗力了！

怎么办？这样怎么能帮到小天？

"这样吧？你带他们去疗伤，我和斐氏兄弟先走一步！"长孙欣做出了决定。

"别介！二小姐！我没事！"说完，鬼脚七拍拍胸脯，还踢了踢腿，显示自己还能打！一边回头对着地上的几个人说道，"你们几个，自己找个地方养好伤，就先回去吧！"

"是！"众人应道！

"嘿嘿嘿！"鬼脚七转过头，满脸期待地看着长孙欣。

"其实我们在这里拖住了这些人，也是间接帮助了秦兄弟。"似乎是猜到了长孙欣心中所想，斐一箭说道。

"当务之急，是赶紧去和秦兄弟汇合，早点助他一臂之力。"斐双雕适时劝道。

"那好吧！我们走！"

已经耽误了不少时间，来不及再犹豫了！

于是，斐氏双雄也骑上了多余的骏马，连同长孙欣、鬼脚七——

"驾！"

四人四骑绝尘而去！

三十七
双 龙 戏 珠

"仙人指路!""马踏飞燕!"秦归陌一气呵成,连续使出洞箫十二式!

"居合斩!""旋风斩!"薛傲天大刀狂舞,气势如虹!

两个人都是不遗余力地攻向天南嚣,根本不考虑防守!

"归元盾!""我闪!""归元盾!""铿!""三才掌!"

反观天南嚣,在对面联手压迫下,只能被动防守,难得瞅一个空反击一次;不过却仍是没露出多大破绽,这让秦归陌和薛傲天一时间也奈何不了他。

这样耗下去也不行啊!可以找机会试试那一招了!

秦归陌悄悄退出了战圈!默念口诀,双手感到热血沸腾!

"三才掌之——破地!"天南嚣压力骤然减轻,开始凶狠反击!

"居合斩之——影袭!"薛傲天不退反进,针锋相对!

"双!——"秦归陌的双掌之上隐约腾起火焰!

锵!黑色煞气和银色寒芒撞击在一起!发出刺耳的尖啸!两股力量相持不下!

"龙!——"秦归陌大喊出声,双掌之上的火焰已经清晰可辨!

噗!少许寒芒侵入天南嚣身前,在右臂上划开一道伤口!

嘭!更多的煞气也是击中了薛傲天胸前!后者闷哼一声倒退!

"戏!——"秦归陌双掌之上已经腾起熊熊烈焰,发出哔哔啵啵的声音!

此刻的天南嚣和薛傲天俩人都消耗了不少体力，不过硬实力毕竟还是天南嚣略胜一筹！在刚才的交锋中多占了些便宜！

"前辈闪开！"秦归陌大喝一声！

刚才还在纳闷"怎么二打一好好的人就不见了"的薛傲天，此刻也是来不及多想，趁着被对面黑色煞气击中的力量，反向加速退去！

天南嚣也是此刻才注意到战圈外的秦归陌，顿时睁大了双眼！

"珠！——"秦归陌终于是使出了这招！

只见两条凶猛的火龙急速地向着天南嚣席卷而去！灼热的气浪掀飞了沿途的一切，龙嘴债张，露出血红色的獠牙！两条火龙左右夹击，避无可避！

"哦，老天！"薛傲天刚回过神，捂着被煞气击中的胸口，满脸的震惊！

而处在火龙夹击中心的天南嚣，此刻却近乎发狂！——这是什么玩意儿啊！

"归元盾！""三才掌之——毁天！"

拼劲了全力，天南嚣在没有退路的情况下打算殊死一搏！

轰隆隆！

两条火龙直接吞噬了天南嚣！甚至都没见到所谓的"毁天"的煞气，甚至都没听到"归元盾"破裂的声音！

没错，直接吞噬！

要知道，这可是秦归陌蓄满力，完完整整使出的全力一击，比之福伯陪练时随意的出招，已经不是一个档次的威力了！

"咳咳！"秦归陌一下子瘫软在地，"呼，呼——"

使完那招，此刻的秦归陌早已虚脱。

"嘶——好可怕的一招！"薛傲天赶过来扶起了秦归陌，"小兄弟，你没事吧！"

"我没事，咳咳！前辈，呼，你帮我去看下，呼，天南嚣怎么样了？"秦归陌支起身子，勉强说道。

"放心吧，中了那一招，不死也残废了！"薛傲天似乎心情大好。

真的么？大仇——终于得报了么？

黎老伯，你们看到了么？我，终于替你们报仇了！

秦归陌嘴角有了一丝笑意，同时一股困意袭来，慢慢地闭上了眼睛，昏睡了过去。他实在是太累了，此时早已是强弩之末。

叹了口气，薛傲天将秦归陌扶到了一边休息，同时转身大声喝道，"天南嚣已经死了，大家不要再打了！"

什么？宫主死了？

天南魈听得心中一惊，手上的动作不可避免地慢了些。本来就被对面三人一直压着打，此刻更是露出了一大破绽！

"破裂之拳！"柳庄主一拳击中了天南魈的背心，后者一个踉跄！

"连环踢！"福伯这一脚也踹实了天南嚣的胸口，后者直接倒地！

嗤——还没等天南魈爬起来，剑心长老一剑横在了他的脖颈上，剑锋划破了一道口子！

合三人之力，生擒天南宫四鬼之首！

其他人也是听到了薛傲天的这一声大喝，于是陆续有人停止了打斗。

"宫主死了？"

"不可能！一定是在骗我们！"

"哪个王八蛋在造谣？"

"宫主快站出来收拾他！"

就连天南宫的人马，尽管起初不信，纷纷聒噪着，不过等了半天也没有宫主的反应，一个个也是垂头丧气，纷纷放下了武器，似乎是放弃了抵抗！

不过还是有不少其他门派还在内斗！

"他们是被人控制了！除掉脖子后面的细针，过不了多久就能恢复！"看到这里，薛傲天又高声提醒，于是大家照做。

此刻，薛采芝已经赶了过来："爹！秦大哥他怎么了？"

"他没事，只是累得睡着了！"看到女儿焦急的神情，薛傲天给了后者一个意味深长的眼神：我这女儿，眼光似乎不错啊！

"爹！"薛采芝娇嗔一声，赶紧低下头去照顾秦归陌。

"哈哈哈！"薛傲天起身，走向了天南嚣的"尸体"。

面目全非，衣服完全被烧毁，因为与雪地接触，身上还往外嗤嗤冒着热气，手脚不时一阵抽动，喉咙里还含混着发出呜呜的声音！

居然还没死！

薛傲天刚想补上一刀，但却慢了一步！

雪花幻化，一个身影闪电般卷起地上的天南嚣，扬长而去！等到薛傲天拂去雪花再去查看，对方的身影已经在半空中飘远——这轻功……追不上了！

刚才那人，好像是紫色头发？

薛傲天满脸凝重。

三十八
紫发道人

当长孙欣一行四人赶到的时候，这场混战已然落下了帷幕。

天南宫正德广场上，尸横遍野。祭祀台上早已经是一片狼藉，就连圣洁无比的雪神大人的白玉雕像上，此刻也是沾染了污秽的血腥。如果看到自己庇护着的秦地子民这样互相残杀，不知雪神大人会作何感想。

经此一役，各门派更是元气大伤，损失惨重；好在最后关头薛傲天的提醒，才没有让这场屠戮继续下去，也为一些门派保留了火种。

……

秦归陌醒来的时候，已经到了晚上。

"秦兄弟，你醒了！"一个声音传来。

"斐兄弟？你们都在啊？"秦归陌转过头，便看到了斐一箭和斐双雕兄弟俩。再一打量，有股似曾相识的感觉，原来，又回到了富贵门秘址。

"既然秦兄弟醒了，那我们快点一起出去罢。"斐一箭正色道。

"等等，你们怎么在这里？小欣呢？"似是想到了什么，秦归陌急切问道。

"放心吧！她没事！"斐双雕似笑非笑。

"快走吧，大家伙可都等着你呢。"斐一箭似乎是松了一口气。

"说起来，之前可真是热闹啊，哈哈！"斐双雕继续故弄玄虚。

完全摸不清楚状况，秦归陌只好跟着一起出去，此刻，他的伤势已经没有了大碍，黑色煞气也早已被薛傲天等人合力逼出了体外，因此行动起来倒也便利。

虽然有些不明就里，不过这兄弟俩他还是信得过的：小欣她，没事就好。

刚来到大厅，便听得同时的两声——

"秦大哥，你醒了？""小天，你没事吧！"

一个自然是已经恢复女儿身的薛采芝，另一个，可不正是他日夜思念的长孙欣么！

"嗯。"秦归陌对着薛采芝点头示意道，接着转过头，对着走上前来的长孙欣说道，"我没事！小欣你不是回家了么？"

眼中满是笑意与柔情，虽然语气平静，却掩不住心中的欣喜。

"当然是担心你啊！"斐双雕打着哈哈。

果然见到长孙欣有点羞怯地低下头；而另一边的薛采芝则是略微有些失落。

见此，老实的斐一箭对着秦归陌一阵耳语。

原来，在秦归陌昏睡过去的时候，长孙欣和薛采芝两个人都争着要照顾他，谁也不肯让步，后来实在没办法，只能改为他们兄弟俩代劳。

这……

此刻秦归陌正握着长孙欣的一对柔荑，低头看着眼前佳人，后者果然俏脸上一阵晕红，以及嘴角的一丝得意。

看到他俩这番卿卿我我，薛采芝只能撇撇嘴，偏过头去。

"小兄弟，这次可是多亏了你啊。"看到自己女儿吃了暗亏，薛傲天赶紧出来打圆场，"真是后生可畏啊！"

"不错不错！""确实少年英雄！""哼，原来二小姐要见的就是这个人！"

顿时一阵七嘴八舌。

秦归陌这才仔细看向大厅，发现果然有一群人在等着他：不只是薛傲天薛采芝父女，柳庄主，雪影长老和剑心长老也在，还有两个不认识的前辈，以及一个皮肤黝黑，身材健硕的大块头。再加上自己和长孙欣以及身边的斐氏双雄，此刻，大厅里面足足有十二个人！当然，福伯还是忠心耿耿地守在门外。

"来来来，快入席吧！"作为主人，薛傲天热情招待，"大家为了等你，可都是饿坏了呢。"

于是秦归陌他们也都纷纷入座，只是，面对一桌子的美酒佳肴，大家的兴致似乎并没有那么高，反而一个个愁眉紧锁。

"对了，天南嚣呢？"察觉到大家的异样，秦归陌心中也是有种不祥的预感，于是脱口问道。

"被人，救走了。"薛傲天叹了口气。

"到底怎么回事？"秦归陌不自觉地握紧了双手。

"小天，你别激动，先听薛门主说完。"长孙欣赶忙握住秦归陌的手，在一边安抚着，她知道报仇对于后者来说有多重要，眼看着大仇即将得报却又功亏一篑，所以很能理解他现在的心情。

于是薛傲天把事情的来龙去脉又说了一遍。之所以是"又"，是因为在场的其他人之前已经听过一遍了——除了秦归陌和斐氏双雄。

原来，自从一年前雪神谷谷主雪千寻和地剑阁阁主剑铸天相继失踪之后，薛傲天便一直留心此事，暗中查探。凭借着富贵门在秦地的势力以及遍布的耳目，终于是查到此事与天南宫有关。正当薛傲天震惊于天南宫的胆大妄为和目的所在的时候，天南宫也正式盯上了他。他才发现自己门中也有对方安插的人，所做的调查也是暴露了自己。于是他决定自己亲自去查，并且嘱托薛采芝搬去秘所，万事低调小心，只留福伯等少数几个亲信照料。

越查越吃惊，薛傲天隐隐觉得天南宫背后居然有跟魔教在勾结！正当他准备进一步调查的时候，却不小心被对方给发现了！其中，有着一对蓝色瞳仁之人相当厉害，几招就击败了自己，而为了掩护自己撤退，原本该接应自己的薛洪主动缠住了目标，用生命给自己争取了时间。

讲到这里，薛傲天语气一顿，神色悲怆。

薛洪？那个以前一直喜欢和自己斗嘴的大叔？

秦归陌不禁也是一阵动容。

"后来我才知道，那个人就是魔教的六大护法之一——蓝瞳道人。"薛傲天继续道。

"这次救走天南嚣的，多半，是另一个——紫发道人。"

三十九
秦 地 代 表

"紫发道人？"众人都是面带疑惑。

"应该不会错。"薛傲天继续说道，"这西域魔教，教主之下共有六大护法，分别是赤练仙子、黄眉道人、绿袖仙子、青木道人、蓝瞳道人以及紫发道人。听说这六人均是身怀异术，各有神通。"

"可是我听说，二十多年前的大战中，魔教的六大护法不是全都战死了么？"雪影长老忍不住问道。

"现在看来，也不尽然。至少蓝瞳道人和紫发道人还活着。"薛傲天皱紧了眉头。

当年的薛家还只是一心经营着富贵门，专注敛财，并没有过多涉及江湖之事。薛傲天当年也只是一个阔少爷，所以对那场大战也不甚了解。而在座之人也只有雪影长老参加过那场大战，还只是最底层的战斗，其他人就更不知情了。

"难道魔教真的要卷土重来了么？"说话的是一个陌生前辈，秦归陌并不认识，应该是秦地其他帮派的代表。

"哼，天南宫真是胆大妄为！"另一个陌生前辈也发话了。

虽然偏居一隅，不过显然他们对于魔教的名号还是相当忌惮的，两个人的语气之中也明显透着一股紧张和不安。

"不管怎样，只要天南嚣还没死，我就一定要找到他！"秦归陌握紧了拳头，咬牙切齿，"就算是和魔教为敌！"

"好了，小兄弟，这也不是你一个人的事情。"薛傲天安慰道，"我们必须要一起面对才行。"

接着，薛傲天又分享了他查到的一些线索，包括魔教能够利用特殊方法将细针插入人的后颈神经之中，从而达到控制的效果。之前各门派之间互相残杀，其实并不是他们背叛了师门，只是暂时被控制罢了。幸存下来的人全都被除去了细针，虽然意识还有些模糊，不过要不了多久就能恢复如常。

这也是尽量让这场浩劫的损失降到最低。

"还有一件事。"薛傲天继续着，"那就是来年三月三的中原逐鹿大会。"

大伙儿的神情顿时一亮，之前天南嚣在雪神祭祀大会上可是有过一番豪言壮语，什么"从此不再是大会看客！"，"扬我秦地威名！"之类的等等。不过现在，天南宫已经倒下了，这秦地的代表谁来当比较合适呢？

"我看还是雪神谷来吧，雪神谷毕竟是秦地历史最悠久的门派了。"有人提议。

"不不不，雪神谷早已今非昔比，实力大不如前，千寻谷主失踪后更是一蹶不振。"雪影长老断然拒绝。

"我看地剑阁也适合，上一次就是他们三派共同代表的。"又有人说道。

"哎，地剑阁现在的情况恐怕还不如雪神谷。"剑心长老无奈地摇着头。

"依我看，薛门主倒是可以胜任，要不是关键时候薛门主的出现，现在大家恐怕只能任天南宫宰割了！"

于是大伙儿把目光看向了薛傲天。

"大家可别这么看着我，我跟天南嚣交手根本没讨到便宜。真正力挽狂澜，打倒天南嚣的，可是我旁边这位小兄弟！"

此言一出，大伙儿又是齐刷刷看向秦归陌。

"哎？怎么扯到我了？不行不行，我可当不了！"秦归陌差点没呛住。

"我倒觉得这提议不错。"雪影长老满脸笑意。

"我看行！"剑心长老抚着胡须。

柳庄主和斐氏双雄自然是没有异议的，就连那两个陌生前辈此刻也是连连点头，似乎挺满意这个结果。

只有长孙欣暗自有些担心，没有说话。鬼脚七自然是听他的二小姐的。

"真的不行！"秦归陌连连摆手，"况且我跟天南嚣有血仇，打倒他本来就是我来此的目的！这个什么代表我真的当不来，也没有兴趣。"

"小兄弟是在秦地长大的么？"薛傲天已经从女儿那里听说了一些秦归陌的底细，于是故意问道。

"是没错，可是——"

"那就行了，这个秦地代表你完全有资格！"不等秦归陌说完，薛傲天就此打断，"人心所向，非你莫属！哈哈哈！"

"不错不错！""我觉得很适合！""真是年轻有为啊！""秦大哥你就别推辞了！"

又是一阵七嘴八舌，大家纷纷表明立场。

"可，可是我什么也不懂啊！"眼见着推不掉，秦归陌只能摊开双手，"而且我这资历也不够啊……"

"这样，到时候我和雪影，剑心两位长老随你同行，这样别人就没有闲话了，你有什么问题也可以随时问我们。"薛傲天继续怂恿着。

"好好好！""就这么定了！""如此甚好！"

大家又是一阵附和，似乎都认为这是最妥当的安排。

"哎，好吧！"秦归陌只能叹了口气，答应下来。

说好的复仇之路呢？

这个秦地代表，他是真心不想当，仅仅是——

太懒，怕麻烦！

四十
都长大了

秦归陌回到房间的时候，还在为这个秦地代表的事情而头疼。他从来没想过要当什么英雄，出什么风头。个性自在洒脱的他，一向不喜欢被拘束。要不是必须去中州，要不是为了对付魔教，要不是跟自己的血仇相关，他才懒得管呢。

"哎，真麻烦！"秦归陌伸了个懒腰，从怀里摸出两件物什出来。

一样是枚绿色戒指，另一样是颗普通的夜明珠。这两样东西，连同那两本秘籍，都是自己的恩师彦一真人临别所赠。

"这颗夜明珠，对你的内力修炼很有帮助。"

"等你大仇得报，火焰咒大成或实力精进以后，有空去一趟东海仙岛，找一位姬姓的仙姑，给她看看这枚戒指就知道了。"

"不过——也不用强求，去不去，都由你。"

叹了口气，老人又接着说道。秦归陌分明看到后者脸上一阵落寞。

去！必须要去！秦归陌在当时就拿定了主意。东海仙岛可是彦一真人的家乡，恩师向来无欲无求，那里可能是他唯一牵挂的地方了吧？自己怎么着也得完成他的这个心愿！

只是，师父为什么自己不回去呢？总不至于为了在外面照顾我这个徒弟吧？那样自己可真是罪过了。还有，据恩师讲，《大火焰咒》和这枚戒指是他老人家留给自己的，至于那颗夜明珠和那本薄薄的黑色秘籍则是自己的父亲为自己准备的礼物！

没错！那个从没有见过的亲生父亲！下山前的秦归陌被这个消息震惊了！果然，师父不是偶然才遇到我的！那么师父和父亲到底是什么关系呢？自己的父亲是谁？在哪里？是生是死？秦归陌急于知晓一切。可是彦一真人总是淡淡一笑，一句"时机未到"或者"一切真相都在那本黑色秘籍里"将他打发。

这让秦归陌简直抓狂！

自己从小就是在秦地被黎老伯夫妇收养长大的，现在好不容易有机会了解自己的身世了，却仍然还要等时机！哎！以前的自己就叫黎小天，养父母对自己一直很好，可惜两位老人却没有好报，最终被天南宫迫害致死！

咯吱咯吱！秦归陌握紧了拳头！

找天南嚣报仇！以秦地代表身份参加中州逐鹿大会！很可能与魔教一战！去东海仙岛！还有自己的身世之谜！

接下来，有的忙了！

秦归陌呼出一口浊气，整个人也不再是先前的懒散模样，而是像一头准备随时启动的猎豹一般，目光锐利，气势骇人！

咚咚咚！

"小天？在么？"门外传来一个熟悉的声音。

"小欣！"秦归陌迅速恢复了常态，对着门口应道，"快进来罢！"

哪怕自己接下来再忙再烦，他还是忍不住想见这个人。

吱呀——

"好了好了，你就在这里等着我！"长孙欣推门而入，转身迅速把门关好，"不许跟进来哦，听到没有！"

"噢噢，知道了，二小姐！"鬼脚七满脸的郁闷之色！

这个叫秦归陌的小白脸，到底有啥特别的，怎么好像二小姐对他特别关心啊，还有刚才那些人好像也都挺满意他的，还选了个什么代表。哼！真是没眼力见！我来的时候就只见到躺那里了，也没瞧出啥能耐！有什么了不起的？

秦归陌自然透过门的开合看到了鬼脚七，只是对于后者的腹诽却是全不知情。

"小欣你来了，门口那位是？"秦归陌笑着问道。

其实之前在大厅的时候秦归陌就已经很好奇了，不过当时人多，出于礼貌他就没跟长孙欣提，现在正好问出来。

"嗨，是我从家族找来的一个帮手，是一个长老的义子，身手还可以的。"长孙欣翘起了小嘴，"就是现在像个跟屁虫一样，哎，烦死了。"

"委屈你了哟！"秦归陌笑笑，揉了揉长孙欣的头发。

"你还说？还不是因为担心你！"长孙欣瞪了他一眼，故意别过头去。

"好了好了，我现在不是好好的么？"秦归陌一把拽住长孙欣的手，接着将后者反身搂进自己怀里。双手环住长孙欣的腰，头枕着对方的肩膀，嗅着对方的发香，秦归陌不由得一阵迷醉——

好像之前，两人从来没如此亲昵过呢！

抛开小时候的嬉闹不谈，阔别六年后再度重逢，包括新月客栈的匆匆一别和上一次在这里的短暂相聚，两人都没有真正好好静处过。

就更别提现在，这个极其暧昧的姿势。

感受到秦归陌在耳边呼出的热气，长孙欣不由得一阵脸颊发烫、心跳加速，手足无措间，耳根子那边更是红成一片。

半晌，似乎也是觉得不妥，秦归陌终于松开了环住柳腰的双手。

长孙欣立刻挣脱开来，逃向旁边，大口喘气，剧烈心跳，却还不忘回头瞪秦归陌一眼。秦归陌此时正低头用手摸着自己的鼻子，来掩饰这尴尬，不过嘴角分明有着笑意！

刚才两人都是一阵悸动。

终于，都长大了呢！

四十一
狼狈逃开

"对了小欣，这么晚过来有什么要紧事么？"秦归陌率先开头，欲要打破这份尴尬，可是问出来的话，却更是透着一股暧昧。

你说这么晚了有什么要紧事？

问完之后，秦归陌又是下意识地摸了摸鼻子，干咳两声。

"噢噢，那个……"长孙欣倒是没察觉不妥，很快回过神来，走近了说道，"那个秦地代表，你真的决定要当么？"

原来真是自己想多了啊，秦归陌尴尬一笑。

"我也不想啊，可是刚才你也看到了。"秦归陌把手一摊，"根本推辞不掉啊。"

"我还是有些担心，他们这是将你往火坑上推啊！这富贵门到底什么底细我们还不知道呢！"

"没那么严重吧？薛叔叔可是关键时候出现了，而且也一直在暗中打探天南宫和魔教，你怎么到现在还不相信人家？"

"可是，你那个'薛贤弟'之前不就是欺骗了你么？"

"原来你还在为这事耿耿于怀啊。"

"我，才没有……"长孙欣明显底气不足。

"好了好了。"秦归陌握住长孙欣的双手，温柔一笑，"我心里只有你一个。"

"哼，鬼话！"长孙欣故意别过头。

"真心话！"秦归陌身形一动，迎上长孙欣的目光。

"才，不，信！"长孙欣白眼一翻，看向天花板。

"看着我！"秦归陌双手捧着对方的小脑袋，温柔地摆正，让后者的视线看向自己，"多么诚恳的眼神！"

噗嗤！长孙欣差点没笑出声来。

不过秦归陌可不为所动，还是那样深情地看着她，眼中的确似有千言万语。

长孙欣终于不再闹了，沉下心也静静地看着秦归陌。此刻，四目相对，时间都仿佛静止了一般。

"诶？薛姑娘！你怎么走了？"鬼脚七的大嗓门亮了起来，终于是打破了这份安静。

"喂！你的薛'贤弟'来找你啦！"长孙欣故意说道。

"小欣你就别闹啦，出去看看咋回事。"秦归陌和长孙欣一起走出了房间。

"人呢？"长孙欣看向鬼脚七。

"走了啊。"鬼脚七把一个碟子递给秦归陌，"喏，给你的。"

秦归陌看着碟子里面的糕点，不由得一阵苦笑。

"啧啧啧，看看人家对你多好，你可记得领情啊。"长孙欣眨眨眼，揶揄着。

"好了好了，挺晚了，你早点休息吧。"秦归陌笑笑，知道长孙欣话里有话，"放心吧，我刚才说的都是真话！"

"喂喂！你干嘛？把，把手拿开！"

看到秦归陌要伸手去揉长孙欣的头发，鬼脚七急了，连忙护在长孙欣身前，双手叉腰瞪着秦归陌。

"我，我告诉你啊，你小子别，别打二小姐的主意。"

开什么玩笑，就你也配？二小姐什么身份？我都只敢想想。

"不，不然，我给你好看！"鬼脚七捏紧了拳头在秦归陌面前晃了晃，继续威胁。

"哎呀你干嘛？我的事不用你管！"长孙欣推开鬼脚七。

"没事。"秦归陌收回手，微笑着看着长孙欣，丝毫不以为意，"早点休息吧。"

"那，那我走了啊。"长孙欣转过身，"还不快走，别在这里给我丢人。"

"嘿嘿，好，好的二小姐。"鬼脚七一脸傻笑。

"哎，真是……"长孙欣顿时无语，头也不回地走了。

秦归陌和斐氏双雄，柳庄主他们住在这一个院子里，鬼脚七与那几个长老住在一个院子里，而长孙欣则被安排住在薛采芝的隔壁，也不知道是不是故意这样安排的！

"哼！"鬼脚七走的时候，还不忘记狠狠瞪秦归陌一眼，比了个手势，那意思分明是：你小子给我小心点！

这个鬼脚七，真是有点意思啊。

秦归陌不禁莞尔，摇了摇头，刚准备回屋，却一眼瞥见台阶下的提篮。

……

"我要休息了，你回你自己屋吧！"长孙欣在院子门口对着鬼脚七说道。

"好的二小姐，那啥，有什么需要尽管吩咐，我随叫随到！"鬼脚七仍然是一副傻笑的模样，却仍然没有要走的意思。

"吩咐就是，我，要，睡，觉，了！"长孙欣大声呵斥，"马上给我消失！"

"好咧！嘿，嘿嘿！"鬼脚七终于乖乖走人，"记得我随叫随到啊！"

临走还喊了一句。

嘭！长孙欣将院门重重关上！"哦老天！就不该带他出来！"

长孙欣懊恼不已，转身走向自己的房间，正巧碰见了刚准备出门的薛采芝，后者明显脸色不是太好。

之前，薛采芝提着篮子去找秦归陌，原本是准备将自己亲手做的桂花糕拿去给她的秦大哥尝尝的，可是却发现鬼脚七正站在门口，她便知道长孙欣肯定在里面。

"我心里只有你一个！"

"真心话！"

不同于鬼脚七的大大咧咧，薛采芝在门口站了一会，可是听得一清二楚。她只觉得心头堵得慌，整个人都不自在起来，于是将糕点递给鬼脚七，便匆匆离开，连提篮都不小心丢在了台阶下面。

只能，狼狈逃开。

四十二
计 划 已 定

"薛姑娘，这么晚了还出去啊？"长孙欣好奇问道。

"睡不着，出来散散心。"薛采芝明显心不在焉。

"正巧，我也还不困，不如到我屋里坐坐，咱俩好好聊聊。"

面对长孙欣真诚的眼神和善意的邀请，薛采芝并没有拒绝，只是稍作犹豫之后便点头应允，转身跟着进了房间。

"我比你虚长一岁，如果你不介意的话，我称呼你一声采芝妹妹如何？"

坐定之后，长孙欣给两人各自沏了一壶茶，热情地说道。

"唔？嗯……好。"薛采芝还是有点不在状态。

"太好了！采芝妹妹，左右无聊，不如你跟我仔细说说你和小天是怎么认识的吧！"

此情此景，似曾相识。同样的夜晚，同样的房间，同样的对话，只是问答双方做了一个互换——上一次，却是采芝主动问起长孙欣有关小天的一切。

长孙欣口中的"小天"，薛采芝当然知道是谁了。

"我和秦大哥啊……"说到这里，薛采芝似乎眼神一亮，整个人的精气神都一瞬间好起来了一样，不再是之前浑浑噩噩的模样。

"呵呵，"薛采芝低头一笑，一边回忆，一边娓娓道来。

于是，从楚地初遇说到大闹胡家庄，从深入南蛮沼泽说到制服银角犀牛，从秦归陌假扮新娘说到舍命相救……

"哈哈哈！原来小天还会女扮男装呢！"长孙欣不禁笑出声来，"真想看看到底是个啥样子。"

"我劝你最好还是不要，说不定会做噩梦的！"薛采芝似乎心情变得不错，也开起了玩笑。

"这样啊，那算了……不过还是很想看看啊哈哈！"长孙欣继续问道，"后来呢后来呢？你就是在被救之后动心了，对么？"

"我没有！"薛采芝一阵慌张，稳住心神后，"后来我要回秦地，就分别了啊……"

"别不承认了，傻子都看得出来你喜欢他！"长孙欣不依不饶。

"可惜，他心里只有你……"薛采芝情绪又变得失落，"你上次离开后，每天晚上，他都会在屋顶吹箫，想着你……"

"肯定是'意合'箫，嘻嘻！"长孙欣心中一阵窃喜，也亮出自己的软剑来。

"情投"软剑，当初说好的，取"情投意合"之意！

"真是羡慕你！"薛采芝看着这把剑，不由得苦笑。

"呃，也许只是我和小天相遇比你早，况且你那时候是男儿身啊！小天没机会喜欢你啊！"看到采芝落寞的神色，长孙欣赶紧安慰。

"你就别安慰我了，我现在不是恢复了女儿身了么？可他眼里还是只有你！"顿了顿，薛采芝眉毛一挑，咬牙说道，"不过，我可不会放弃的！"

"那好啊，采芝妹妹，咱们公平竞争！"长孙欣也不知道怎么就冒出了这句话。

"那你可要小心了！欣，欣姐姐……"

"我好怕啊，哈哈哈！"

虽然互为情敌，两个人终于是姐妹相称。

……

翌日，早膳之时，薛傲天又与大家仔细商议道："目前来看，魔教似乎还没有准备周全，否则也不会利用天南宫来做这点文章，只是我们并不清楚他们还在等什么。不过留给我们的时间，并不多了，我们一定要赶在中州的逐鹿大会上把这个消息告知天下群雄！"

于是，众人决定，等年关一过，便一同前往中州，当然，还得带上天南魈这个俘虏，这可是个重要人证！

那么，物证呢？

"放心吧，联络书信和六子令都在我神驹营那里保管得好好的！"长孙欣拍拍胸脯担保着。

"如此甚好！到时候我们就顺路往东，经韩、魏北上先入赵地，与长孙姑娘一同取出物证，再南下前往中州！"薛傲天一锤定音，"魔教再强，也不是天下群雄的对手！"

"就这么定了！"

"薛门主说得好！"

"必须同仇敌忾！"

"他娘的不就是魔教么！"

底下一阵七嘴八舌，大家的信心好像也是有了一些，不再像之前对魔教那么畏惧了。

这个时候，秦归陌倒是沉默着没有说话。他关心的，主要还是仇人天南器的下落！至于对付魔教，他并没有多少热情。倒不是说他惧怕，也不是说他不够热血，只是年轻的他对魔教还没有一个直观的了解，没有经历过那场大战的他，关于魔教的种种都是道听途说而来。在他的理解里，也仅仅只是人云亦云的立场——正邪不两立！

只是，魔教究竟犯下了什么滔天大罪？让人们谈"魔"色变？而他们为什么被称作魔教？大家就不能和平相处么？

秦归陌知道自己的想法很可笑也很幼稚，要是被其他人知道了，肯定会怀疑他脑子是不是被烧坏了，不过有时候他确实会这样突发奇想。

不过，若是他们胆敢包庇杀人凶手天南器，那么自己就绝不能放过！哪怕对方，是强大而恐怖的魔教！

秦归陌的眼睛里闪过一丝寒芒。

四十三
长 老 赠 礼

　　既然计划已定，早膳过后，几位长老便准备告辞——毕竟出了这么大的事情，之前各门派又是元气大伤，需要回去好好整顿整顿。等到年关一过，再同去中州！

　　斐氏双雄和柳庄主也准备先行离去，约定好来年于此地再聚，到时候一同去中州见识见识。这三人都是一年前秦归陌下山闯荡之后所结交认识的，虽然相处时间不长，但却都是一见如故，互相引为知己。斐氏双雄自不必多说，老大沉稳，老二幽默，却也是同样的豪爽，又与秦归陌年纪相仿，年轻人自然志同道合。而年长一些的柳庄主也是颇为欣赏秦归陌的为人，于是结为忘年之交。

　　"多谢两位兄弟了！"此时，秦归陌自然已经知道长孙欣之前遭遇到了天南魅，正是斐氏双雄及时出现这才化险为夷。再加上这一来一回的护送，秦归陌心里着实感激！

　　"秦兄弟客气了！""你的事就是我们的事！"两人更是爽快回应。

　　"柳庄主，这次也多亏了您啊，大恩不言谢！"秦归陌转身道。

　　"贤侄说的哪里话！"柳庄主摆摆手，"只是最后还是让天南嚣给跑了，你这心里肯定不好过吧？"

　　秦归陌叹口气，面不改色，"不急，来日方长！"

　　"摆好心态。"柳庄主拍了拍秦归陌肩膀，"不要被仇恨蒙蔽了双眼！"

　　"嗯，我知道。"秦归陌点点头。

"那我们就先告辞了！"

斐氏双雄和柳庄主也起身离开。

"秦大哥，这些日子你就先住在这里吧？到时候大家再一起去中州。"薛采芝走了过来，建议道，"免得无谓奔波，又不方便。"

"也好，我正好将火焰咒再巩固巩固。"嘴上这么说着，秦归陌的眼睛却望着长孙欣。

"二,二小姐，我们是不是也该回赵地了？"鬼脚七傻乎乎地问道。

"不要，我要和小天在一起。"长孙欣走向秦归陌，开心地说道。

阔别六年之久，如今好不容易重逢，这次说什么也要好好地待在一起，再不分开。此刻，双方的眼睛里都只剩对方，容不得其他。

画面之外，鬼脚七急的直挠头：这小白脸，一定要想个办法治治他！而薛采芝却是抿紧了嘴唇一言不发：他心里始终只有她！

"秦少侠！"一个声音传来，打破了这稍显诡异的气氛。

原来是去而复返的雪影长老。

"雪影长老？"秦归陌不知何事，疑惑地看着对方。

"这次危机得以解除，可是多亏了秦少侠！"顿了顿，雪影长老似乎下了决心，"老朽有一礼物相赠，不知少侠可否随我同去一趟雪神谷？"

礼物？秦归陌听得一头雾水。

"不错。"雪影长老乐呵呵地看着他。

"这个，我本就是为了向天南宫寻仇而来，谈不上什么大忙，我看礼物还是算了吧！"秦归陌摆摆手，推辞道。

"这个礼物你一定要收下，这可是我们雪神谷真正的宝贝！"雪影长老压低声音说道，"只有对本派有大功劳大贡献的人，才有机会接触它。对你来说，更是大有裨益。"

大有裨益？秦归陌心思一动。

雪影长老走近前来，在秦归陌耳边低语几句。

"果真这样，那这礼物也太贵重了！"秦归陌满脸讶异。

"无妨，究竟成效如何，还得看少侠自身造化！"雪影长老笑出了皱纹。

秦归陌也是个明白人，知道这也是一番机缘，当下便不再推辞。

"那么，少侠请吧！"

好不容易答应留下来，这就又要走了，薛采芝眼中一阵失落。

"我们走吧！"长孙欣倒是一副主人的样子，起身就准备和秦归陌一起。

"长孙姑娘请留步，此次所赠礼物事关本派机密，所以只能秦少侠一人前去，况且到时候少侠会独处一段时间。不过若是姑娘实在有兴趣，来我们雪神谷参观逗留几日，我们也是非常欢迎的，只是这段时间怕是见不到秦少侠了。"

雪影长老这把年纪，自然一眼就看穿了长孙欣的小心思，于是乐呵呵的解释道。

一旁的薛采芝偷偷一乐，心里平衡了：看，你也去不了。

"这样啊，那我就在这里等你回来好了。"长孙欣倒也干脆。

"二，二小姐，我看我们还是早点回赵地去吧。"鬼脚七又来建议。

"要回你自己回！"长孙欣没好气地白了他一眼。

"也好，小欣你就先留在这里等我，薛叔叔，那就麻烦你们多多照顾了。"

"小兄弟放心吧！"

"我又不是小孩子了，再说了，我有采芝妹妹陪着呢！"长孙欣跑过去，一把搂过薛采芝，搭在后者肩上，俏皮问道，"你说是吧？"

"呃，嗯，秦大哥你放心吧，我会好好照顾欣姐姐的！"

秦归陌只觉得自己的智商明显不够用了：这俩人的关系，啥时候变得这么亲密了？

四十四
雪鉴神功

两天后，秦归陌和雪影长老终于是抵达了雪神谷。

秦归陌站在谷口，放眼望去，一片银装素裹，晶莹剔透，不远处三座山峰呈鼎足之状，山顶处仙雾缭绕，若隐若现，当真美不胜收。

据雪影长老所说，整个雪神谷便是坐落在这山谷之间，中间有一条天然溪涧经过，名曰"照雪渠"。雪神谷共有三座主峰，分别是迎雪峰、煮雪峰和炼雪峰，与之对应的便是山下的迎客厅、议事厅和修炼厅。

"哈哈哈，有点意思！"秦归陌由衷赞道。

"我们走吧！"雪影长老也是一阵莞尔与自得。

雪神谷不仅仅是秦地历史最为悠久的门派之一，相传更是与从魄罗雪山群上走下来的雪神大人颇有渊源，此外，雪神谷中各处美景，也是秦地一绝！

"见过雪影长老！"两名女弟子在谷口恭敬迎道。

"嗯。去忙吧！"雪影长老面含微笑，和秦归陌缓步向前。

再往前走，便看到那条"照雪渠"了。只见泉瀑之水从山间蜿蜒而下，流水激湍有声。溪涧多弯曲以增长流程，显示出源远流长，绵延不尽之意。两旁多用自然石岸，以砾石为底，溪水清浅，可数游鱼，又可涉水。

"游览小径须时缘溪行，时踏汀步，置身其中，方才怡然自得。"雪影长老在一旁说道。

"妙极，妙极！"秦归陌照做，果见两岸树木掩映之下，山水相偎相依，脚边怪石嶙峋，耳畔曲水流觞，一时间心旷神怡，好不惬意！

秦归陌只觉得不虚此行，纵使没有所谓的礼物，他也乐于徜徉其中，欣赏沿途景致。

"到了。"雪影长老提醒道，秦归陌这才回过神来。

抬头一看，"迎客厅"三个字映入眼帘。

秦归陌紧跟着雪影长老走了进去，发现除了几个寻常弟子，里面还有三位长者在，其中一人，看上去似乎比雪影长老还要高一辈。

"见过雪沁师叔！"只见雪影长老恭敬道，"这位少侠就是秦归陌秦公子，此次粉碎天南宫的阴谋，当真功不可没。"

"咳咳，我都知道了。"居中的长者沉声道，"雪茹、雪芹两位师侄，已经都跟我详细说过了，只可惜，还是没有千寻的下落……"

说话的长者自然就是雪沁——原谷主雪千寻的师父，也是雪神谷现在辈分最高的人。而自从雪千寻失踪之后，就暂时代理谷主一职，因为身体不是很好，所以一般的事务都是交给雪影长老打理。旁边的两位长者也是雪影的同门师妹——雪茹长老和雪芹长老。而自从一年前谷主和一些长老相继失踪之后，雪影长老这一辈，就只剩下这三人了，其他的，都是些年轻弟子。

"晚辈秦归陌，见过雪沁前辈！"秦归陌弯腰，深深作揖，起身后又向两旁拱手道，"见过两位长老！"

一番礼数做足之后，秦归陌便气宇轩昂地站立原地，目不斜视，不卑不亢。

雪沁前辈和旁边的两位长老也是连连点头，虽然之前已经有了雪影长老的铺垫，不过此刻亲眼见到这位少年俊才，也是相当满意。

"果然一表人才！"

"真是后生可畏！"

"如此年纪便能力挽狂澜，更可贵的是能够不骄不躁，难得难得！"

"几位前辈过奖了！"秦归陌当下也是一阵汗颜，连忙回道，"天南宫本来就是我的仇人，晚辈自当竭力，况且这一次也是靠大家齐心协力才能最终赢了下来。"

此时雪影长老也已经走进她们三个中间，四位长者一阵窃窃私语，不时回头瞧看台下的秦归陌，然后频频微笑点头。

这场景，直看得秦归陌浑身发毛：几位前辈莫不是要把他给卖了不成？说好的礼物呢？不过秦归陌表面上仍是不动声色，静观其变。

"嗯嗯，我看可以！"随着雪沁前辈最终拍板定案，四个人的商议也就此结束。

"那么，雪沁师叔，我这就带他前去雪鉴洞！"雪影长老起身告辞。

"去吧！"雪沁前辈颔首微笑。

秦归陌仍然紧跟在雪影长老身后，继续沿着"照雪渠"前行，经过煮雪峰下的议事厅时，遇到了更多的雪神谷弟子，只不过清一色都是女弟子。最后到达了炼雪峰下的修炼厅，秦归陌瞥见好多人在里面修炼，同样的全是女弟子！

"雪神谷向来只收女弟子，走吧！"正当秦归陌疑惑之时，雪影长老提醒道。

难怪，秦归陌挠挠头，跟着雪影长老继续往里走。

此时，不少雪神谷弟子已经看到了这一幕，几个调皮的纷纷出来看热闹。

"你们看，雪影长老带了什么人来了？"

"这个我知道，听说是位姓秦的少侠，之前可是打败了天南嚣呢！"

"没错没错，祭祀大会上可威风了，虽然我没看到他的正脸，不过我猜一定是个英俊小哥！"

"这么厉害？少侠会不会看上我了，来向雪影长老提亲的？"

"呸！你个不要脸的！他看上的明明是我！"

"你俩够了啊！花痴病又犯了不是？"

"看样子，雪影长老是要带他去雪鉴洞啊！"

"真的假的？我都没有去过呢！"

"好像也只有大师姐她们几个少数人去过一两次呢！"

"真是羡慕！"

……

对于身后的这些议论，秦归陌自然毫不知情，此刻正紧跟着雪影长老前行。他们的目的地，正是雪鉴洞，而雪影长老所说的礼物，也就在洞里！

那便是——《雪鉴神功》！

四十五
参 悟 神 功

　　秦归陌跟着雪影长老径直走到炼雪峰下，只见山顶倾泻下来一湾银瀑，在山脚冲击形成了一个水潭，潭水幽深，清澈见底，一些鹅卵石散落其间，形状各异。银瀑之水经过潭水的洗礼与沉淀后，才缓缓地沿着秦归陌来时的方向继续往外流去。

　　原来，这便是"照雪渠"的源头啊！秦归陌一下子了然。

　　渐行渐近，"哗哗"的流水之声也是渐响渐彻，秦归陌看到了山脚下瀑布之水激起的大片水花，也看见了旁边的那一帘水洞。

　　"那便是雪鉴洞了。"雪影长老指着前方说道。

　　秦归陌迅速上前，几许零星的水花溅到了身上也丝毫不以为意，兀自感受着这股清凉与爽快，同时仔细瞧看那水帘洞口。

　　"雪鉴洞"三个古老的大字相当醒目！

　　看样子是有些年头了，不知道这洞穴是何时建造的？秦归陌在心里思索。

　　"进去吧！"雪影长老已经跟上来，"我说的大礼，就在里面！"

　　说完，一个迈步，雪影长老率先进入其中。

　　秦归陌紧随其后，也穿过水帘，跨了进去，稀奇的是，身上并未被淋湿。于是他好奇回头，看那水帘洞口，但见水汽氤氲，一片迷蒙，洞外一切再看不清楚，可也并未瞧出什么端倪。

　　"雪神谷赠你的大礼，便是雪鉴神功！"雪影长老的声音传至，秦归陌这才回过神来。

"就在这扇门后！"雪影长老指着前方的银色大门继续道。

秦归陌心中一动，快步向前。先前，秦归陌已经知道雪影长老要赠他一门厉害功法，只是不知这《雪鉴神功》究竟厉害在何处。

"关于《雪鉴神功》……"雪影长老解释说，"雪神谷有规定：有大恩于宗派之年轻俊杰，可授之。此功法共有七重，百余年前另一个有缘人习得六重，仗之纵横江湖，所向披靡！"

"这么厉害？可是雪神谷中就没人能够学会么？"秦归陌不禁讶异出声，说完又觉不妥，于是不好意思地挠挠头，为自己的失礼感到抱歉。

"哎。"雪影长老叹口气，"谷中历代精英，最多也只是勉强达到四重境界，老身也是后来才知晓一些原因。"

原来这《雪鉴神功》乃是雪神谷镇谷之宝，相传是雪神谷创始之人所著。起初，雪神谷门下弟子男女皆有，不过后来因为一次变故，雪神谷之前的历史被全部抹去，而当时的谷主也定下规矩：从此之后再不收男弟子！而另外一个可以向外人传授功法的规定虽然没被废除并保留下来，但由于某些原因，却从来没有对外公布过，也没真正实施过。

秦归陌当然清楚这里所谓的"某些原因"是指什么：一个门派的功法是不可能轻易外传的，更何况是像这种镇派之宝！因此之前雪影长老跟他提起赠礼一事之时，他才会表现得如此讶异。

"事实上，相当长的一段时间里，根本没有外人有机会接触它，就算是本谷弟子，想要一窥究竟也是需要具备相当苛刻的条件。因此，外界几乎不知道它的存在。"雪影长老启动了旁边墙壁上的机关，银色大门缓缓打开，发出沉闷的金石摩擦之声。

"直到两百年前的一位谷主开辟了一条先河，不再以狭隘的目光视之，将此功法正式传授给一位外人之后，此后陆续又有三位幸运者，其中有个叫鸿毅的更是习得六重境界，后来可是名震天下。而你，就是第五个幸运儿！"

雪影长老对着秦归陌微微一笑："快进去吧！不过究竟你能到达几重境界，就要看你的造化了。"

说完推了秦归陌一把，后者便进入雪鉴洞内部，身后的银色大门也渐渐合上。

"参悟这功法一般需要半月之久，二十天后我来接你。"最后一道声音传来，银色大门终于是缓缓合上。

没有想象中的昏暗，秦归陌很快适应了这里的光线，迅速往里走去。这是一个相当空旷的大厅，中间有几个银色大蒲团呈六角形摆放，宛如一朵巨大的雪花；四周总共有着二十四根石柱，高低参差，这些石柱顶端均有一个火种。秦归陌拿起一旁的火把，迅速到达第一个矮柱之前，点燃了火种。

嘭！嘭！嘭！嘭！嘭！

随着第一根石柱上的火种被点燃，其余的二十三处火种也是起了连锁反应一般，纷纷燃烧起来。这下子，整个大厅顿时亮如白昼。

此时，秦归陌也是真正看清楚了四面墙壁上的浮雕——整整六十四块！

而按照雪影长老所说，这些浮雕，正是雪鉴神功的精髓所在！

"真是让人叹为观止！"

秦归陌抬头环视四周，不禁发出慨叹，接着便立刻参悟起来。

四十六
想 会 会 他

这些浮雕上的人物全部都栩栩如生，动作也是相当传神，并且每块浮雕旁边都刻有一些文字加以注释，只是越往后面的浮雕，文字注释就越少。

当下，秦归陌再不迟疑，就在第一块浮雕下面研习起来。浮雕上的人物紧闭双目，双腿微微前屈，两只手拇指和小指两两相对结印在胸前。

"雪鉴神功第一重：少商对冲，滞于尺泽，云门相望，会于檀中……"

一边默念旁边的口诀，一边按照浮雕上的姿势凝神运气，秦归陌很快便将第一块浮雕的要诀熟记于心。

接下来的九块浮雕，也都是大同小异，浮雕动作均是连贯一气，文字注释也颇为详尽，秦归陌稍稍用心，便一一掌握。至此，雪鉴神功第一重的十块浮雕，秦归陌已经悉数看完。于是，他走向大厅中间的那些银色大蒲团，端坐在"雪花"中央，准备完整参悟一遍。

闭目凝神，在脑海中酝酿了一番之后，秦归陌立刻开始。双腿微屈，双手结印，嘴中念念有词，几个动作一气呵成，身形也不知不觉间在几个蒲团之上不断变换着方位，体内精气循着脉络缓缓运行，头上隐隐冒出一丝寒气……

修炼持续了一个时辰之后，终于是停了下来。秦归陌感觉整个人一下子神清气爽，这雪鉴神功的魔力才刚刚开始显现。

"唔，这才只是第一重，还得加把劲。"秦归陌打起精神，仔细回忆了一遍刚才的修炼过程：有几个地方还需要改进一下。

于是，稍作休息之后，秦归陌跑到浮雕面前，又将第一重的十块浮雕仔细研习了一遍，在脑海中连贯推演之后，理解也越发深刻。接着，便重新坐回蒲团中央，开始了他的第二遍修炼参悟。

仅仅一个晚上，秦归陌便将雪鉴神功的第一重心法在体内运行了三遍，并悉数掌握。

第二天，秦归陌再接再厉，将之后的十块浮雕也是全部琢磨透彻。至此，雪鉴神功前两重境界，秦归陌基本上已经达到。

"看来，这雪鉴神功参悟起来也没那么难啊？"秦归陌自言自语起来，"难道这雪神谷中的弟子全是白痴？"

显然不可能！秦归陌吐吐舌头，"不管了，先睡一会，明天继续！"

第三天，秦归陌终于找到了答案。

雪鉴神功第三重境同样是由十块浮雕构成，只是这十块浮雕上的人物动作并不是连贯一气的，中间的衔接有些生硬，更像是十个单独的结印修炼动作。并且，每块浮雕旁边的文字注释，只剩下了八个字。

"这，理解起来就难了……"秦归陌一时没反应过来，于是继续向后面的浮雕一一看去。

第四重的十块浮雕同样如此！而第五第六重的每块浮雕旁边，仅仅只有四个字的注释，并且每块浮雕之间的动作衔接显得更加生硬！最后，秦归陌来到了第七重境的最后四块浮雕面前，简直毫无关联，各成一派，并且旁边竟是连一个字的注释都没有！

"难怪……"秦归陌挠挠头，"我就说嘛，不可能这么容易参悟的！"

只见他拿出了一颗夜明珠，仔细端详起来。

"听彦一师父说，你是我父亲特意留给我的，并且对我的内力修炼颇有裨益。现在，就让我看看你的威力吧。"

说完，秦归陌回到了银色蒲团之间，将夜明珠放在了身前，开始修炼雪鉴神功第三重心法。只见夜明珠发出淡淡的柔和的光芒，映得秦归陌的脸色一片温润，顷刻间，一种无形的淡绿色薄膜将它和秦归陌包裹住，形成一个独立空间。

这一切，秦归陌自是不知。他正紧闭双目，努力参悟那些并不连贯的雕像动作以及仅有的几句心诀。渐渐的，秦归陌似是闻到了一股芬芳，顿时感觉身轻如燕，六识清明，一切杂念全部抛诸脑后——那些晦涩难懂的心诀，逐渐变得浅显易懂起来；十块静止的雕像，也仿佛动了起来，每两块之间均是多出了几组动作，于是整个雕像全部活了，动作完全连贯起来，毫无阻碍。

秦归陌瞧得一清二楚！

于是，秦归陌不断变换结印手势，身形在"雪花"状的蒲团阵中不断挪移，口中念念有词，体内精气随着参悟到的心诀循环涌动，竟是就这般将第三重心法给学会了。

"果然是个宝贝呢！"

修炼完毕，秦归陌盯着眼前的夜明珠，不禁发出这样的感慨。此时，淡绿色薄膜已经消失，只剩下这颗夜明珠，依然发出淡淡的柔和的光芒。

……

西域，魔教的一处据点。

地上躺着一具焦黑的"尸体"，不时发出哼哼之声。

"还有的治么？"一个娇柔甜美的声音传来，却透着一股不怒自威。

"回少主，多半是废了。"说话之人有着一头紫发。

"哈哈哈，这个什么狗屁天南宫，之前不是放过大话么？"转过身，却是一张俊美的容颜，"一群没用的东西！"

"他们差一点就成功了，不过最后关头薛傲天赶到和秦归陌联手，最后是秦归陌一招将他变成这样。"

"哦？薛傲天那个老东西还没死？上次蓝瞳道人也太粗心了……"拨弄着指甲，秀眉一皱，"这个秦归陌又是谁？"

"之前没听说过，不过属下瞧他的身手，尤其是这火焰咒，似是有着东海仙岛的影子。"

"东海仙岛？有趣有趣，我倒是想会会他了，哈哈哈！"

四十七
大胆尝试

借助那颗夜明珠的奇效，秦归陌花了两天时间，将雪鉴神功第三重境界给巩固牢靠；又花了三天时间，将第四重境界给基本掌握。

至此，秦归陌已经基本熟悉前四重境界，便感觉自己的内力大有长进。端坐蒲团之上，深吸一口气，秦归陌隔空出掌，击向最里面的验力石！验力石，顾名思义，就是用来检验内力深浅的石头，乃是特殊材质天然形成，是目前已知硬度最高的石头，极难被外力击碎，因此最适合用来测量内力深浅！

一掌既出，秦归陌身形一动，已经来到那块巨大的验力石面前，只见上面早已经密布着大大小小、深浅不一的掌印，有的只是淡淡的一个手掌的痕迹，有的则是印出了一个浅浅的凹槽。而这其中有着一道掌印尤其醒目，竟是能够入石三分，让掌印深陷其中。秦归陌自忖，即便自己在这么近的距离使出全力一击，掌力拍实在这验力石上，也达不到这种效果。

想必，这就是那个叫做鸿毅的前辈留下来的掌印吧。秦归陌心里想着，不禁羡慕起来。不过自己的表现还算不错，之前那一掌，已经可以算是达到了中游水平，照此看来，只要往后的日子勤加修炼，光是靠着这四重雪鉴神功心法，他的综合实力便是能够有质的飞跃。

这雪鉴神功果然厉害！

真是迫不及待想尝试后面的第五重第六重呢！秦归陌暗自兴奋着。至于第七重？他秦归陌也很有自知之明，还没狂妄到那种地步，这么多先人前辈们都没能学成，他可不敢太过奢望自己，不过话又说回来——万一自己一个不小心顿悟给学会了，那也是极好的嘛！

当下，秦归陌的嘴角弯起了熟悉的弧度。

然而，理想是丰满的，现实却是骨感的。在参悟第五重心法时，秦归陌便遇到了阻碍。

尽管这十块雕像之间的动作衔接越发生硬，尽管每块浮雕旁边只有笼统的四字心诀，秦归陌还是凭借着自身超强的悟性，以及那颗神奇的夜明珠的帮助，将问题迎刃而解。不仅悟透了每组四字心诀的奥义，也看穿了每块浮雕之间的联系。于是，结印手法，修炼姿势，心诀所指，精气运行脉络和方式，全都悟得一清二楚。

只是，悟透是一回事，实际修炼起来又是另一回事！

当秦归陌回到蒲团之上，准备凝神完整修炼一遍的时候，体内精气刚循着脉络运行一阵，一股森然寒意便由丹田之内生出，并且呈现来势汹汹之状。起初，秦归陌只能强行忍住这股寒气，继续修炼；到后来，寒气渗出体表，秦归陌的脸上覆盖上一层淡淡的冰霜，眉鼻之间也是凝出露珠，渐渐的，肤色发青，四肢开始僵硬……

寒气继续涌来，秦归陌实在撑不下去了，只能中断了修炼。

咳咳！这一中断，让秦归陌大伤元气！

奇怪？这雪鉴神功前面几重修炼起来，虽也屡有寒气游走，但终归只是沁人心脾的程度，反而让人神清气爽，怎么现在一下子来得这么猛烈。

果然，雪鉴神功这门内功，还是多偏向阴寒啊！自己一个阳刚男子，都抵御不住这汹涌的寒气，更何况是那些阴柔女子呢？至此，秦归陌也是想通了，为何这谷中之人鲜少有人能练到五重境界，看来这跟资质的关系也并不是太大。

情况糟糕，确实让人头疼。不过这么难得的机遇就在眼前，秦归陌不可能就此轻易放弃。稍作调息，他还是准备再试一次。

这一次，他确实坚持了更长时间，只不过，还是以失败告终！

满面冰霜，肤色由青入白，手脚几乎快失去知觉——"噗嗤！"秦归陌咳出一口鲜血，再一次中断了修炼，两眼一黑，便昏了过去。

好在这银色蒲团阵也是颇有玄机，加上夜明珠的功效，不至于让秦归陌走火入魔，只是遭到内力反噬，昏睡了过去。

……

"师父师父！你看！我可以凝聚出小火苗了呢！"

"嗯，还不错！这大火焰咒你务必好生参悟，对你将来大有裨益！"

"知道了师父，是不是我学会了之后就能去报仇了？"

"一切自有定数，你的因、果都在秦地，机缘也正在那里！"

"师父，我怎么听不明白？"

"呵呵，总有一天你会明白的！记住，大火焰咒可不仅仅是用来制敌的！"

"我知道，还能用来烧烤！咕噜！"

"哈哈哈！"

……

大火焰咒！

秦归陌已经从昏迷中醒来，此时，他也顾不得去想怎么会梦见与师父的往日对话，因为——一个大胆的尝试已经在心中生成！

秦归陌不禁暗自兴奋起来。

四十八
六重功成

"气沉丹田，神游四肢，精走双脉，力凝于指……"

秦归陌口中所念，赫然便是大火焰咒的心诀！他的丹田之中立刻生出一股暖意，并且迅速滋润了全身。只见他双手之上隐隐腾起几缕火焰，并微微颤动着。力度掌握得刚刚好，既没有让火焰燃势大涨，也不至于让它渐渐熄灭，就这样维系着一个相对平衡。

准备工作就绪，秦归陌开始了他的大胆尝试！

"非渡有厄！""毗怙邻悛！"

秦归陌居然就这么开始了雪鉴神功第五重的修炼！

一边维系着大火焰咒的心诀，一边修炼第五重心法！这，真的行得通么？

风险当然有，可是一旦成功，收益却是超乎想象！秦归陌赌的就是这个"一旦"！

整个第五重心法，之前他已经全部悟透！结印手法，修炼姿势，心诀所指，精气运行脉络和方式，已经悉数掌握！可偏偏在最重要的修炼环节，当他尝试运行精气的时候，体内却不断生出剧烈的寒气相抗拒。起初，秦归陌只能用内力强行压制，企图能够顺利修炼完毕，但却收效甚微，两次均是以失败而告终！第二次尝试还受到自己内力的反噬！

堵而抑之，不如疏而导之！

于是，秦归陌便想到利用大火焰咒心诀来辅助修炼！

一心二用固然危险，但为了变强，秦归陌豁出去了！

双手结印，默念心诀，屏气凝神之中，秦归陌已然开始了修炼！体内精气刚运行一段，那股熟悉的寒意便立即从丹田之内涌来！只见秦归陌不慌不忙，一边让精气继续循环运行，一边催发大火焰咒的威力，丹田之中同时涌出一股暖流！

滋滋滋！秦归陌双手上的火焰瞬间涨出一截，显然是分心之下，没有掌控好催发力度！脸颊之上已经渗出几颗汗珠，秦归陌此时精神高度集中，容不得半点差错！只见他微皱眉头，缓缓催发火焰心咒，丹田之内暖流微收，手掌上的火焰也不再腾跃，逐渐趋于稳定。

一边按照第五重心法继续修炼，一边利用大火焰咒心诀产生的那股暖流，缓缓包裹住那股躁动的寒气，在丹田之内先进行安抚。接着，便顺着几条安全的脉络缓缓运行起来，准备将这股寒气有条不紊地疏导到全身各处，以防止它们在体内肆意冲撞，从而损伤经脉与内脏。

只是，寒气飘忽不定，调皮得很，根本不会乖乖配合。即使一开始被暖流包裹住了，也在极力挣脱着这束缚，过程之中，有几小股寒气溢出，四处游窜，让秦归陌苦不堪言。此时的他，面色发白，汗如雨下，表情十分痛苦，衣服也已经湿透，不过——却仍在咬牙坚持！

第五重心法修炼一直没停！不知不觉已经运行了大半个周天！此时秦归陌体内的经脉之中，有着两条不同线路的精气在循环游走。一条是修炼心法产生的主精气，另一条便是被暖流包裹住的那股寒气！两者同在经脉之中各自游走，共生又竞争，当真凶险万分！

好在秦归陌精神高度集中，运气也是颇佳。渐渐地，他开始摸清了那股寒气的脾性。除了一直用暖流包裹安抚它之外，当它暴躁四窜之时，暖流身先士卒，替它在前方开辟道路，让它行得顺畅；当它安静盘踞之时，暖流如影随形，缓缓旋绕其侧，替它保驾护航。

几番下来，那股寒气似乎不再抗拒那暖流，停止了缠斗与挣脱，反而是对后者产生了兴趣，不时地亲近一番。见此情景，秦归陌因势利导，故意让暖流行在前面，那股寒气果然跟了上来！

"这就对了！"秦归陌的脸色终于好看起来。

于是，在秦归陌的有心指引下，原本横冲直撞的寒气随着那股暖流，终于沿着正确的脉络方向缓缓疏导开来，而之前不小心逸散出去的那些寒气，也在沿途被慢慢吸引回归，乖乖地跟着大部队。

如此一来，没有那股寒气的肆意破坏，秦归陌修炼起来更是得心应手。身处淡绿色薄膜之中，秦归陌结印的双手蒸腾着火焰，移形换位间，肤色红白交替，温润中趋于稳定，头上也渐渐蒸出白气——第五重心法已经到了关键时候，体内精气运行畅通无阻，很快便循环了一整个周天！

成功了！秦归陌难掩兴奋！

看来这办法果然行得通！秦归陌沿着脉络，将那股寒气又疏导回归丹田之后，整个人都快虚脱了，不过脸上却挂着胜利般的微笑！

劳逸结合，又花了两天时间，秦归陌将第五重心法彻底巩固。

面对第六重心法，借助夜明珠的功效，前面的问题难不倒秦归陌。重点仍然是最后的修炼，而秦归陌，当然采用同样的办法来应对。只是这一次，体内的寒气更盛，脾性也更加飘忽不定，破坏力也更巨大。即使使用大火焰咒，也很难掌控好力度和节奏。

这一次，秦归陌足足花了一天一夜的时间来跟它纠缠，直到最后的筋疲力尽，总算惊险过关！

"真不知道那个叫鸿毅的家伙是怎么办到的？"此时的秦归陌也是心情大好，不禁调侃起来，"嘛，总算是勉强到达六重境了！"

接下来的三天时间，秦归陌继续将第六重心法巩固了几遍，直到自己满意！

半个月！一共只用了半个月！秦归陌就已经将雪鉴神功前六重境界悉数学会，这是多么骇人的速度！然而，他所追求的——远不止于此！

秦归陌将目光投向了最后的四块浮雕……

四十九
谷中禁地

　　只不过，这一次，他可没有那般好运了！

　　根本没有哪怕一个字的口诀注释，面对各成一体，看似毫不相关的四块浮雕，即使是借助夜明珠的辅助，秦归陌也是显得毫无办法。

　　没有口诀，就不知道精气运行之法；而大相径庭的四块浮雕，也难以悟出连贯的结印动作和修炼姿势！秦归陌简直觉得头大，但是却没有放弃，仍在苦思冥想！

　　这一悟，就是整整五天！然而，却是一点进展都没有！

　　毫！无！头！绪！

　　直到二十天已满，直到雪影长老前来接引，秦归陌仍然站在最后四块浮雕面前，一动不动，陷入沉思，试图突破！

　　"难道他已经悟出了前六重？"见此情景，雪影长老也是颇为诧异，旋即微微一笑，心里很快便否定了这想法，"应该只是感兴趣过去看看，雪鉴神功岂是这么容易练成的？"

　　话虽如此，不过雪影长老对秦归陌的期望还是很高的，觉得后者怎么着也应该有个四重境界吧！

　　不过，当她看到秦归陌这种入定的姿势，加上她进来已经有了一段时间，秦归陌还是那般纹丝不动，这样子根本就不是普通的感兴趣看看，而是——试图参悟啊！

　　雪影长老心中莫名一颤，难道——

随着她继续往里走，目光落在那块巨大的验力石之上时，她的猜测也终于被证实！

秦归陌这家伙，真的已经练成了六重境界！

只见那块验力石上，众多掌印深浅不一，大小各异。当中，有两个入石三分的掌印尤其醒目！其中一个，雪影长老一眼便认出，是百年前的那个叫做鸿毅的所留；而这多出来的一个，自然就是几天前，学成第六重心法后的秦归陌的杰作！

虽然神功初成，根基不稳，往后的日子还需要勤加修炼与巩固，现在的功力尚无法持续作战！不过，只是爆发一下，也是能做到全力一掌，并且有着相当的威力！

"这，这也太，太不可思议了！"雪影长老激动得语无伦次！

当她回头看向秦归陌的时候，目光都不一样了：真是不简单啊！看这样子，是打算一鼓作气学会第七重啊！不知道能不能成功呢？

此时的雪影长老，心里反而是生出了几许期待！

只不过，奇迹并没有就此发生。

没过多久，秦归陌便是一个踉跄，往后一屁股栽坐在地，想必已经是从入定参悟之中清醒了过来。只见他满头大汗，一脸郁闷，心中颇有不甘。

"少侠？"雪影长老轻唤一声。

"谁？"秦归陌猛地一个激灵，侧翻着滚向一旁，"呼，原来是雪影长老啊。"

看清楚来人之后，秦归陌紧绷的神经这才放松下来。

"二十日已过，老身特来接你，不知少侠进展如何？"嘴上这么问，雪影长老心中可是清楚得很——这小子，已经练成了六重境界！

"嘿嘿！"秦归陌挠挠头，"这雪鉴神功果然高深莫测！晚辈凭借着一些运气，侥幸学会了前六重心法。只是面对这第七重，却是一点头绪都没有，哎！"

看这样子，这语气，似乎不甚满足，还颇有遗憾。这要是被其他人知道了，还不被气得吐血？这么短的时间内就掌握了前六重境界，竟然还不知足，真当这雪鉴神功是三脚猫的功夫么？

"好了好了，少侠你就不必介怀了！"雪影长老心情相当不错，"这个成绩已经非常了得了，除了百余年前的那个鸿毅，就属你的雪鉴神功练成的境界最高了！至于最后的第七重境界——"

顿了顿，雪影长老继续道："自从那次变故之后，还从未有人达到过！"

秦归陌当然知道这个变故是指什么——雪神谷之前的历史被抹去，从此之后只收女弟子一事。这么说来，在那次变故之前应该有人曾经达到过七重境界，至少第一任谷主肯定是有练成的！既然有人能够练成，那就说明他秦归陌还有机会。不是么？

一念及此，秦归陌也就不再耿耿于怀了，反正来日方长嘛！

"长老所言极是，我能短时间内有此番造化，已经十分庆幸了！哪里还能再不知足啊！"秦归陌这话说得很漂亮，雪影长老也就不再多言。

"走吧！雪沁师叔她们可都在等你呢！"

稍作停留，将第七重境界的四块浮雕之像牢牢地印在了脑海里，秦归陌便跟着雪影长老出关了。

越过银色大门，穿过水帘，两人已经来到了雪鉴洞外。

秦归陌身上仍然没有被淋湿，还没等他诧异，雪影长老似乎先是触碰了什么机关，然后手一挥，瀑布之水混着潭水便被引了过来，覆上了那个水帘洞口。飘飘洒洒之后，潭水落地，水帘竟是消失不见，连"雪鉴洞"三个古老大字亦是无影无踪，只剩下一面厚实的墙壁！

"少侠莫要介意，此处实是谷中禁地！"面对目瞪口呆的秦归陌，雪影长老微微一笑。

"明白！明白！"秦归陌只能尴尬一笑。

五十
年关将至

"什么？你真的练成了六重境界？"雪沁前辈吃惊万分，雪茹、雪芹两位长老也是觉得不可思议。

在此之前，她们当然对秦归陌有所期盼，不过后者只要能够练成四重境界也就不虚此行了。不过显然，她们还是低估了秦归陌的实力，或者，再加上一些些运气。

"嗯，基本上算是练成了吧！"秦归陌不好意思地挠挠头，谦虚地垂下脸。

不管怎么说，这雪鉴神功好歹也算是人家的镇谷之宝，这么轻易就被一个外人给学去了大部分精髓，秦归陌还是觉得有点尴尬的。

似是看到了秦归陌的窘态，雪影长老立刻出声宽慰道："少侠无需介怀，我们既然说了要赠与你礼物，那么最后学成多少全看你自己的造化。我们相信少侠的人品，而你也没有让我们失望。不过，对于进入我谷学得神功的年轻俊杰，我们只有一个要求——"

"一个要求？"秦归陌不明所以。

"没错！"雪沁前辈接过话头，"那就是——若是雪神谷今后有难，少侠务必要施以援手！乱世之中谁也无法保证长治久安，这也是为什么后来我们允许一些年轻人前来参悟神功的初衷。"

"这是自然！"秦归陌马上肃容道，"真到了那天，晚辈定当竭尽全力，万死不辞！"

"如此甚好！"

"真是想不到啊！居然练就了六重境界！"

"武林之中怕又是出了一个奇才啊！"

"虽然少侠你已经初步练成神功，但是还无法发挥其真正的威力。只有继续勤奋修炼，日积月累，方才能够大成啊！"

临别之际，雪影长老也是善意提醒道。

"晚辈明白！如此大礼相送，晚辈定不会辜负诸位前辈的期望！"

……

再次回到富贵门秘所的时候，已是年关将至。

"小天！""秦大哥！"

长孙欣和薛采芝早已经是等得望眼欲穿，刚得知秦归陌回来了，便急匆匆地出来相见！

"小天，你有没有想我啊？"长孙欣拉住秦归陌的手，嬉皮笑脸地问道。

"有，当然有！哈哈！"秦归陌刮了一下长孙欣的鼻子，也是兴高采烈地回应道。此时，他神功初成，又见到了朝思暮想的心上人，心情自然大好。

"秦大哥，就让贤弟为你接风洗尘吧！"此刻的薛采芝则又是恢复了一身男儿装扮，紫色发带束青丝，一袭白衫散清香，明眸皓齿顾盼笑，飒爽英姿恰少年！

秦归陌不由得看得有些痴了，仿佛又看到了两年前在楚地初遇之时，那个自称薛之才的少年，那个意气风发的少门主。

可惜，旧日时光一去不返，昔日儿郎如今红妆！

"走，喝酒去！让我们不醉不归！"薛采芝这一声吆喝，打断了秦归陌的思绪，后者这才回过神来。

"对对对，不醉不归！"长孙欣也是激动附和着，说完便拉过薛采芝的手一起向里走去，动作相当亲昵，"采芝妹妹，今天我可不会再输给你了！"

"这可难说，前两次可都是你先醉倒了哦！"

看来这些日子的相处，这俩人的关系越发亲密无间了啊！秦归陌看在眼里，却只能在心中暗叹一口气：希望不要出什么乱子才好。

关于女人的心思，他一直觉得是一门特别高深的学问，那比任何神功秘籍还要艰难与晦涩难懂，得用一辈子的时间去不断学习、揣摩。

杯光烛影，觥筹交错，三位各怀心思之人，皆是大醉一场。

之后几天，长孙欣继续和薛采芝腻在一起，或是比武切磋，或是互诉衷肠，简直形影不离，甚至都冷落了一旁的秦归陌。至于鬼脚七，早早便被好言"遣送"回赵地，用长孙欣的话来说就是——我要在这里等秦大哥一起过年，年后便回，到时候再同去中州！

这几天秦归陌也乐得清闲，抓紧时间用来修炼神功，提升内力。当初彦一真人除了帮助他继续巩固一些基本功外，主要教了他三样本领：一是"幻影如风"的身法，二是"洞箫十二式"，最后一个便是"大火焰咒"。可是，唯独却没有教他一门高深的内功法门。用师父的原话来说便是——普通的内功心法对你来说全是糟粕，不如弃之不学，你的机缘正在秦地，那里有你想要的东西！

当时的秦归陌肯定是想不明白的，现在看来，冥冥之中自有定数，一切似乎都被师父言中。而自己之前最为薄弱的内力一环，今后也不再是软肋，一念及此，秦归陌不由得更加佩服起自己的恩师来。

印象之中，彦一真人仙风道骨，博古通今，上知天文，下晓地理，就连自己的羽化之期也能算准，提前让秦归陌下山——

"以你现在的功力，恐怕还不是天南嚣的对手，先在外面闯荡磨练两年吧！等到大火焰咒初成或是在秦地有了一番机缘，再去报仇不迟！"

只不过，因为重逢长孙欣以及魔教事件的介入，计划才不得不提前。

"有空，去一趟东海仙岛，替我见一见一位姬姓的仙姑。"

这是师父对自己说的最后一句话，说完便闭目静坐，等待自己的大限之期。

"师父放心，弟子定当前往！"

……

修炼之中，日子悄然而过，转眼，已是除夕之夜。

五十一
那 个 夏 天

除夕之夜，芙蕖桥边，一男一女偎依而坐。

"真怀念啊。"长孙欣头枕着秦归陌的肩膀，轻声道："那个时候，我们几乎每天都在这里嬉戏玩闹。"

"是啊，这里，也正是我们的初遇之处！"

……

桥边，几个少年地痞围住一个小女孩，各个不怀好意地笑着。

"你们几个知道我是谁么？要是让我爹爹知道了……"

"老子管你爹是谁！识相点把金银首饰都交出来，免得我们亲自动手！"

"你们敢！"小女孩满脸怒容！

啪！一个少年向前推了一把，小女孩跌坐在地，手中的糖葫芦也被打落在一旁。

"看什么看！"带头的高个子少年恶狠狠道，"妈的！不识抬举！哥几个动手，抢了再说！"

显然，小女孩脖子上和手上的名贵首饰吸引了这群混混！

"你们几个快住手！"

周边的人群早已四散，谁也不想多管闲事；可偏偏，有一个身穿青衫的傻小子愣是赶了过来"见义勇为"。

"哪来的臭小子，找死！扁他！"

砰砰啪啪！

嗷呜！啊——

"这小子他妈疯了！"

"走！我们走！"

"真特么倒霉！"

最终，傻小子被揍得鼻青脸肿，但是他又是抓又是咬的，悍不畏死的气势把那几个地痞流氓全给镇住了，四散而去。

"你没事吧？"小女孩走了过来，扶起了那个傻小子。

"没事！"青肿的脸笑起来，难看死了，"就跟挠痒一样，嘿嘿——嘶，哎哟！"

"噗嗤！"小女孩被逗乐了，"你叫什么名字？"

"黎小天！你呢？"

"叫我小欣好了！"

这个时候，一群仆从匆匆赶来，搀扶起了小女孩，神色颇为紧张，口中念念有词——"二小姐！""大人要担心的！"

小男孩只隐约听得这几声。

"我们还会再见么？"

小女孩回头，眼珠子一转，微微点头，却什么也没说。

最终，小女孩被人带走了。

"她笑起来真好看。"傻小子发着呆：明天，她还会来么？

他决定等她！摸着青肿的脸，傻小子暗下决心。

第二天，他早早来到芙蕖桥边，看着来往的行人，搜寻着心中的身影，可直到太阳落山，那个小女孩也没有出现。

就在他快要放弃，准备转身的时候，一阵银铃般的笑声传来："呵呵呵，小天，你一直在这里等我么？"

"才，才没有！"傻小子强忍住兴奋，"我，我也是刚到，没，没多久！"

"走吧，我们去那里玩！"

"嗯，好！"

"我爹给我安排了好多功课，白天都出不来！哎！"

"那好，我们以后就傍晚出来！"

"一言为定！"

"一言为定！"

之后的每一天，他们都相约傍晚时分在芙蕖桥边碰头，然后一起玩耍。那段日子，这两个天真的孩子足迹遍布了周围！一起捉蛐蛐，一起追萤火虫，一起在街头看老师傅捏糖人，一起在山谷中冲着雨后的彩虹呐喊……

原本，一个是遵循家教修习功课，终日与枯燥的文字打交道的大家闺秀；一个是白天里帮家里烧水劈柴，干些农活，晚上打些粗拳的野小子。鲜少与同龄人有交集的这两个孩子，在这个夏天，走到了一起。

那个夏天，那份纯真与美好，深深地烙印在了这两个孩子的心上。

只是，大部分时候，小女孩的身边都有着一些人在暗中不远不近地跟着。然而，黎小天很敏锐地注意到了这一点。

"他们啊，都是我爹派过来保护我的。我好不容易说服我爹可以出来玩，条件就是这些人必须得跟着，哎！怎么也甩不掉！"

名叫小欣的小女孩一脸苦恼。

"看我的！"黎小天瞧见两个同龄人拐进了前面的巷子，眼珠子一转，计上心来，拉起小欣的手就跑，"跟我来！"

很快，他们也拐进了那个巷子。那几个暗中跟着的人立刻追了上来，却瞧见那两个孩子朝巷子的另一头奔跑而去，眼看着就要拐弯了。

"快追，别跟丢了！"几个人立刻追向前去。

直到他们也拐弯不见之后，旁边蹲着的两人这才站起身来，相视一笑。

原来，黎小天将自己和小欣的外套脱了下来给那两个同龄人披上，又给了他们一些碎银子，吩咐他们向前奔跑，越远越好，这才成功地完成"金蝉脱壳"！

"哈哈哈，这下子再也不用担心跟屁虫啦！"小欣开心地拍起手来。

"嗯！我们快走！他们应该不久便会发现上当了！哈哈！"

一连三天，黎小天凭借着自己的聪明才智，分别用不同的办法甩掉了那拨人，两个孩子得以尽兴玩耍，不亦乐乎。当然，有人高兴，自然，就有人遭殃！

"混账！你们几个废物！这点事情都做不好！"公孙长老声色俱厉地指着

面前跪着的几个人，"要是二小姐有个什么意外，你们几个脑袋加起来都不够用！"

"大，大人饶命啊！"

"好了好了！既然人没事，我也就不予追究了。不过——"

说话的正是小欣的父亲长孙离——赵地神驹营的一把手！只见他话锋一转，面色阴沉地问道，"为何，拖到今天才说！"

"我，我们也是怕大人您责罚！"

"对对对，都，都是那个臭小子！太，太狡猾了！"

"我们本想将功赎，赎罪，谁知道那小子三，三番两次……"

"够了！自己没用还怨别人！"长孙离大手一挥，闭目道，"带下去！"

"大，大人饶命啊！"

"请再给我们一次机会吧！"

"爹爹！你就饶了他们吧！"这个时候，长孙欣闯了进来，"是我们不好，我们贪玩，您就饶了他们吧！"

"小欣，你怎么来了！"长孙离立刻换了一张笑脸，"可是他们却玩忽职守，差点把你给弄丢了！"

"爹，我这不是好好的，回来了么！"长孙欣撒娇道。

"好好好，既然二小姐开口了，就暂且饶了你们！""谢，谢大人！""不过，死罪可免，活罪难逃！这些人也不能留着再用了！"

一旁的公孙丑立刻心领神会，向左右点头示意，马上有人将他们带了下去。

"小欣啊，明天，你带我去瞧瞧那个小子吧？"

"呃，啊？"长孙欣满脸错愕。

"放心，爹不会伤害他的，爹只是对这个小子，有点兴趣罢了。"

五十二
配不上她

第二天傍晚，黎小天仍然守在芙蕖桥边，满脸笑意地等待着小女孩的出现。这几天没了那些跟屁虫，他俩确实玩得很尽兴，黎小天也是觉得两人越来越合拍，越来越默契，于是打算在今天说一说藏在心里的话。

其实在他这个年纪，对于喜欢和爱情的概念许是很模糊的，只是出自本能地，他想要和她在一起，就这么陪着她，照顾她一辈子。

然而，这只能是小男孩单纯的一厢情愿。

小女孩如约而至，只不过身边多了一个人。小男孩甚至都已经想好了今天用什么办法去甩开那些跟屁虫，然而小女孩的身边却已经没了前些天那些人的身影。这次跟来的，仅仅只有一个人。

虽然只有一个人，但是他给小男孩带来的压力，要远远超过之前的那群人。

这个人不简单！黎小天敏锐地意识到了。

"小，小天，这是我爹。"小女孩显然有点窘迫，"爹说，说，他想见见你。"

什么！黎小天明显被震惊到了，张了张口，愣是没说出一句话。

"你好，我是小欣的父亲：长孙离。"

来人面带微笑，刚毅的面庞不怒自威，周边有着一股强大的气场。此刻正伸出他那宽厚的手掌，跟黎小天打着招呼。

"叔，叔叔好，我叫黎小天，是……是小欣的朋友。"

小男孩此刻已经从震惊中恢复过来，也伸出自己的小手，虽然有些紧张，但是言语间倒也不卑不亢。

哦？在自己的这种气场下，对方还能表现出异于他这个年龄的镇静，长孙离倒也是微微诧异，看来这小子有点意思啊。

"小兄弟，可否借一步说话？"

"叔叔请！"

"小欣，在这里等我，爹爹有些话要跟你朋友说说。"

"啊？哦哦，好！"

小女孩拨弄着自己的裙角，有些紧张地看着不远处的俩人：父亲到底会说些什么呢？难道父亲已经知道我的心意了么？哎呀，好害羞……

不一会，那俩人便已折回。长孙离走在前面，仍然面带微笑，不怒自威。黎小天跟在后面，则是面无表情，低头不语。

"怎么了，小天？"小女孩似乎有所察觉。

"没，没事。"黎小天眉头一皱，捂着肚子说，"我今天有点不舒服，小欣，我们改天再玩吧！"

说完便头也不回地走了，他真的需要好好消化一下：尽管之前就知道小欣的身份不简单，可也没想到距离自己是这般地遥不可及！她竟然是赵地第一大势力神驹营当家的千金！自己这样一个野小子，怎么可能配得上她！

"我们回去吧，小欣！"

"爹爹，你到底跟小天说了些什么，他怎么变得怪怪的？"

"没什么，爹爹只是告诉了他一些事实。"

长孙离当然没有把话说死，他也的确只是陈述了一个事实，只不过这样一个事实却让年幼的黎小天清楚地意识到自己与对方的差距。此时黎小天的观念之中早就有了阶级地位的概念，别说是奢望以后要在一起，就算是现在想继续陪着她嬉戏玩闹，大约也是不可能的了。

尤其是末了加的那一句："我不管你接近小欣是何目的，但是到此为止了，如果让我发现你有任何不轨企图，我一定饶不了你！"

我能有什么目的？我会有不轨企图？

黎小天只觉得心里憋屈得很，然而却又毫无办法，只能发疯般一阵狂奔，冲回家中。

嘭！

门重重关上！

黎老伯夫妇均是莫名其妙：这孩子怎么了？前些日子每天回来都是乐呵呵的，今天是怎么回事？

黎小天躺在床上，饭也不吃，就这么睁眼看着屋顶，心中不断有个声音在提醒他：放弃吧，你配不上她！

不！决不！机会从来只是留给有准备的人的！我一定要让自己变得更加优秀！总有一天，我能配得上她！

"阿爹阿娘，你们说，我的亲生父亲到底是个什么样的人啊？"

黎小天终于决定出来吃饭了。聪明如他，其实早就知道自己是被收养的了，因为黎老伯夫妇的年纪，差不多都可以做他的爷爷奶奶了。所以两年前他就自己问了出来，而老夫妻两人也是如实告知。

"你父亲啊，是个真正的英雄。"

黎老伯放下碗筷，缓缓说道，眼看着窗外，仿佛在回忆着什么。

"他是我们的救命恩人！"

老妇人又补充了一句。

年幼的他对于亲生父亲并没有记忆，更没有感情。他只知道，他每天练的那些粗浅的拳术是他亲生父亲留下来的；他还知道，那个人留给了他一本黑色秘籍，只是不知道在哪里；他根本不关心那些，他只是想知道，每天打这些粗拳有没有用，他只是想变得更强，他奢望，能配得上她！

一连几天，黎小天都在疯狂练拳，没有再去芙蕖桥。

一连几天，长孙欣都等在老地方，却再没看到要等的人。

再过十天，就是她的生日了！我要去么？黎小天躺在木板床上，辗转反侧。

再过十天，就是我的生日了！他会来么？长孙欣待在闺房之中，坐立难安。

五十三
祸 从 口 出

富贵大酒楼，秦地最奢华的酒楼，今天，被包场了。

天南宫宫主天南嚣，雪神谷谷主雪千寻，地剑阁阁主剑铸天，秦地三大派首领今天齐聚于此，当然，还包括这酒楼的主人——富贵门门主薛傲天。

"今天是小女的十岁生日，难得诸位这么给面子，我长孙离先干为敬！"

"长孙大人太客气了，你能亲自来这一趟是给我们面子才是，希望我们之后的合作更加愉快！"薛傲天是个生意人，这次采购的赵地神驹营的马匹肯定能让大家大赚一笔，"恭祝二小姐生日快乐！"

"祝二小姐生日快乐！"底下一片附和。

然而，坐在长孙离身边的小女孩却似是心不在焉，一阵东张西望之后，仍是满脸失落的表情。

突然，门口传来嘈杂声。

"什么人！"

"我要见小欣！今天是她的生日！"

"放肆！再往里闯我们就不客气了！"

"你们让开！"

听到这个声音，小女孩脸上立即一阵惊喜，转身眼巴巴地看着长孙离。

"爹爹！是小天！"

"让他进来吧！"低沉的命令，掩盖不住心中的愠怒：这小子怎么这么不知好歹。

"放开我！"挣脱开来，黎小天三步并作两步来到二楼主桌前，递给长孙欣一个木盒，"小欣，生日快乐！"

小欣打开一看，里面是两件木刻品：一把剑，一支箫；剑上刻着"情投"两字，箫上则是"意合"两字。

"我亲手做的，喜欢么？"黎小天抓抓后脑勺。

"很喜欢！呵呵呵！"小欣笑得很灿烂。

"小子，难道这么快你就忘了我说的话了么？"

"我没忘！我后来也确实没再找过小欣！"黎小天倔强地昂起头，"只是，今天是她的生日，无论如何，我都要见她！陪她过完这个生日！"

"你就别做梦了！你们根本不是一个世界的人！"

"爹！"

"我知道……"黎小天低下头，哽咽着喃喃道，"我保证，过了今天，便不再找小欣了。"

"小天……"小欣满脸不可思议。

"哼！你最好安分守己一点，否则——"

"除非——"黎小天的眼神又亮了起来，"直到有一天我有了实力，觉得我自己能够配得上小欣！"

"实力？你有什么实力？"

"就你这么个野小子，怎么可能配得上神驹营的二小姐！"

"小家伙勇气可嘉，不过还是回家洗洗睡吧！"

四下一片冷嘲热讽。

"我倒是觉得这小子有志气，而且重情重义！"旁边桌一人说道。

"哦？燕兄何出此言？"另一个面容消瘦的长者倒是饶有兴趣地追问。

"你看，这小子年纪轻轻，便不畏强权，敢于争取自己想要的东西，同时又有着清醒的头脑，不盲目冲动，言行举止之间表现得不卑不亢。倘若有心人肯指点，只要这小子有点恒心和毅力，将来必成大器！"

"看来燕兄倒是很欣赏这小家伙了。"

"哈哈哈，略述己见！略述己见！"

对话的这俩人，可不简单。一个是燕地燕家堡堡主燕十一，一生重情重义；一个是魏地千机门门主笑众生，擅长玩弄心机权术。这俩人均是偶经此地，长孙离与他俩也算旧交，便一并邀请了过来给小女过生日。只是，在场其他人等，对于此事便是一无所知。此时，这二人的一番对话，却也没谁在意。

"谁说我没有实力！我，我……"黎小天踌躇一阵，咬牙道，"我现在是没有那个实力！不过我有一本黑色秘籍，假以时日，让我神功练成——"

"你说什么？"长孙离有些动容地站了起来！不过马上又坐了下去，神色如常地笑道，"哈哈哈，年轻人就是喜欢夸下海口啊！"心中暗道：不可能，这小子怎么会有那本秘籍？难道是巧合么？不，一定是弄错了！

"哦？"笑众生眉毛一扬，似乎颇为在意。

"哈哈，有点意思！"燕十一继续喝酒吃肉。

"黑色秘籍……"有一个人，脸上有道明显的刀疤，此刻正阴沉着脸，低头喃喃，心中已经有了主意。

当然，大部分人都只把这话当做笑话。

其实，黎小天自己也不知道是否真的有那本秘籍，就算有也不知道在哪里。此刻，他这么急着当众说出口来，虽然是为了证明自己，挣个面子争一口气，可是，却也给自己留下了一个祸端。

"我没有夸海口，等到我……"

"好了好了，这生日你也来过了，礼物也送到了，是不是该回去了！"还没等黎小天说完，长孙离便生生打断，下了逐客令！

"爹爹！"

"这件事听爹的，没错！"

"小天……"

"小欣，相信我！我会变强的！等我！"

"嗯，我等你！"长孙欣双眼泛红。

两个孩子就此分开，一别，就是六年。

……

"后来呢？你怎么突然就消失了？"长孙欣靠在秦归陌肩上，着急问道。

"哎！"秦归陌叹了口气，"祸从口出啊！"

……

两天后，黎小天从集市上刚买了些家用准备回去，却被一个人拦住了去路。

"小子，黑色秘籍在哪？赶紧交出来！"

"什，什么黑色秘籍？我不知道你在说什么。"

"还装蒜！当着那么多人说出来能有假？"

"白痴！我是骗他们的啦！不然我和小欣就真的一点机会都没有了！"黎小天很快反应过来，来者必是宴会上的某人，此刻要来抢夺那本所谓的秘籍了！

"他妈的还不老实！让你知道我天南魈的厉害！"

黎小天不是对手，就这么一直冷冷瞪着他，瞪得天南魈心里发毛。

"妈的！说不说！"

一顿结实胖揍之后，黎小天鼻青脸肿，断断续续，有气无力地喃喃，"真，真的，没有，什，什么，秘籍，咳咳咳！小，小欣……"

接着便装晕了过去，这才躲过一劫。

天南魈骂骂咧咧地回去了。

"宫主，那小子肯定是骗大家的！哪有什么秘籍啊！我看他就是为了那个小女孩吹牛皮罢了！"

"宁可信其有，不可信其无！明天随我去他家，给我翻个底朝天！"

当黎小天回到家时，已是半夜。黎老伯夫妇赶紧询问情况，黎小天如实相告。

"这可怎么办，那班人肯定不会善罢甘休的！"

"这个地方呆不下去了！只有迁往别处了！"

"事不宜迟，明日便动身！"

第二天，当黎小天去林子里收拾东西回来时，却发现眼前，早已是一片火海！

五十四
不速之客

"爹！娘！"黎小天站在坡头，扯着嗓子狂喊，声音撕心裂肺。

你们这些畜生！黎小天恨得咬牙切齿，仇恨的种子已经深深地种在了他年幼的心里。

"啊！"他忍不住又一次喊了出来。

"什么人！"

山下还有几个留守的手下，他们发现了对面山坡上的黎小天！

"快抓住他！"

众人一拥而上，迅速包围过去！

黎小天撒开脚丫子拔腿就跑，心里只有一个念头：日后一定要报仇！但是现在，绝对不能被抓住，否则，一切就都完了！

可是，渐渐的，他还是被追近了。

"正当我陷入绝望之时，我的师父出现了。"秦归陌带着笑容，满脸回忆，"彦一真人把我带到了钟灵山上，从此授我武艺。后来我才知道，纵火行凶的就是天南宫！"

"原来如此，果然是天南宫搞的鬼！"长孙欣恨恨道。

"怎么了，小欣？"秦归陌微微一笑。

"你失踪之后，有一天我偷偷溜出来，想要去你家找你，却发现只剩一片灰烬。"长孙欣喃喃，"我以为是我爹派人做的，因此跟他闹了很久。后来他实在受不了了，就跟我说了实话，说是天南宫干的，还说你没死，只是失踪了……"

"傻丫头！"秦归陌抚着长孙欣的秀发，"我这不是活得好好的么？就凭天南宫那些……"

突然，秦归陌不说话了。虽说天南宫的势力现在已经土崩瓦解，但是罪魁祸首——天南嚣，说不定还活着！

想到这里，秦归陌下意识地攥紧了拳头。

"好了好了，小天，慢慢来吧！总会找到那个畜生的！黎老伯夫妇会保佑我们的。"长孙欣赶紧出声安慰。

"嗯，我知道的。"秦归陌低头沉思。

"呵哈哈哈！想知道天南嚣在哪里么？"

突然，一阵妖媚的声音传来，来者一身红衣，俊美的脸上画着彩妆，举手投足间自有一番魅惑，长发垂过两肩，声音娇柔无比，正从前方徐徐飞来，转眼已至眼前。

"你就是秦归陌？"

甫一落地，来人一拂衣袖，侧身问道。

"你是谁？怎么知道秦大哥的名字？"长孙欣紧张地问道。

她才刚刚和薛采芝成为姐妹，怎么又冒出来一个如此娇媚的人儿来？长孙欣她能不紧张么？

"正是在下。"秦归陌淡淡说道，转而厉声问道，"阁下是谁？怎么知道我要找天南嚣？"

"呵哈哈哈！"那人拂袖掩嘴一笑，"在下摩仑。"

摩仑是谁？谁是摩仑？怎么没有听说过？

秦归陌和长孙欣面面相觑，谁都不知道来人的身份。

"听说，你师承东海仙岛一脉？武功不错，还打败了天南嚣那个废物？"

什么！秦归陌震惊不已，此人不仅知道自己和天南嚣之间的瓜葛，居然连自己的师承都能看出来！

"看你的反应，多半是了。"摩仑拨弄着指甲，轻描淡写。

"你究竟是谁！"秦归陌豁然站起来。

"我是谁并不重要。只要打赢我，就可以告诉你天南嚣的下落！"摩仑还是一脸轻松的样子。

"那我就不客气了！"秦归陌当下应战，"小欣，你走开些，当心伤着。"

"嗯，你自己小心。"长孙欣目露关切之意：来者不善，此人怕是不好应付。

"啧啧啧，还真是郎情妾意呢！"

"少说废话，动手吧！"秦归陌率先发难，开启"幻影如风"模式，"意合"箫破风袭来，直指摩仑眉心，乃是"洞箫十二式"之"蜻蜓点水"。

"哦？速度可以嘛。"摩仑轻巧避开，拂袖一震，玉箫偏开，"力道挺带劲，不错不错，可以当我的对手呢！"

摩仑挺兴奋，摆好架势，似乎准备好好玩一场。

秦归陌却丝毫不敢大意，此人出现得毫无征兆，况且知道他不少秘辛，必定相当棘手，是敌是友，尚不清楚。是故秦归陌一出招便全力以赴。他这"洞箫十二式"与"幻影如风"的身法是他在山上习得的得意技艺，"幻影如风"不必多说，这"洞箫十二式"以往只注重招式和形式，可能威力尚且一般，只是如今自己已有"雪鉴神功"六重功力，这一招一式之间全都灌注着不俗内力，怎么还是被对方轻描淡写地给化解了呢？虽然自己神功初成，可能积淀还不够，不过也不至于如此不堪啊！

想到这里，秦归陌不禁背脊发凉，鬓角缓缓流出一滴汗来：此人恐怕是自己遇到的人中仅次于师父的存在，今晚，必定是一场恶战！

"仙人指路！""借花献佛！""神龙摆尾！""横扫千军！"

秦归陌毫无保留，"洞箫十二式"纷纷施展开来，凌厉无匹的气劲搅得四周空气一阵混乱，周边的百姓早已溃散躲远，纷纷诧异：是谁非要在除夕之夜闹事？不远处的长孙欣也是攥紧了衣角，紧张地观着战局，为秦归陌暗捏一把汗。

这边秦归陌全力以赴，招招凶狠。那边摩仑却似乎是闲庭信步，意犹未尽；一边轻易地躲开秦归陌的进攻，一边不断出言讥讽——

"这招不行，华而不实！"

"这招不错，能碰到我的衣角了！"

"这次力道够可以，可惜准度差了点！"

"怎么？难道你就这点本事么？"

"哎，真让我失望！"

……

"这次终于击中我了，就是有些不痛不痒！"这一回摩仑用手主动接住"意合箫"，一拉一扯，贴身上前，媚笑道，"该我还手了！"

还没等秦归陌反应过来，藏在袖中的另一只手掌便击向后者的胸前！

唔！秦归陌倒飞出去三丈开外，又接着"蹬蹬蹬"连续后退三步，这才勉强站住，稳住身形。

"反应倒是挺快！"摩仑兀自拨弄着漂亮的指甲，头也不抬。

秦归陌捂着胸口，自然明白对方所指——刚才要不是自己及时用左手挡住那一掌，说不定现在早已伤及内脏，好在自己反应及时，加上有"雪鉴神功"护体，这才只是受了些轻伤。不过对方掌上的余劲还是透过自己左手渗了进去，现在胸口仍然一阵闷疼，而且——自己的左手上怎么隐隐有些红点？

"归陌！"长孙欣飞奔而来，"你怎么样？有没有事？"

"咳咳！我没事！"秦归陌摆摆手，"对方很强，你先回去吧！"

"不，我不走！"长孙欣急得快哭了。

"听我的，快回去，去找薛门主他们，不然，就没人替我收尸了！"秦归陌转身摸着长孙欣的脸颊，温柔笑道，"别担心，我命硬着呢，一定能坚持到你们前来！"

说完便转过身，收起了玉箫，满面肃容，双手之上隐隐腾起些许火焰。

长孙欣知道他要拼命了，现在也只能相信他了，当下飞跃离去，双目含泪，心中默念：一定，要坚持住啊！

"哦？看来准备认真玩了？这才对嘛！"

看着对面的架势，摩仑一脸期待。

五十五
出 水 芙 蓉

"火焰双枪！"秦归陌左右开弓，双掌之中各自射出一团火球，直扑对面的摩仑，一边借力后撤，注意与对手保持距离。

"有点意思！"摩仑开始认真起来，身形快速移动，逼近秦归陌，一抹红衣飘逸而过，划过一道优美的弧线。看这速度，竟丝毫不亚于秦归陌的"幻影如风"，似乎隐隐地还快上一些。

"好快！"秦归陌来不及吃惊，一边后撤一边蓄力。现在自己功力大进，使出"火焰双枪"只需两个呼吸的时间，不过那种程度的攻击，怕是不被对方看在眼里。

果不其然，只见摩仑来势不减，拂袖震开一团火球，紧接着又侧身避过另一个，颇为轻松写意。

火球擦身而过的瞬间，清晰地照亮了摩仑的那张脸——精致的五官，细腻的皮肤，恰到好处的妆容，加上迎着风浪、火浪而飘逸的长发，当真美艳不可方物！

呸！在想什么呢！

"大火焰弹！"

秦归陌赶紧回过神来，右手连忙甩出一招用来拖延时间，一边急速后撤，且战且退：看来，只有靠那一招了，希望能来得及。只是，从刚才开始，自己的左手就有点酸痒，很是奇怪。秦归陌下意识地一瞥，发现——红点变多了！

"嘭！""啪！"

之前的两团火球先后击中了旁边的树木，把那里烧成了一片焦黑。

"这个似乎威力大了一些呢！"无视前两团火球，看着飞来的"大火焰弹"，摩仑撇撇嘴，仍是不以为意。

"凝——水之卦！"只听得一声娇喝，摩仑长袖一卷，旁边的芙蕖河水便被吸上来一股，挡在身前，快速旋转着，最终凝成一个巨大的八卦图样，周边隐隐泛着金光。

"轰！"

"嗤嗤嗤！"

"滋滋滋！"

"大火焰弹"和"水之卦"正面相撞，发出巨大的轰鸣，热浪席卷开来，倒是震得摩仑稍稍后退，却丝毫未曾伤到。

不过，虽然"水之卦"大部分在高温下成了水蒸气，不过还是有少许水花溅到了摩仑的身上，打湿了他的红衣。

"你，居然弄湿了我的衣服！"摩仑表情一变，眼神不再妩媚，转而凌厉道，"不！可！原！谅！"

"断念指！"摩仑右手中指食指并拢，一道气劲射出，化作一束红色光芒飞向秦归陌。

迅如利箭！

秦归陌当下大骇，连忙将"幻影如风"身法催发到极致，这才堪堪躲过。

"嘭！"的一声，秦归陌刚才落脚的屋檐立即被炸穿。

我的天，这是什么怪物？不等秦归陌吃惊，第二道红色光芒已经飞奔而至，秦归陌只能再次逃窜！

这种情况下，别说凝聚火焰了，能不能躲过去都很难说，更别提反击了。

"哼，只会一味逃跑么？"摩仑紧追不舍，距离越拉越近。

"你以为我想啊！有本事你就别追我！给我一点时间，我保证给你一个惊喜！"秦归陌实在是被追得没有法子了，忍不住出声嘀咕道。

"还惊喜？难道是要跪地求饶么？哈哈哈！"摩仑肆意长笑，手下却是丝毫不停，"断念指"接连射出。

嘭！轰！叮！

秦归陌狼狈不堪，嘴上却没闲着，心想反正打不过，干脆耍起了无赖："哼，难不成，你是怕了么？我还有大杀招没用呢！"

"什么杀招！"摩仑紧追不舍，不过停下了攻势。

"哼，有本事就停下来，给我一点时间，我保证打爆你！"秦归陌见对方停止了攻势，心下终于松了一口气。

摩仑果然停了下来，"小子，我就看你还能耍出什么花招！"

"就怕你见识到了之后吓尿了裤子！"秦归陌也停了下来，嘴上毫不含糊，也是在故意拖延时间，双掌之上已经凝聚出火焰雏形，再多给他一点时间，就能使出那招了！

"放肆！"摩仑一挥衣袖，做出厌恶的表情，不过瞥见秦归陌双掌上越来越盛的烈焰，眉头不禁微皱。

"怎么？怕了？"秦归陌故意激道。

"笑话！"摩仑轻捋秀发，想到之前击中对方的那一掌，嘴角不禁微微上扬，又媚笑道，"好，我就给你一点时间，见识你那所谓的大招！"

"包您满意！"秦归陌咧嘴笑道。

不过，之前对方的那一笑，实在是太诡异了，到底哪里不对呢？还有，左手怎么越发酸痒了？呼！不去管那些了，专心凝聚火焰！

滋滋滋！哔啵哔啵！

两人就这么对峙着，周边一片安静，只剩下风的呜咽，和火焰的咆哮！空气中都是一股肃杀的气氛，大战，仿佛一触即发！

吼！——

平衡，瞬间打破！

"双龙戏珠！"秦归陌使出全力，两条火龙便从他的双掌之中飞奔而出，张牙舞爪地扑向对面的摩仑，左右包抄，速度奇快！

越来越近，越来越大！

摩仑的瞳孔先是缩小，接着放大！再接着，便是一片火海，紧跟着，便是一片清澈！

咕噜咕噜咕噜！

"鬼步——瞬闪！"

在那之前，她还是凭借着身体本能做出了最正确的判断和选择。

"击中了么？"秦归陌有些兴奋，现在他的内力大有进展，已经不至于像上次那样，使用一次便虚脱倒地，不过还是耗费了他很大的精力，现在正大口喘着粗气。不过好像，左掌出去的那条火龙，身形和速度都要比另一条差好多，威力似乎也小了不少。

秦归陌觉得不对劲，赶紧摊开左掌一看，发现红点已经布满了整个左手，甚至开始向手臂上方蔓延而去，这是怎么回事？秦归陌摇摇头，还是赶紧回去报平安吧，免得小欣担心，只是，摩仑真的被干掉了么？

秦归陌望向对面——"扑哧"一声，有人破水而出，一身红衣早已浸湿，包裹住曼妙的身材，满头长发湿漉漉垂在肩上，别有一番韵味，那张脸蛋，更是精致到无可挑剔，睫毛之上还挂着水珠，当真是"出水芙蓉"！

此人，正是摩仑！

五十六
溃 不 成 军

"呵哈哈哈！不愧是有着东海仙岛的传承！"摩仑发出怪异的笑声，"你就是用的这一招才将天南嚣那个废物打成那样的么？"

"天南嚣在哪？咳咳！"秦归陌惊怒交加，颤抖的左手抚着胸口，"你，你，怎么可能一点事也没有！"

也难怪秦归陌如此震惊，"双龙戏珠"的威力他比谁都清楚，如今自己内力大进，理应更加厉害才是，可是对方，完全看不出一点伤势，除了淋湿了一身，难道是刚才对方躲进了水中，可是那个距离，那么短的时间，怎么可能做得到？

正常情况下，的确做不到！不过，摩仑却是利用自己的秘技"鬼步——瞬闪"躲了过去。之前，秦归陌手上的烈焰刚刚暴涨之时，稍有警惕的摩仑已经从袖中向旁边水面射出了一发银针，做了标记，以备后患。当两条火龙汹涌而来之时，本来准备正面硬扛的摩仑发觉威力实在巨大，已经超出了自己的预估，这才向右利用"鬼步"与水中标记互换位置，"瞬闪"了过去。而冲向自己而来的右边那条火龙，正是秦归陌左手催发而出的，速度，威力都要比另一条逊色不少，摩仑这才在最后关头险险避开，否则的话，多半也是会伤着的——当然，如果一开始就启动"鬼步"的话，那就真是毫发无伤了。

"呸！"摩仑啐了一口水，侧头捋着湿漉漉的头发，"差点就伤到我了呢，果然是个惊喜！"

秦归陌呆立原地，颤栗不已，第一次，心中竟升起了一丝恐惧。

"不过这种威力的攻击，正面击中天南嚣的话，那家伙早该化作灰烬了啊。"摩仑自顾自地说道，然后头一歪，眉毛一挑，"看来，这段时间你的功力大有进展啊！哈哈哈哈！有趣有趣！"

秦归陌完全不知所措地杵在哪里，仿佛任人宰割一般。

"好！既然你给了我这样一个惊喜，而且我也确认了你有着东海仙岛传承的事实。我决定，今天暂且放你一马，不过——"

秦归陌听说对方肯放过自己，眼神顿时一亮，可是这紧跟着的"不过"二字，说明事情绝不会这么简单：这家伙，到底在搞什么鬼？

"呵哈哈哈哈！不过，你还能活多久，这我就不知道了！"摩仑又是一个标志性的掩嘴一笑。

"你什么意思？"

"看看你的左手吧！"

秦归陌低头一看，手掌之上已经密布红色斑点，小臂之上也陆续出现了一些红点，而且大有向上蔓延之势。

"你对我做了什么？"秦归陌大骇，颤抖地问道，"你居然下毒！"

"我才没有那么低俗！"摩仑白了秦归陌一眼，继续拨弄着指甲，"这是我与生俱来的能力，凡是被我双掌击中的对手，击中部位都会出现这些红色斑点。"

"其实也没什么，只要不动用内力，不比拼打斗的话，不出三五天，红点自会消去。"摩仑漫不经心地解释着，突然怪叫一声，"哎呀，我忘了！刚才我们可是好好地打了一架呢？你这又是飞啊又是跑的，还用内力搞出那些火球，坏了坏了！"

摩仑轻咬嘴唇，表情似乎变得担心，焦急起来。

"倘若使用内力，结果如何？"明知道对方在戏耍自己，秦归陌还是沉声问道。

"哼哈哈哈！红点将会以不可逆的趋势迅速扩散，等到红点遍布全身，就会全身溃烂而死！啧啧啧！"

"什么！"秦归陌大骇，稍作犹疑，就准备砍下自己的左掌。

"哦？挺有决心嘛！这方法倒是可行！"摩仑在一旁幸灾乐祸。

不对！万一是骗我的呢？此人如此狡诈，不可不防。可万一要是真的呢？天南嚣还没死，师父的遗愿还没达成，还有小欣，还有自己的身世，不，我不能就这么不明不白的倒在这里，我还有好多事情要做！

正当秦归陌狠下心来，准备废掉自己的左掌的时候，摩仑又开口了。

"不过，也不一定哦，说不定红点还是照样蔓延。毕竟我也没试过，之前也没听说有人成功活下来呢。"

那样平静的话语说出来，击碎了秦归陌最后一道防线！

扑通！秦归陌跪在地上，内心几近崩溃，左掌撑在地面上，右手成刀状停在半空，却剧烈地颤抖着，要不要砍下去？

啪！啪嗒！啪嗒啪嗒！

哦？下雨了！

秦归陌就这么低着头，半跪在地上，咬紧着牙关，整个身体都在剧烈地颤抖着！就这么任凭雨水的冲刷。

什么时候？什么时候起，自己竟然变得如此软弱？你的自信呢？你的斗志呢？你的骄傲呢？怎么现在连一战的勇气都没有？连自废左手的果敢都没有？这样的自己，凭什么报仇？凭什么得到大家的认可？凭什么和小欣在一起？

"呀，雨下大了呢！不陪你玩了，砍不砍随你咯！咯哈哈哈！"

那样的笑声传来，格外刺耳，也刺穿了秦归陌的心理防线，后者的身体在剧烈颤抖，面部不断抽搐，牙关紧合，双目紧闭——

啪！啪嗒！啪嗒啪嗒！

哦？是眼泪么？自己居然无助地开始流泪？

不，那是雨水！一定是雨水！

"哦，对了，忘了告诉你！"对面的摩仑忽然一本正经道，"即使你今后不再使用内力或与人打斗，红点还是会以一个相当可观的速度扩散哦！"

"咳咳！也就是说！"摩仑又恢复了那戏谑的表情，"你！最！多！只！能！活！三！个！月！了！"

"哈哈哈哈哈哈哈！"

什么！秦归陌的防线全面坍塌，内心彻底崩溃，面对无法战胜的对手，已经在摩仑的话语煽动中失去理智的秦归陌，使出最后的力气怒吼了出来——

"啊！！！"

紧接着，便彻底地晕了过去。

"中州逐鹿大会见，希望你能活到那时候！"转身的一瞬间，摩仑的嘴角勾起一抹似有似无的微笑，"祝你好运，我的XX。"

最后两个字淹没在雨声之中，再听不真切。

啪嗒啪嗒啪嗒！

哗啦哗啦哗啦！

雨势渐长，模糊了画面。

五十七
豁然开朗

这里仙气弥漫，云雾缭绕，声乐动人，一片莺歌。

这里人们的衣着打扮自己从来没有见过，跟中州十二地大相径庭。

这里如此光明，如此温暖，如此祥和，每个人都洋溢着笑脸。

秦归陌就仿佛是一个襁褓中的婴儿，痴痴地看着这一切，看着周围的人们载歌载舞，欢声笑语，充满了好奇。事实上，那里也确实有着一个婴孩，躺在那里，眼神清澈明亮，不断搜寻着四周，哇哇叫着，手脚胡乱划动着，似要挣脱什么。

这里是什么地方？这些是什么人？我为什么会在这里？怎么，动弹不得？

那一张张脸，既熟悉又陌生，想要仔细查看，却怎么也看不真切。

视线拔高，秦归陌看清楚了，那个婴儿的身上，缚着黑色的枷锁，一圈又一圈，一层又一层。

忽然，天空开始阴霾，周围的人们开始恐慌，一个个匍匐在地虔诚祈祷，声乐息止，只听得到婴儿的咿呀声，也不知是在欢笑，还是啼哭。霎时，一道霹雳划过长空，击中了那个婴孩，接着整个世界开始坍塌，破裂，刚刚那些美好，瞬间湮灭。

"不！"秦归陌惊醒，一身冷汗。

原来是一场梦！可是，怎么会有，如此奇异的梦？

"归陌！""秦大哥！""秦兄弟！"周边早已围了一圈人。

"原来是你们！"秦归陌抚着额头，心里有种说不出来的感觉，刚才的梦境，到底是怎么一回事，为什么自己会感同身受？甚至有些愤怒？

"小兄弟，你醒了？"薛傲天眉头微皱，似乎难以理解，说道，"我已经仔细帮你检查过了，你身上并未受到什么要紧的伤，只是高烧了一天一夜。"

"什么？我已经昏迷了这么久么？"秦归陌诧异道。

"也许是被大雨淋着了。"长孙欣忙说。

"是啊，我和我爹还有小欣姐姐赶过去的时候，就发现你倒在了大雨之中，也不知淋了多久了。"薛采芝眼圈泛红。

"不过，他的确没有受伤，可是昏迷的时候精神却高度紧张，体内气息混乱不堪，真是奇怪。"薛傲天摇摇头，"还有这左手上的红点……"

秦归陌猛地一惊，跳了起来，握着自己的左手，浑身颤抖。

"秦大哥，你怎么了？"薛采芝急道。

"归陌，怎么了？那个摩仑呢？他没有把你怎么样吧？"长孙欣关切地问着。

秦归陌还是记起了那个耻辱的晚上，脸色变换不定，心中一阵翻腾，良久，才渐渐平静，轻叹一声，颓然坐下，将事情的经过说了出来。

"竟然有如此厉害的人物？定是魔教高手！"

"可是，他为什么没有当场下杀手？"

年关已过，如今已是正月初二，斐氏双雄昨天就已赶到，此刻也是在一旁分析道。

"这比杀了我还难受！"秦归陌咬牙，"这份屈辱，有朝一日，我一定奉还！"

"好了好了，归陌，人没事就好。"长孙欣赶紧拍了拍他的肩膀，出声宽慰，"留得青山在，不怕没柴烧，总有机会的。"

"对了，爹！你知道这些红点是怎么回事么？难道那个家伙说的都是真的？"薛采芝焦急地望向薛傲天。

不光是他，其他人，包括秦归陌自己，也都急切地看着后者，希望能得到答案。

"这个，我也不太清楚。"薛傲天略一沉吟，"也许雪影长老会知道一些罢，毕竟也只有她经历过二十余年前的大战。"

众人左右一看，并未发现雪影长老的身影。

"放心吧！雪神谷和地剑阁距离此处颇有些路程。雪影和剑心他们肯定要在门派中过完年关，安顿好一切再前来。"薛傲天解释道，"再说，我们既已约定同去中州，他们必然不会失信，我估摸着再有个两三天，他们就该到了。"

众人安下心来，只有秦归陌仍然沉着一张脸，一言不发。

"好了，既然秦兄弟已经醒了，大家就都先出去罢，让他好好休息。"薛傲天微微摇头：看来这一次，对他的打击很大啊！身伤易愈，心伤难合。如果迈不过这个坎，这小家伙可能就废掉了，哎！

众人散去，薛采芝欲言又止，也退了出去，长孙欣握着秦归陌的手，不断打气："没事的！没事的！就算他说的是真的，我们也一定会有办法的！"

"嗯，小欣，你先出去吧。"秦归陌抬头，看了看眼前人：虽然一脸焦急的样子，还是显得那么可爱；微微泛红的双眼，依然那么漂亮迷人。

"我想一个人静一静。"

"嗯，别想不开，有事就喊我！"长孙欣主动亲了一下秦归陌的额头，也退了出去。

秦归陌就这么漠然地坐在那里，任由对方亲吻自己，转身离去，关上房门。

回来！木门合上的一瞬间，那张脸消失的一瞬间，秦归陌忍不住伸出手，在心中呐喊！

可是，看到手上那些红点，却只能无力地垂下。

多想，多想和她永远在一起啊！现在，自己好不容易变强了，理应得到那些人的认可，可以掌握自己的命运，追求自己的幸福；可是，上天却如此捉弄他。如果自废左手就可以保命，那么仍然可以与她在一起。可是，小欣会和一个残废在一起么？就算她不介意，那么别人会怎么看？她的父亲，她的家人，会怎么想？就算他们全都不在意，他秦归陌自己也会瞧不起他自己！一个残废，一个不能动用武功的废物，凭什么给她幸福？

啊！秦归陌只觉得浑身燥热，头痛欲裂！只见他双手捂头，倒在床上，翻来覆去，痛苦不堪——他的心病，太深了。

仿佛，胸前咯到了什么，有些生疼。

秦归陌停了下来，从怀中取出一物，正是那颗夜明珠，仿佛有着灵性一般，感觉到主人的困扰，此刻，它正发出淡淡的柔和的光芒。

哦？是这小家伙！

秦归陌将它放在掌心，干脆坐好，尝试静气凝神，渐渐的，一种无形的淡绿色薄膜再次将他包裹——秦归陌慢慢觉得自己开始六识清明，一切杂念也抛诸脑后。

一个声音，在心中响起：如果你的生命只剩最后一天，你最希望谁陪在你身边？

小欣！毫无疑问地脱口而出！

只有一天，你快乐么？

当然！

那么，这个人，现在在你身边么？

在，在啊！

呃！秦归陌豁然开朗！是啊，哪怕只有一天，他都感到快乐！现在，他们还有足足三个月的时间呢！

只要能和你在一起，多久都是幸福！

秦归陌睁开眼睛，笑了。

五十八
绝处逢生

晚上用膳的时候，众人发现秦归陌的脸色好了很多，人也精神了不少。

看来这小子想通了！薛傲天满意地点点头。

秦大哥没事就好！薛采芝提着的心也放了下来。

秦兄弟恢复得不错！斐氏双雄心里也高兴着。

"归陌，你没事就好！"长孙欣看到秦归陌恢复如初，开心得笑了，很是激动。

"没事啊！"秦归陌一脸轻松，吃着饭菜，有滋有味，"那家伙八成是在吓唬我，老子命大着呢！嗨，管他呢！大家赶紧吃饭！"

"真的，没事了么？"长孙欣不放心追问道。

"真没事！"秦归陌拍拍胸脯，"薛叔叔不是说了么，我又没受什么伤！对吧！"

"秦兄弟确实并未受伤，而且高烧也退了，只是这手上的红点……"

"指不定被虫子给咬的或者过敏什么的，那家伙借题发挥呢！"

众人说他不过，况且眼下也没什么办法，只得作罢。好在秦归陌现在精神不错，那就等待雪影长老的消息好了。于是大家跟着秦归陌一起敞开来吃喝，有说有笑。

只有长孙欣仍然心存疑窦，她亲眼见识过那个人的武功，虽然只是冰山一角，不过仍然可以确定：摩仑很强！几乎比她爹都要强上些许！可是那种实力，为何要用这种手段对付秦归陌呢？

仍然忠实地守在门口的福伯，听到里面一片欢声笑语，木无表情的老脸上，也是露出了一丝欣慰。他同样也非常欣赏这个臭小子，前天晚上出事的时候，他也跟了过去，同样捏了一把汗：没事就好啊！

这件事就这么过去了，除了长孙欣，其他人也没在意。只是夜深的时候，秦归陌一个人躺在床上，不免有些慨叹。虽然自己想通了，不在乎生死，哪怕只有三个月，只要能和小欣在一起，也就心满意足了。只是，黎老伯夫妇的仇是报不了了，东海仙岛也去不成了，师父的遗愿也难以实现，还有自己的身世也没彻底弄清楚，不免有些遗憾。

对不起了！

想到二老的音容笑貌，秦归陌还是流下了遗憾的泪水。

……

第二天，柳庄主赶到。

第三天，剑心长老带了十余名弟子赶来。

第四天，雪影长老带了十余个弟子也到了。

当晚，雪影长老知道情况后，面色变得相当凝重，仔细看了看秦归陌的左手，红点差不多已经蔓延到了肘关节处。

"怎么了？""难不成？"

之前大家都没提起，直到今天雪影长老来了，众人才提起此事。因此，柳庄主和剑心长老也是刚刚知晓，看到雪影长老的反应，纷纷询问。

倒是秦归陌，表情显得很自然，似乎早就知道结果了。

"恐怕，他没有骗你。"雪影长老淡淡说道，"据我所知，魔教之中，确实有人具有这种手段。二十多年前，也有不少人因此丧命。"

"这……"

"怎么会这样？"

"不过，他们之中也只有极少数人才有这种能力，而且似乎是天生的。"雪影长老皱着眉头，思索着怎么开口，"昔日千寻谷主跟魔教教主曾经走得挺近，呃，我记得她隐约提到过，那个魔头便具有这种能力。"

雪千寻谷主居然和魔教教主走得挺近？什么意思？大家面面相视，均是一头雾水。

秦归陌倒是记了起来，当时在富贵门初见雪影长老的时候，对方似乎喃喃了一句：也不知千寻谷主，怎么会痴迷那样一个恶魔？

"难道说？"秦归陌在心里思忖着。

"咳咳！"雪影长老打断了众人的思绪，不再纠缠这个话题，继续道，"可是自从那次大战之后，江湖上已经再没听说过这种怪事了。"

"据秦少侠所说，这个摩仑似乎相当年轻，会是谁呢？"剑心长老摇头道。

"天南嚣是被紫发道人带走的，而这个摩仑却知道天南嚣的下落。"柳庄主补充说。

"能够对紫发道人发号施令，又能够轻易击败现在的秦兄弟，年纪轻轻就如此了得，必是魔教高层！"薛傲天继续分析。

"可是六大护法之上，不就只剩下教主和左右自在二使？"剑心长老回去之后问了两个还健在的门中长辈，又查了些资料，这段时间也是对魔教有了进一步的了解。

"那个魔头当年受了极重的内伤，没死也定在闭关。至于左右二使，当年也全都殒命了。再说，他们全都一把年纪了，哪有这么年轻？"雪影长老很快否定。

"难道是新任教主？"斐氏兄弟揣测道。

"到底是哪里冒出来的这么一个人啊？"薛采芝恨恨着。

"归陌……"长孙欣最担心的事情还是发生了。

"好了好了，大家都不必胡乱猜测了。"秦归陌倒是显得很镇静，"既然避无可避，我们与魔教终有一战，到时候，摩仑自会出现，大家终会知晓一切。"

"可是，你中的这种怪毒……"长孙欣满是担忧。

"放心吧，哪怕只剩一天，只要有你陪着我，我就很知足了。"秦归陌摸了摸长孙欣的小脑袋，笑了笑，"何况是还有三个月呢！不遗憾！"

"归陌……""秦大哥！""秦兄弟真是豁达！""哎！""少侠真是性情中人！"

"大家别垂头丧气的！呼！"秦归陌深吸一口气，"天无绝人之路！再说我自小福大命大，说不定这次也能逢凶化吉呢！"

"的确天无绝人之路！"雪影长老接过话来，"雪鉴神功诸多奇妙，远非你我所知。如今你六重功成，只要继续按照心诀勤加修炼，别说三个月，就是拖个一年半载的，也未可知。"

"你看，我们能在一起的时间又变长了！"秦归陌捏捏长孙欣的小脸，哄道。

后者破涕为笑，捶了捶他，"没个正行！"

"还有一个好消息，楚地的活死人谷，曾经救过两个这样的人！"雪影长老又是一语惊人！

"什么？这是真的么？"

"长老，你是怎么知道的？"

"因为，其中一个被救的，正是千寻谷主！"

五十九
兵 分 两 路

"竟然有这样的事？"

"看来秦老弟有救了！"

"我也听说过活死人谷。两位谷主'医不活'和'毒不死'都是绝世高人！"薛傲天这时候说道，"只是，无缘一见啊！"

"哎呀，雪影长老，你怎么不早说啊！白害我担心那么久！"长孙欣拉住长老的手，撒娇道。

"你们也别高兴得太早。"雪影长老话锋一转，"正是因为他们远离俗世，加上性情乖戾。别说很难见到，就算见到了，也未必肯出手相救。"

"啊？怎么会这样啊！"薛采芝刚刚亮起的眼神又暗淡了下来。

"尽人事，听天命吧，不必强求。"秦归陌淡淡说道，看得很开。

"可是，这活死人谷到底在哪里啊？"

众人又开始犯愁。

"这个倒不用担心，只要那两位前辈还没搬家，我就有办法找到。"雪影长老说道。

大家全都好奇地看着她。

"咳咳，当年，那个魔头带着千寻谷主前去的时候，老身正是随行的两个师妹中的一个。"雪影长老脸色有些不自然，"那时候，大战还没有爆发，我也不知道那个男人就是那大魔头。可惜，最后雪棠师姐在那场大战中牺牲了……"

众人不免又是一阵唏嘘。

"事不宜迟，那我们赶紧出发吧！"长孙欣心系秦归陌的身体状况，急道。

"那好，我们休息一晚，明日一早便动身！"雪影长老说道。

于是众人都散去歇息。

第二天一早，众人准备启程，经过商议，决定兵分两路：雪影长老带着秦归陌等人先南下，去楚地活死人谷解毒，再经宋地北上进入中州；薛傲天则是和剑心长老等人押着天南魃先入赵地神驹营，取得证据和信物后再南下中州。因为三月三就是中州大会，众人约定，三月初一，于中州的"缘来是你"客栈再次相聚。

分路的时候倒是有个小插曲，雪影长老南下没有任何问题，因为只有她能找到活死人谷，斐氏双雄和柳庄主自然是跟随秦归陌的。本来长孙欣肯定是要亲自去神驹营取信物和证据的，毕竟是自己截获的，可是考虑到秦归陌此番吉凶未卜，长孙欣哪里舍得离开，就算只剩三个月，她也定是要陪在后者身边的。好在薛傲天与长孙离曾经也有生意往来，也算是旧识，此刻长孙欣再写封书信让薛傲天带着，想必神驹营那边便不会有所怀疑。

而薛采芝倒是很想跟秦归陌一路，只是看到他和长孙欣的真情，自己始终无法说出口，加上和父亲重聚也没多久，自己肯定是要陪在父亲身边的，于是拉住长孙欣说道，"欣姐姐，好好照顾秦大哥，一路保重！"

"放心吧，采芝妹妹。"长孙欣故作轻松，"天无绝人之路，我们都应该相信奇迹，不是吗？"

奇迹？我的奇迹会有么？秦大哥心中会有我么？薛采芝心中喃喃着，还是点了点头。

"路上小心！"

"中州见！"

于是兵分两路，各自启程。

……

秦归陌这一路，全部轻装简行，快马加鞭，不出三天，便已经出了秦，入了楚。而楚地虽然不是最富庶的，但地域却是极为辽阔，仅次于中州，只不过许多地方稍显荒芜罢了，因此众人赶了将近二十天的路程，才堪堪抵达目的地。

只见雪影长老在一处三岔路口停了下来，下马近前，仔细查看。众人虽有不解，但均原地等待。但见这三岔路口往里一些，各植有一棵树木，乍一看似乎是同一品种，仔细一瞧，方觉稍显不同，只是秦归陌等人却并不识得这三棵是什么树种。只见雪影长老依次上前辨认，摸摸树干的触感，查看叶子的形状与颜色，接着又嗅了嗅味道，直到三棵都鉴定完毕，这才谨慎的点点头，指了指最右边那条路，说道，"我们走这边。"

秦归陌等人自然没有迟疑，毫不犹豫地跟上。行不过多久，前面又是一个三岔路口，同样又是三棵相似的树木，雪影长老继续上前辨认，这一次，选了中间那条路。如此循环往复，秦归陌一行人一共经过了五个三岔路口，每次都是靠着雪影长老才选了一条路。

秦归陌虽然不明就里，但也没有多问什么。倒是长孙欣忍不住问道："雪影长老，您是如何辨别选路的？"

"活死人谷这两位谷主，据说是亲兄弟，一身医术十分了得。俩人虽然性情乖戾，但也有喜好之物，比如荆棠花。而刚才那三棵树，便是荆棠树。"

"荆棠树？从来没听说过啊？"

"而且，也没看到树上有花啊？"

"荆棠树是一种十分稀有的树种，理论上只适合生长在楚地。而据我所知，现存的活树，也仅有此地才有，你们自然不曾听说。我们看不到花，是因为它三年一抽芽，三年一开花，三年一结果。"

"不是吧？这么邪乎？"秦归陌挑了挑眉。

"我也是后来听千寻谷主所说。"说到这里，雪影长老神色一阵黯然，"当年，那个魔头，还算有点良知。"

众人意会，缄口不言，均是一阵沉默。

半晌，还是长孙欣打破了这份安静，"可是长老，那三棵树不都一样么，那您是怎么挑选路径的呢？"

"活死人谷的两位谷主，虽然都喜欢荆棠花，但是一个喜欢白荆棠，一个喜欢紫荆棠。白荆棠可入药，紫荆棠有剧毒。还有一种红荆棠，没有药性，仅供观赏，我选的，正是红荆棠这条路。"

"原来如此。想必两位前辈谁也不服对方，于是便有了这个折中的红荆棠。"

"没错。所以这两位虽然都身怀绝世医术，不过一个致力于研药救人，一个更倾向于借药杀人。"

"果然是没有个性非高人！"秦归陌不由得自嘲，"不知道那两位前辈见了我，会选择救我呢？还是杀我呢？"

"归陌！"长孙欣瞪了他一眼。

"别紧张，开个玩笑嘛。"秦归陌一阵挤眉弄眼。

"好了，你们就别闹了。我们到了。"雪影长老此时说道。

行了近半日，众人终于是来到了一个山谷面前。

六十
如 何 证 明

　　说来也怪，从外面来看，这座山谷灰暗幽深，一片死寂，仿佛毫无生机；可再往里走，却发现颇多植被药草与鸟兽鱼虫，而显得生机盎然。

　　"这就是活死人谷啊！"长孙欣不由得叹了一声，俯身准备抚摸身边的花草。

　　"别碰它！"雪影长老出声制止，"说不定就有毒！"

　　长孙欣吓得赶紧缩回手，眼珠子骨碌碌转着，嘴上却说："可是长老，你看看旁边这些花草和虫子，它们也没事啊？"

　　"你若不信，可以试上一试。"雪影长老微笑道。

　　"嘿嘿！"长孙欣吐吐舌头，"还，还是不要了罢。"

　　"哈哈哈！"秦归陌爽朗一笑，大手抚着长孙欣的头发，"你若是再中毒，咱俩岂不更加般配？"

　　说完还卷起袖子，露出手臂上的斑点——二十多天过去了，好像没有进一步蔓延的迹象，并且红色斑点似乎开始渐渐变淡。

　　"呸呸呸！谁跟你般配！"长孙欣白了秦归陌一眼，甩开他的手，径直走到雪影长老身边，拉过后者的手撒娇道，"嘿嘿，还是长老这里比较安全。"说完还用长老的手蹭蹭脸。

　　哈哈哈！大伙儿全都笑了出声。

　　雪影长老也被这小妮子给逗乐了，于是耐心解释着，"这些花草，大部分都是有着药性和毒性，而这山谷里的生灵，世代生活在这里，自然有它们独特的辨别办法，因此可以相安无事。"

原来是这样，众人恍然大悟。

"谁在大声喧哗？"

"竟敢擅闯活死人谷！"

突然的两声喝问，众人瞬间安静下来。循声瞧去，但见前方山石上，两个年轻人一左一右，分立于上，惊怒地看着众人。

"我等特来求见两位谷主，烦请二位小友通报一声。"雪影长老上前，客气说道。

"师父正在闭关，诸位还是请回吧！"左边一个应道。

这……众人面面相觑，一时间没了主意。

哦？原来是两位前辈的弟子！秦归陌心中思忖片刻，接着开口道，"不知尊师闭关多久，晚辈可以在此等候！擅自闯谷之罪，晚辈一定当面认罚。"

"这我们哪里知晓？你们还是快些离开罢！"左边一个面露不悦。

"哎？这位小师父此言差矣！我们……"

"你这厮好生无理！"不等秦归陌说完，右边一个打断道，"擅闯本谷已是死罪，我师兄已经好言相劝，你们还，还不速速离去！若再不听，可，可别怪我们不客气！"

说着，便举起手来，似要发难，但明显感到身体有些颤抖。

"师弟！"左边一个似乎劝道。

锵锵锵！底下众人立刻戒备！

"小师父，有，有话好说！"长孙欣此时心里一团糟。本来她也没抱多大希望，可是现在好不容易找到了活死人谷，希望就在眼前，现在又要几近破碎了。

"两位小友，我等并无恶意。"雪影长老回头示意，雪神谷弟子方才收了兵器，接着她上前一步，从容说道，"老身在三十年前，曾经有幸一睹尊师的风采。这么多年过去了，仍然铭记于心。此次前来，实有要事相求！"

听到这里，那两人的神色方才稍稍缓和下来。

"可两位师父确实是在闭关！也不知多久才能出来。"左边的师兄说道。

"对对对，你们还是快走吧！我们也没办法！"师弟仍然有些紧张。

这……雪影长老眉头微皱，这下子确实棘手了。

"怎么办？归陌，我还以为到了这里就能……"

"没事！死生有命！"秦归陌低声宽慰道，一边眼珠子一转，计上心来，"哎！我看活死人谷也是浪得虚名嘛！"

"你，你什么意思？"师弟指着秦归陌，惊怒地问道。

刚刚缓和的气氛，一下子又紧张起来，就连师兄也忍不住满脸的愠怒。

秦归陌这边，众人也甚是不解，只有柳庄主和斐氏双雄熟知他的脾性，各自相视一笑，乐得静观其变。

"我听说，两位谷主都身怀起死回生之术，妙手回春更不在话下。现在避而不见，定是怕治不好我这疾病，白白污了名声。如今看来，尊师的本事，也不过尔尔罢了！"

"你说什么？有种你再说一遍？"师弟气急败坏。

"难道我说错了么？"秦归陌不置可否，故意提高嗓门说道。

"没有什么病是我师父治不了的！"师兄冷冷道。

"那可未必，不然怎么不敢出来一见？"

"我都说了，师父他老人家在闭关！"

"闭关？""对！闭关！""哦。"

秦归陌淡淡应了一声，刚才他故意那么大声，便是用的激将法，如今半晌没有回应，看来，两位谷主确实是闭关去了。

雪影长老自然也是知道他这点小把戏，于是拱手肃容道，"既然两位谷主不在，那我们就先告辞了，两位小友，多有打扰了。"

"长老请！""哼，恕不远送！"

"可是，就算两位前辈闭关了，也不能证明我说的就是错的啊！"秦归陌倒是不依不饶，冷不丁冒出一句来。

"你你你！"师弟整个人又激动起来。

"那你想怎样？"师兄依然面无表情。

"证明我说的是错的。"

"怎么证明？"

"解了我的毒，治好我的病！"

"笑话！我都说了，师父正在……"

"师父在闭关，不是还有徒弟么？"秦归陌打断道，"如果，徒弟都能解了毒，治好我的病，那师父的本事自然不用怀疑，不就能证明你们是对的了么？"

"我……"师兄弟全都哑口无言。

呼——呼——

短暂的安静与沉默，只剩下山谷间风的呼啸。

一阵耳语之后，师兄弟终于给出了答复——

"好！我们答应你！可以一试！""只要你不怕死在我们手里！"

"我已是将死之人，死马当活马医咯！"秦归陌一脸轻松。

"归陌……"长孙欣握住秦归陌的手，双眼泛着泪花。旁人可能会误会秦归陌是因为贪生怕死这才绞尽脑汁地大费周章；然而她明白，哪怕只有一丝丝可能，只要他俩能够在一起多活一天，秦归陌都会拼命去争取。

现在，这一丝可能，来了。

六十一
一场误会

"等等!"正当大伙儿准备深入谷中的时候,师弟出声打断道,"你们这么多人,不能全进去。"

"不是,你啥意思啊?"斐氏兄弟不乐意了。

"该不会,是反悔了吧?"柳庄主揶揄着。

"我们既然已经答应一试,就不会反悔!"师兄说道,"不过本谷一向不与外人来往,况且谷中颇多规矩与禁忌——"

"没错!"师弟接过话,"你们这么多人进去,我们可没时间看管,到时候再乱跑,万一中个什么毒,碰个什么机关,死了可别怨我们。"

"那,二位的意思是?"秦归陌眉毛一挑,双手环抱胸前,问道。

"最多,只能进去两个人!"师弟不容商量的语气。

"其他人可以到前方右侧暂且歇息。"师兄补充道,"那里有几间老房屋,就是破旧了些,不过其他生活用品,一应俱全。"

"哎,我说你们……"长孙欣急了。

"没关系。"秦归陌摆摆手,制止了长孙欣,继续追问道,"这两个人,应该不包括我吧?"

"当然——好,可以不包括!"师兄退了一步。

"我们之中,只有雪影长老最熟悉这里,所以第一个名额肯定是给长老。"

顿了顿,秦归陌看着长孙欣,接着道:"而小欣,对我来说特别重要。不管结果如何，我都不会再离开她半步。"

"归陌……"

"那就我们三个一起进去吧！"秦归陌转向雪影长老，"长老，您觉得呢？"

"也好！你们就在外面等候吧！"

"是，长老！"雪神谷众弟子应道。

"柳叔，斐兄弟，委屈你们了！"

"贤侄言重了！""秦兄弟请放心！""快进去治疗吧！"

"决定好了？""就你们三个？"

"嗯！""决定好了！""就我们三个！"

"很好，走吧！""走！"

……

秦归陌三人，跟着那师兄弟，在迂回弯曲的小道上，继续前行了差不多三四里路，终于是来到了几座精致的阁楼雅舍面前。

一路上，各种奇珍异草，芬芳扑鼻。到了此地，反而只有散落几处的零星的一些药草，空气中也没有了那种刺鼻的味道，只剩下淡淡的清香。

雪影长老知道，这里，便是两位谷主平日的居所了。差不多三十年过去了，这里几乎一点没变——除了多出来的这两位师兄弟。

"老身三十年前有幸到此一览，不想三十年后还能故地重游，真是世事难料啊！"雪影长老不禁感慨，"只是如今物是人非啊，两位谷主都已闭关不见，也不知什么时候方才出来……"

"哎，其实我们也……"师弟欲言又止。

"师弟！"师兄赶紧使了个眼色。

"对了，据我所知，两位谷主之前可从来没收过任何徒弟，连一个采药童子都不曾留在身边。"雪影长老继续说道，"不知两位小友是何时走运，又是怎么成为两位谷主的弟子的啊？"

"还走运？哼！十几年前——"师弟突然面色一变，握紧拳头就要说将出来。

"那什么，我们，我们还是先检查病情吧？"师兄赶紧拉过师弟，转移话题道。

"哦，对，救人要紧，救人要紧！"雪影长老微微一怔，便很快改口。

秦归陌和长孙欣也是一脸狐疑，虽然对方成功地转移了话题，不过刚才的异常，还是让秦归陌三人心知肚明，这师兄弟，肯定有什么瞒着大家。不过此时，倒也不是纠缠这些的时候，到底这师兄弟两人有没有办法治好他，秦归陌心里也没底。

于是大家不再迟疑，先后进了阁楼。秦归陌依言在一张竹榻上面躺好，师兄弟两人便给他检查起来。

"奇怪！我仔细查看过了，没觉得有中毒迹象啊！"

"也没有内伤和什么隐疾，就是这身上的红点……"

此时，秦归陌左手上的红色斑点差不多蔓延到了肩胛处，只是颜色比起初时要淡了许多。

"当真是匪夷所思啊！"

"你这身上的斑点是怎么来的？"

秦归陌如实相告，不过也有所保留，并未谈及魔教，只是说与人交手，中了一掌之后，便出现了这些红点。

"什么？三个月后全身溃烂而死？真的假的？"师弟一脸夸张的表情。

"对方就是这么说的。而且现在，应该只剩两个月了。"秦归陌平静地说道。

"居然有这种怪事，难怪你们会闯谷！"师兄稍作思考，"也就是说，你们认为，我们的师父，也许能够救活他？"

"不是也许，是肯定！"雪影长老此时说道。

"哦？""长老何出此言？"

"因为三十年前，你们的师父就曾救活了两个这样的人，而其中一个，更是我雪神谷的雪千寻谷主。"

"原来是这样……"

"难怪长老会说是故地重游……"

此刻，师兄弟两人的神色都是渐渐放松下来，没有了初见时候的紧张不安与剑拔弩张。

"所以我们才会冒昧前来求救，谁知道两位谷主偏偏这时候闭关了！哎！"长孙欣愁眉苦脸地埋怨着。

"咳咳，实不相瞒，我们的师父闭关也有好一阵了，就连我们两个，也不知道他们现在身在何处，何时出关。"

"怎么？两位谷主不在谷中么？"雪影长老诧异道。

"师父两年前就闭关去了！临走前吩咐我们守好此谷，还说会有大事发生。"师弟嘀咕着。

"这两年间还不曾有外人这般进入谷中，诸位一出现，也不知是敌是友，所以十分紧张。"师兄解释道。

"那两年前呢？"秦归陌忍不住追问。

"倒是有个很奇怪的客人……"师弟欲言又止。

"无妨！一场误会罢了！"秦归陌也不作过多纠结，诚恳道，"我们确实是来寻求医治的。只是不巧，两位谷主不在，死生有命，强求不得。"

"归陌……"长孙欣握住他的手。

师兄弟俩人都沉默不语。

"不管怎么说，还是谢谢两位小师父了！之前多有打扰，告辞！"秦归陌起身，三人就准备辞别。

"等一下！"师兄开口留人，"或许，有一个办法。"

六十二
死 生 符

"什么办法?"长孙欣喜道。秦归陌和雪影长老也止步回头。

"既然长老断定,我们的师父在三十年前确实曾医治好这种怪病,那么——"师兄顿了顿,接着说道,"或许,两位师父会有所记载……"

"师兄!"这个时候,师弟反而不淡定了,"难道你想——"

"也只能这样了!那本书上应该——"

"师兄!"师弟赶紧拉过师兄走到一旁,附耳低语道,"你准备翻那本书?"

"没错,我猜那上面肯定有记载!"

"又偷看禁书啊,难道你忘了我们上次的教训了么?"

"师父现在又不在谷中,你怕什么?"

"可,可万一回来了……"

"大不了再受一顿罚!你不是也一直想看么?"

"我,我是想看来着,可……"

"师弟,师父闭关都这么久了也没有消息,我们看完就放回去,没事的!上次我们只偷偷看到几页,实在不够解馋啊!"

"我还是觉得不妥,而,而且我们也不知道师父后来藏哪里了……"

"这个交给我!"

"师兄,你真的想好了么?至于为了这个人……"

"你想不想出去?这些人既然有办法进来,就肯定有办法带我们出去!"

"我……"这句话戳进了师弟的心坎里，竟是一时间说不出话来。

那边师兄弟俩窃窃私语，这边秦归陌三个人倒也不着急。刚才师兄说有办法，现在看样子是俩人起了争执，还在商量之中。

雪影长老的表情倒是没有太大变化，倒是长孙欣，此刻异常紧张，紧紧握住秦归陌的手，身子有点颤抖：这刚刚燃起来的希望，可不能再熄灭了啊！

"没事的没事的！"秦归陌温柔抚着她的头发，"有我陪着你，我在呢。"

半晌，那边师兄弟两人终于是转过身来，望着众人——看样子，是已经商量好了。

"如果我们找到医治的办法——"师兄开口说道，"还请诸位帮我们一个忙！"

"小师父请讲！"

"带，带我们出谷去！"师弟声音尖锐。

秦归陌三人一时间有点莫名，不过也很快反应过来：这其中必有隐情。于是秦归陌拱手道："既然两位想出谷，那么不管你们最终能否医治好我，我们答应你们便是，一定带你们出去！"

话刚说完，秦归陌明显看到对面两人脸上表情的变化：紧张，惊喜，激动，兴奋异常！

"事不宜迟，诸位稍等片刻！"

师兄撂下这句话后，便和师弟火急火燎地上楼了。

看这情形，他们应该是去寻找医治的方法了，秦归陌三人索性坐下来静静等候。

"你说，他们会有办法么？"长孙欣紧张地问道。

"看样子，他们应该是有所对策了，只是能不能医好，我也不能确定。"秦归陌此时思忖着，接着又回头安慰长孙欣道，"不管结果怎么样，只要你能一直陪在我身边，我就知足了。"

"归陌……"后者一阵娇羞，把头枕在了秦归陌的肩膀上。

"咳咳！"雪影长老一阵干咳，"依老身看，两位小师父定是想到法子了，二位不必担心，相信秦少侠这次一定能够逢凶化吉。"

"嗯，但愿如此。"

此后，众人均是一阵沉默。左右无聊，三人便开始仔细打量起这间雅舍来。只见四面墙壁上干净朴素，没有任何壁画，只是在两个墙角各立有一个普通的插花瓷器。房屋中间的条形案几上，则是端放着一套精致的茶具。整个房间也打扫得干干净净，不沾染一丝灰尘。刚才的竹榻和几把竹椅也是摆放得错落有致，别具一格，许是入了冬，上面还铺着一层薄绒。

虽说现在已经是深冬时节，但是置身谷中，却感觉不到丝毫寒冷，众人反而因为穿得比较厚实而稍有闷热之感。此时，秦归陌才对那张竹榻和现在坐着的几把竹椅刮目相看。

"看来两位谷主也是喜好朴素清净之人啊！"秦归陌不禁感慨道。

"倒也没听说过他们有何冤家仇敌。"雪影长老陷入了回忆，"当年他们虽然隐居于此，不过还是被那个大魔头给找到了。"

"那后来——"

"找到了找到了！"正当长孙欣还想追问的时候，那师兄弟俩已经下了楼，师弟略带兴奋地喊道。

众人仔细一瞧，发现师兄手上拿着一本手抄。

"《鬼医圣经补注》？"秦归陌看到封面上几个字，讶异出声，"这难道不是两位谷主的心血吗？"

秦归陌虽然行走江湖不久，但在钟灵山上，也是听彦一真人提到过"鬼医"的名号。

"一百多年前的'鬼医'邓仲？"雪影长老满脸不可思议，"不是说最后炼药自焚了么？两位谷主怎么会有这本《鬼医圣经》的？"

"真正的《鬼医圣经》已经彻底焚毁了。这只是我们师父后来所做的补注。"师弟叹了一口气。

"事实上，'鬼医'前辈才是这活死人谷真正意义上的第一个主人。"师兄淡淡地说道，"我们的师父也只是继承了他的衣钵罢了。"

"什么？"

"竟有这样的事？"

"来不及解释了，我们赶紧来找一下，看看上面有没有这种怪病的记载。"不等秦归陌众人从震惊中反应过来，师兄一边迅速翻阅，一边冷静地分析道，"既然当年两位师父能够成功解救雪谷主，我想上面定有记载！"

"对对对！""保佑秦大哥！""没事，平常心平常心，呼呼。"

"没有！还是没有！""怎么会这样！"时间一分一秒过去，整本手抄已经翻阅过半，可还是没有找到相关记载。

"看来天意如此。"秦归陌暗叹一口气。

"有了！""在这里！"直到倒数第三页，师兄弟俩人齐呼出声！

《死生符》——中符者身上会陆续出现红色斑点，斑点遍及周身之日，即全身溃烂而死之时。"

"天！真的有这种东西！""别急，往下看！"

"《死生符》能力者与生俱来，中了《死生符》的人，必死无疑；除非，对方是他的族人！摘自我的好友——东海浪客鸿毅。"

"族人？"

"鸿毅？这名字好耳熟啊。"

"难道就是那个鸿毅前辈？"

六十三
以身试药

    雪影长老和秦归陌不约而同地想到了一百多年前的那个人——六重雪鉴神功大成的鸿毅！

    "想不到鸿毅前辈和鬼医前辈居然认识。"秦归陌喃喃着。

    "下面还有还有，继续看！"长孙欣现在只关心这《死生符》到底有没有救。

    "据鸿毅所说，若是自己族人中了《死生符》，只需用红荆棠研成汤汁，口服后两日内便能痊愈；换作旁人中了《死生符》，则需一内力深厚者将白荆棠的药性凝于掌上，再将自己二十年的功力输给中符者，而中符者则需每日服食紫荆棠，痊愈之期因人而异，十年至二十年不等。"

    "难怪。"众人想起了谷外的三种荆棠树。

    "难不成？"长孙欣疑惑道，"两位谷主也曾中了这《死生符》么？"

    "别急别急，往下看！"雪影长老也很好奇。

    "我对这《死生符》相当感兴趣，得知鸿毅便是这能力者之后，于是拜托他演示一番，以便我加以研究，但是他坚决不同意。他说，虽然自己也希望借此能找到自己的族人，但机会渺茫，而一旦普通人中了这《死生符》则必死无疑，而且死状甚是凄惨，他看完之后于心不忍，于是决定今后再不动用这种能力。"

    "想我一生虽然博览医书，救人无数，江湖朋友也赏脸赠了一个'鬼医'的名号，但唯独对这《死生符》念念不忘，始终无法研究，甚为遗憾。而鸿毅最终也没寻到他的族人，不过他始终相信这块大陆上有着他的同类。最后见我如此执念，便给了我三种荆棠树的种子，以便我日后有机会能够研究一二。"

"最后一次见到他的时候，他说他累了，也厌倦了这俗世纷争和江湖暗斗，他决定离开中原，只身前往西域，在那里终老。"

"而我最终也是找到了这片山谷——或许是唯一适宜荆棠树生长的地方，从此隐居于此，并且命名为'活死人谷'。我在谷口种满三种荆棠树，并且对外放出消息，说自己已经炼药自焚，准备隐居于此，潜心研究《死生符》。"

"尽管荆棠树三年一抽芽，三年一开花，三年一结果，我也没有放弃，仍在耐心等待。可最终，十年过去了，荆棠树也已经过一个轮回，我却还是没能研究透彻。看来必须找到《死生符》能力者，并且自己以身试药才能彻底研究明白。"

"可是老朋友鸿毅已经去了西域，其他的能力者又如何寻得？而我这身体，怕是熬不过下一个十年了！哎，恨啊！"

"望后辈有缘者有机会研究透彻，坟前告知！"

"这便是'鬼医'前辈最后的遗言了！"师兄叹了一口气。

"原来最终还是没能得到验证啊。"长孙欣小脸发愁，"那归陌还有得救么？"

"你忘了雪千寻前辈了么？两位谷主后来肯定是验证成功了！"秦归陌拍了拍长孙欣的肩膀，安慰道，"没事的。"

"可是——"

"说得没错，你们看！"正当长孙欣还心存疑虑的时候，师兄又翻过一页，只见上面用朱笔写着：

"自从我俩主事'活死人谷'之后，也是尽得'鬼医'前辈真传，我主攻研药救人，师弟则热衷开发各种毒药。合我二人之力，与时俱进之下，相信青出于蓝也只是时间问题。虽然真正的《鬼医圣经》已经彻底焚毁，不过通过谷中历代口耳相传，以及相关典籍记载，我和师弟还是整理出了这本《鬼医圣经补注》。"

"同样的，我们对《死生符》也是抱有浓厚的兴趣，只有攻克了这一难题，我俩才能真正意义上超越前辈，也能了却前辈的遗憾。可是，却一直苦无机会。"

　　"不知什么时候起，江湖上开始传言——有人会莫名其妙地身上出现红点，最后全身溃烂而死！我和师弟的第一反应就是:《死生符》重现人间了！"

　　"一切的矛头都指向了西域的一个帮派组织——也就是后来的魔教！于是，师弟决定前往西域以身试药！我则带着三种荆棠成药一同前往，当然，其中紫荆棠成分最多。"

　　"师父……"对面的师兄弟二人一时间有些愣神。

　　"雪影长老，你曾说过两位谷主之前曾经救过两个中了这死生符之人，其中一个是便是雪千寻谷主——"秦归陌转向雪影长老，面色郑重道，"这另一个？"

　　"我也是听千寻谷主所说，当时并不知道另一个是谁。"雪影长老接道，"这样看来，另一个必定是这'毒不死'谷主了。"

　　"哎，两位谷主真是……"秦归陌暗叹一口气。

　　"我清楚记得，当我拿出三种荆棠药，当着鸿筠教主的面救助我师弟的时候，对方那诧异的眼神。最终，我用了二十二年的功力以及师弟下半辈子的困居谷中调理，赌赢了这一把！"

　　"得知我们是'鬼医'的传人，以身试药只为研究《死生符》时，鸿筠教主最终让我们离开了——"

　　"不过半年之后，他还是追到了谷中，这一次，他还抱着另一个女人。"

　　秦归陌三人一阵对视，均是心照不宣:这个女人，肯定是雪千寻谷主无疑了。

　　"原来，那个女人也中了《死生符》，鸿筠教主知道我们谷中有三种荆棠，特意追来谷中，就是想要救活她。"

　　"奇怪，雪千寻前辈怎么会突然中了这《死生符》呢？"长孙欣疑惑道。

　　"哼，还不是拜那个大魔头所赐！"雪影长老冷哼一声。看得出来，她对鸿筠教主相当反感。

　　"最终，他用了自己十八年的功力，保住了那个女人一命！并且胁迫我和师弟发下毒誓——千万不得泄露此事！"

什么？这个大魔头居然舍得用自己那么多年的功力来救一个人？这简直太疯狂了！秦归陌和长孙欣满脸震惊。

"我一直以为，是两位谷主救了千寻姐姐，想不到，想不到……"雪影长老脸上神色变幻不定，最终叹了一口气："哎，姐姐也一定想不到吧，看来，他对你还是有真感情的，也不枉你当初一片痴心。"

众人都是一阵唏嘘。

六十四
返婴之术

"诶？这个鸿筠教主怎么会亲自追到谷中？既然是他自己下的毒，难道西域就没有解药吗？"这个时候，长孙欣提出了自己的疑惑。

"是啊，那鸿筠教主既然这么在乎雪千寻前辈，理应第一时间救治才是，怎么拖了那么久，还大老远地跑来活死人谷……"秦归陌也不能理解。

"两位别急，师父后面有记载，你们往下看。"师兄继续念道：

"此前，我们只是猜想，那个鸿筠教主八成是鸿毅前辈的后人。而最后他离开之前，也终于是证实了这一点，并且还透露给我们一个信息，使得我们师兄弟终于是彻底研究清楚了《死生符》的秘密。"

"原来，西域并没有一块地方适宜三种荆棠生长。因此他们手上并没有解药，仅仅只是听先人隐约提起过三种荆棠的药性，所以看到我救治师弟时才会那么诧异。这些年，他为了找寻他所谓的族人，只管将《死生符》用出去，至于中招者的死活，他才懒得去管。"

"而若真的碰巧是自己的族人，则起初与寻常者无异，不过一个月后斑点会逐渐变淡，直至消失。期间，会伴有莫名其妙的梦境，直到中招者自己意识到自己的身份！"

什么！秦归陌赶紧卷起袖子，仔细看着左手臂：这些天来，斑点似乎没有进一步蔓延，并且，也是真的在逐渐变淡。

"难道？不可能，不可能，怎么会呢？"秦归陌神色异常，口中喃喃着。

一旁的几人看到秦归陌的举动，稍稍愣住之后便很快反应过来。

"归陌……"

"秦少侠……"

"难不成秦兄弟也是他们的族人？"师兄盯着秦归陌的手臂，又看看书中的描述，终于是将这个炸弹引爆了。

"不可能！"秦归陌双手抱头，大声喊道，"她是故意的，她一定是故意的！她早就知道我是她的族人！所以才这般羞辱我！"

显然，他又想起了那个耻辱的夜晚。

"归陌，你不要激动！"长孙欣搀扶住他，试图安慰。

"是啊，秦少侠，你先冷静一下。"雪影长老也从一旁劝说。

"怪不得，怪不得那晚放我一马，呵呵呵呵哈哈哈！"秦归陌步履蹒跚，一阵怪笑，咬牙切齿着，"谁，愿意做你的族人？"

"归陌，归陌，你还有我，你还有我！"长孙欣赶紧握紧他的双手，眼里都快滴出泪来，声音更是哽咽道，"我在呢，我在呢。"

"秦少侠，虽然事情来得太突然，但，至少还有一个好消息。"雪影长老耐心劝道，"最起码你现在没了性命之忧，而且，还有佳人相伴左右，咳咳……"

"小欣……"秦归陌转身看着身边的长孙欣，后者一副关切的表情：发丝凌乱，双眼通红，握住自己的双手微微颤抖，很是楚楚可怜。

良久，秦归陌才平静下来："对，对不起，小欣，让你担心了。"

"没，没事就好！"长孙欣破涕为笑。

"抱歉，长老，我一时之间实在是……"秦归陌觉得很是愧赧。

"没关系。"雪影长老微微颔首，示意对方自己能够理解。

"这么说，我这《死生符》算是有救了？"稍微平复过后，秦归陌瞧向对面的师兄，开口问道。

"书上是这么说的，师父本来以为还需要用红荆棠研成汤汁，服用两日方可。不过——"师兄接着道，"那个鸿筠教主可是自己说的，若是族人，自会痊愈。你看——"

"我和师弟犹心存疑窦，毕竟没有见到对方所谓的族人。不过鸿筠教主自己说道，'西域并无解药，我无需骗你们，否则我岂能大老远跑来救人？

至于族人，我已找到七人，等到八人聚齐，大事可成矣。'似乎是意识到自己失言了，对方大手一挥，'我说这么多，无非是想告诉你们，《死生符》不但不会害死族人，还会帮助他们觉醒。我这是在纠正你们的学术错误，哼！'说完，便摇摇头，抱着那个女人离开了。"

"一年之后，大战爆发，我才知道，他们已经被定义为魔教。而他的八个族人，也已经找齐，就是魔教的左右二使和六大护法！只是，我也不知他们所谓的大事是图什么，为何要与天下群雄作对，哎！"

"那场大战，当真异常惨烈！我听闻，最后是八大顶尖高手围攻之下，才重创了鸿筠教主，局面才开始稍稍扭转。"

"饶是如此，八人之中还是有两人当场毙命——剩下的六个也都受了不同程度的内伤，其中两人回去之后没过多久，更是伤重不治！"

"等等，这上面说了，一年之前，他才刚用了自己十八年的功力救了雪千寻前辈！"长孙欣猛地一怔，声音有些发颤，"要是他的巅峰状态……"

嘶——众人倒吸一口凉气，全都感到背脊发凉。接着，便是死一般的寂静。

"好在那场大战，我们终究是赢了。"良久，雪影长老缓缓道，声音似乎疲惫不堪。

"两位谷主似乎还有记载，我们来看看这下面还说了些什么吧。"秦归陌眉头紧锁：鸿筠教主的强大，他是没感受过；不过那个摩仑的诡异，他可是亲眼见证过的！

"鸿筠教主并没有死，只是受了很重的伤，他再次来到活死人谷，取走了足够多的紫荆棠，我知道——定是为了那个女人。也许是出于'鬼医'前辈和鸿毅前辈的交情，这一次，我们聊了很多。通过这次交谈，我和师弟才知道他们一族为何要与天下作对，一切，只是为了回到他们的故乡——东海仙岛！"

"只是这回，他伤得实在太重了，他自己也坦言不知道能不能挺过去。唯一的希望就是'返婴术'——跟'死生符'同样来自东海仙岛，他知道，我们一定会感兴趣的！"

"确实如此！刚刚解开'死生符'的秘密，我们以为此生医学再无追求的时候，是他给了我们这份礼物！尽管最终的结果是两命换一命，可我们还是欣然接受了，这大概便是医痴者的归途吧。"

"'我就知道你们一定会帮我的！'他笑了，'还有，我替我的族人，谢谢你们！'后面那句话很诚恳，我能读出他眼里的东西：歉意，不甘，还有——希望！"

"第二天一早他就回西域闭关去了，他说给我们三十年的时间，然而，我们只用了二十年的时间研究，便有信心施展'返婴术'了。"

六十五
两 位 传 人

"我们知道，早晚有一天，我和师弟会将性命献在西域，我们不后悔，也没有遗憾。只是担心后继无人，活死人谷的传承可不能就此给断了。"

"于是，十年前，我和师弟找到了你俩，决定将毕生所学传授给你们，也好延续我活死人谷一派——当你们找到这本手抄，并且翻到这一页的时候，也许我和师弟已经……"

"师父……"对面师兄弟两人口中喃喃，表情复杂。

"这些年来，你们一定怨恨我们的严厉与苛责，甚至是毒打。可这一切，既是为了活死人谷，更是为了你们自己啊。我知道你们被选进来的时候，肯定心不甘情不愿，屡次想出逃此谷。不过随着你们年龄的增长，对于医学一途，你们逐渐显露出过人的天赋，本领也越来越强。我和师弟知道，我们并没有选错人。"

"上次你们偷看禁书，我和师弟尤为严厉地惩治了你们。不是不让你们看，而是时机未到，怕你们基本功不够，会偷偷尝试禁术，那样很容易走火入魔，这都是为了你们俩好。当然，有一点，我们很欣慰，那就是你们的求知欲——对医学一途的痴迷。"

"这一点很像年轻的我们。这样，活死人谷总算后继有人了。"

"就在昨天，紫发道人找到我们，说是三十年约期已至，该是我们履行承诺的时候了。"

"什么？紫发道人来过这里？"雪影长老满脸不可思议。

"两位曾经说过，两年前有个很奇怪的人来过此谷，此人可是一头紫色头发？"秦归陌略微思索，忍不住问道。

"没错没错！"对面的师弟抢道，"那个人满头紫发，表情桀骜，对我们的师父也没有半分敬意。"

"看来的确是魔教六大护法之一：紫发道人！"雪影长老肯定道！

"果然如此！"秦归陌若有所思。

"第二天，师父就跟我们说要去闭关。"师弟接着嘟囔着，"谁知道，这一闭关，就是两年。"

"现在看来，师父并不是闭关去了。"师兄叹了口气，"而是去了西域。并且可能已经……"

接着便把手抄本放了下来，表情凝重。

剩下的话虽然没说出口，不过大家都已猜到结果。秦归陌等三人一时也不知说些什么来安慰，只能是一阵沉默。

半晌，师弟上前，接住《鬼医圣经补注》，将最后一段话念了出来——

"'返婴术'一旦成功，我和师弟必死无疑——你俩也无须悲伤，这对我们而言是另一种意义上的成就，我们死得其所，毕竟也活得够久了；只是此后，鸿筠教主必然重现人间，为了他的族人利益，天下间必然又是一场大乱，哎！"

"今后你们就是活死人谷的主人了，务必认真研习这本《鬼医圣经补注》，不求你们有所创新与突破，只是别让活死人谷一脉从此失了传承便好。若是你们少年心性闷得慌了，封底写有出谷方法——其实，外面的世界并不一定精彩。"

"珍重，勿念。"

"师父……"师弟表情略微悲伤，继而咬牙切齿道，"这算什么，两个不负责任的老家伙！"

"算了师弟。"师兄摆摆手。

"不能算了，当初莫名其妙把我们掳到谷中，现在又无缘无故地抛下我们！"

"别说了。"

"我偏要说！"师弟愤愤不平，"这算什么，这算什么呀！"

到最后，师弟竟忍不住蹲下身来，略带啜泣："我，我恨了你，你们十年，可，可是现在，你们说抛弃，就，就抛弃！"

"好了师弟。"师兄蹲下身来，拍拍前者的肩膀，"师父虽然严厉了些，可是心底还是疼我们的。当然，当初把我俩强行掳掠至此确实做得过份，可是现在他们可能都已经……"

"我，我知道……"师弟语音颤抖，"我，其实我早就不恨了。这么多年，我已经把你和两位师父当作亲人了。可是，可是这两个不负责任的老家伙……"

"没事，还有我，还有我呢。"师兄轻轻拍打着师弟的后背，想要帮他平复情绪。

"师兄……"师弟难以控制自己的情绪，蹲在地上颤抖不已，嘴中仍是念念有词，"十年了，十年了……"

秦归陌等三人静静地注视着这一切，相当理解对面的师兄弟俩人，想必他们此刻心中定是诸多苦楚，因此谁也没有出言打扰。

良久，师弟终于恢复了平静，师兄也是整理好了神情，示意大家坐下。

秦归陌等人知道对方有话要说，便依次坐好，准备洗耳恭听。

"十年前，两位师父将我俩收进谷中，从此我和师弟便废寝忘食，终日学艺。"师兄缓缓开口，"每天的医药之学自是不必多说，普通的拳脚功夫也是必修课。只是从此之后，再没有踏出谷外一步。"

"然而我和师弟终是少年心性，总想出去看看外面的世界。于是多次尝试逃离出谷，但都以失败告终，为此还受过两位师父不少惩罚。"师兄晒然一笑，"虽然现在早已释怀，但是困在谷中实在是太久了。久到——我俩连自己原来的名字都忘记了。"

说完，师兄摇了摇头，表情相当无奈。

"虽然我俩平日里都以师兄弟相称，但谁不想自己有个正经名字啊？"师弟此时已经恢复了情绪，接着说道，"于是，我俩便效仿两位师父给自己取了名字。"

"'医不活'，'毒不死'都是两位师父自谦的说法。事实上，在两位师父的手下，医——必活，毒——必死！"师兄淡淡说道，"我俩就比较实在，我就叫——医活五人。"

"我，毒死六个。"师弟接道，说完自己都忍不住笑了。

这也能是名字么？秦归陌等人一阵尴尬，长孙欣都差点笑出声来，不过还是忍住了。

"很老土是吧，但是我们早已记不起自己的本命。这两个名字是我们在第一次实战任务中的成绩，因此对我俩来说，意义不一样。"师兄边说边回忆着，"那天，师父带进谷中一批人，十来个病人或中毒的，十来个健康的。"

"说是给我们的实战任务，病的都是普通百姓，健康的都是附近的恶人。让我们利用所学自己应付。"师弟接过话头，"那时候我已经偏向研毒一途，而且从小也是疾恶如仇，因此选了后者。"

"最终，在那场考试中，我医活了五人，师弟毒死了六个，就是这么简单。"

"为了纪念我们的第一次实战，这两个名字便沿用下来了。"

六十六
无心插柳

"医活五人？"秦归陌看向师兄，师兄微微点头。

"毒死六个？"长孙欣盯着师弟，俏皮问道。师弟挠挠后脑勺，低头承认。

"嘻嘻，这名字真——"长孙欣拍拍手，站起来刚想说好玩有趣之类的话，却瞥见秦归陌正看着她，面色郑重地摇着头。

"特别！"最终，从长孙欣口中挤出了这两个字，"嗯，真特别！"脸上笑容却一下子没收住，僵在那里，相当尴尬。

秦归陌赶紧拉住她坐好，"两位，我这欣妹就是这个脾性，还请不要见怪。"

"无妨，名字只不过是个称呼罢了。"师兄摆摆手，"况且你们也很难理解我们的经历。只是现在，两位师父都已不在谷中——"

"虽然师父也提醒过我们外面世界的凶险，但我实在不想再呆在这活死人谷中了。"师弟拍了拍桌子，满脸憋屈。

"不错，我们已经长大了，有能力去外面闯一闯，见识一下了。"师兄表情肃穆，"我要看看，能让两位师父甘心牺牲的鸿筠教主，到底是怎样一个人。"

秦归陌闻听此言，心中一紧：鸿筠教主他确实没见过，不过那个诡异的摩仑……下意识地又看了一下自己的左手臂，斑点已经越来越淡了。

师兄见他如此神色，虽然不能完全意会，但也是猜到了八九分："想必秦兄弟与那个鸿筠教主也是颇有渊源，心中肯定也有诸多疑虑……"

"道友不必多言，秦某明白。"秦归陌马上恢复神色，"既然大家目标一致，不若结伴同行，共去中州！"

"马上就是中州大会了，他们，一定会出现的！"顿了顿，秦归陌缓缓说道，此时也没有必要保留了，对面的师兄弟两人已经知道了不少魔教的底细了。于是，秦归陌索性将自己所知毫无保留地讲了出来。

"既是如此，那这个中州大会，我俩定是要去的。"师兄握紧了拳头。

"当然！"秦归陌也是迫不及待，他一定要找到那个摩仑当面问清楚！

"既然已经确定秦少侠这毒自会痊愈——"雪影长老此时站了起来，"那事不宜迟，我们这就动身吧！"

"走！"师兄小心翼翼地将《鬼医圣经补注》收好，贴身存放。

……

出得内谷，柳庄主和斐氏双雄早已候在一旁。

"怎么样？""秦兄弟，你的毒……"

"长老！"雪神谷众弟子也是静候听命。

"已经无碍了。"秦归陌勉强挤出一丝笑容，可内心仍然疑虑重重。

"归陌。"长孙欣拉住小天的大手，安静地看着他，"都会过去的，我会在你身边。"说完便把头枕在他的肩上。秦归陌顺势拉过长孙欣，一只大手温柔地托住长孙欣那可人的小脑袋，深情对视了几秒后，便拥入怀中，真正来了一次"胸咚"。

此刻，长孙欣头靠在秦归陌胸前，感受着后者健硕的胸肌还有那铿锵有力的心跳声，脸上瞬间变得通红，一双小手局促之下，竟不知如何安放。不过很快，她便平静下来，不同于上一次的慌乱不安，这一次，她只想好好地享受这一刻。想起两人从前的点滴，此时长孙欣的心中早已坚定一个信念：这个男人值得托付，自己此生，非他不嫁！

秦归陌怀中拥着美人，却是长吁了一口气：也许只有和她在一起，自己才能暂时忘记那些仇恨、屈辱抑或是使命吧。几年来，仇恨一直鞭挞着他前行；最近，无形的压力总是让他喘不过气来。意气风发之时的溃败，骄傲与自尊荡然无存，让他一度怀疑自己，几近崩溃。好在——

秦归陌望着怀中美人，不由抱得更紧了，心中也只有一个信念：此生，定不负她！

"咳咳。"这次不是雪影长老破坏气氛了，而是柳庄主忍不住多嘴道，"这么说来，贤侄你真的没事了？"虽然秦归陌之前已经表示过自己没有大碍，不过柳庄主看到后者那样的神情，不免还是有些担心。

"嗯，已经好了。"秦归陌放开长孙欣，淡淡说道。

"我瞧瞧。"说完，柳庄主就要去掀秦归陌的袖子。

"哎呀，你这老头怎么这么不懂事。"雪影长老此刻倒是站了出来，"没看到人家两个正忙着呢吗？过来，我跟你说。"

"噢！"柳庄主老老实实地跟了过去，嘴里却嘟囔着，"干嘛叫我老头，我有那么老么，人家明明……"

雪影长老瞪了他一眼，后者立马闭嘴，乖乖站好。

于是，雪影长老便在一旁向柳庄主和斐氏兄弟解释事情的经过。

这边，反而是秦归陌显得有些尴尬，双手习惯性地枕在脑后，似笑非笑地看着长孙欣，"要不，咱俩继续？"

"才不要！"长孙欣慌忙躲开，眼里却满是笑意。

"天色已晚，而且我看这天气，估计马上会有暴雨。"师兄此时建议，"不若大家暂且歇息一晚，我们明天再一起动身。"

"也好。""就依你之言。"

"师弟，你这次好好给他们安排一下房间。"

"没问题。"

"什么什么？这两个小家伙也跟我们一起走？"柳庄主又忍不住了，他可没忘记之前这两个小娃娃给他气得。

"哎！"雪影长老叹了一口，只得继续跟他解释。

"你别叹气嘛，我这个人不记仇的，没那么小心眼的。"柳庄主赶紧换了一副神情，讨好着雪影长老。

"站住！""噢。""离我远点！""好的。"

"噗嗤！"长孙欣忍不住笑了，就连雪神谷一众弟子们也在底下偷偷乐着，窃窃私语。

"诶！你说——"长孙欣撞了下秦归陌，挑着眉毛轻声道，"他们俩会不会——"

"不是吧？"秦归陌表情很夸张，并未发声，只是用嘴型反问道，"怎——么——可——能——"

"要不要打赌？"长孙欣挑衅着。

"哎，算了！"秦归陌摆摆手，"女人的直觉一向很准的嘛，相信你啦！"

"哼，没意思！"长孙欣嘟起小嘴。

"那怎样才有意思呢？"秦归陌也挑衅地望着她。

"走开啦！"长孙欣落荒而逃，秦归陌快步追了上去。身后只传来这样的声音——

"再远一点！""噢！""你们去哪？""我们兄弟俩已经大致清楚了！""没错，长老您就和柳前辈慢慢解释吧！""喂，你们笑什么，小心回去我罚你们！""不敢，长老！""嘿嘿嘿！""你这老头真是气死我了！"

……

六十七
七重功成

　　秦归陌坐在房中，仔细盯着那本黑色秘籍：到底有何特别之处呢？马上就是中州大会了，得赶紧提升自己的实力啊，秦归陌心中其实是很焦急的——自从见识到了摩仑的诡异之后。

　　翻开一看，全是异域文字，根本看不懂，时间一长，又是一阵晕头涨脑！哎，秦归陌只能无奈放下。

　　轰隆隆！外面电闪雷鸣，果不其然，暴雨骤至。

　　噼里啪啦！一声一声，击打在秦归陌的心上——显然，他又想起了那个耻辱的夜晚，可是自己，仍然无能为力！

　　"嘭！"的一声，心中怒火化为实心火焰，从秦归陌掌中迸发——饶是已经对"大火焰咒"驾驭自如，此刻也是忍不住发泄出来。

　　火势顺延，覆上黑色秘籍，秦归陌这才警醒，慌忙收了神通，将火熄灭。然而那本黑色秘籍竟然丝毫无损，而且，刚才的火光之中，秦归陌似乎无意之中瞥到"东海"二字。

　　"是幻觉么？"秦归陌心中喃喃，很快，一个大胆的猜想迅速在脑海中生成，挥之不去，仿佛在一直提醒着他：一定要试试！一定要试试！不然，就没机会了！

　　当下，秦归陌再不迟疑，掏出那颗夜明珠，屏息凝神，双手操作着火焰，规律地吐息着，似是遁入化境。很快，一层淡绿色薄膜覆盖住了他，秦归陌只觉得自己六识已空，再无半分挂碍。

秦归陌盘坐着，缓缓腾空；那本黑色秘籍，就在他的对面，无风自动，一页一页，缓缓翻动着。蓦地，秦归陌手心火焰窜上秘籍，灼烧着它，却没有发出正常的哔哔剥剥的声音。

火光中，那些晦涩难懂的异域文字，渐渐拆分、融合成了一幅幅生动的画面，旁边还配有文字注释，这简直就是——《雪鉴神功》的升级版！

秦归陌根本来不及吃惊，同时，一大段信息涌入秦归陌的脑海：东海仙岛，人间天堂。雪神后裔，安居之所。虫洞既开，神魔交汇。异士能人，四方趋之……帝有九子，其诛有七。死士庇护，幼子脱逃。余子后人，流放蛮州。神力既失，永逐仙岛……

明白了，全都明白了！原来，彦一真人的故乡——东海仙岛，就是雪神后裔居住的地方啊。不是师父不想回去，而是根本就回不去啊！

这么说来，魔教的那些人，也是东海传人，雪神后裔？包括自己？他们只是宫廷斗争的牺牲品？真没想到，东海仙岛这种地方，也会有血淋淋的宫斗！

来不及慨叹，所有信息式画面已经翻了过去，只剩下最后四副——正是雪鉴洞里第七重雪鉴神功的最后四副！

只是这一次，脑海中已经自动有了修炼的口诀！

秦归陌按捺住心中的狂喜，双手操控着火焰，体内精气循环反复，顺着口诀，参悟着这最后的四副图像！

此时，秦归陌全身沐浴在火焰之中，已经完全成了一个火人。但是火焰却未曾灼伤他的身体，反而与保护着他的一层淡绿色薄膜一起，为他此刻的修炼保驾护航。

然而他的皮肤上面却始终覆盖着一层冰霜，没有人能够想象，此刻他的体内正在忍受怎样的一种寒气！

这种诡异的修炼一直持续到次日清晨！

漫长的黑夜终于过去了，修炼进行得相当顺利。这也要归功于他此前六重功力的坚实基础和对"大火焰咒"的完美掌控。

冰与火的淬炼，两种极端的能力在体内完美融合！

这是一个新生的秦归陌！这是几百年来第一个真正拥有七重雪鉴神功的

男人！

"嘭"的一声，秦归陌的这间茅屋炸开了，惊醒了其他所有的人！

"归陌……"

"贤侄……"

"秦兄弟，你这是……"

大家看着秦归陌的面庞，满脸的不可思议。

此时，秦归陌的两条眉毛，一边是火红色，另一边是银白色，象征着火与冰两种极端的力量；而面颊上，也是时而炽热如烈火，时而冰冷似寒霜。

"我没事。"秦归陌只是淡淡说道。

刚才修炼完毕收功的时候，感觉到自己的力量暴涨，真气无处释放，秦归陌这才炸裂了茅屋。这还是他极力控制着自己，若是任由体内真气胡来，恐怕这附近的茅屋全都要夷为平地了吧。

"秦少侠……"雪影长老走上前来，惊喜莫名，语气颤抖地问道，"七，七重，成，成了？"

"嗯，成了。"秦归陌仍然淡淡地，"七重。"

"简，简直，难以置信！"

"归陌！你真的……""嘻！""啊呀！"

长孙欣跑上来刚想拉住秦归陌的手恭喜他，却被一下子烫开了。

"小欣！"秦归陌刚想拉住她，却被对方闪躲了开去，对方那无辜的小眼神望着自己的双手，摇了摇头。秦归陌只能无奈地看向自己的双手：一边滚烫地冒着热气，另一边冷冷地透着寒气。

"哎，罢了。"秦归陌相当无奈，"既然大家都被我惊醒了，那我们就准备启程吧！"

"也好！""出发吧！"

"怎么还不动身？"秦归陌疑惑地看向对面的师兄弟俩人。

"这个……"师弟尴尬地摸了摸头。

"还是我来说吧。"师兄无奈一笑，"昨晚我和师弟仔细查看了《鬼医圣经补注》的封底，发现出谷的密道就设置在你住的那间茅屋的下面……"

"啊？这样啊？"秦归陌满脸尴尬，"那真是不好意思了哈！稍等片刻！"

"起！"转过身，秦归陌手势几个比划，那些残石断垣就被清理得干干净净，整完拍拍手，一脸轻松，"走吧！"

此时，秦归陌的双手已经恢复了正常，面颊也是恢复如初，只有两条眉毛依然是一红一白，很有喜感。

"过来，小欣！"秦归陌招招手，对方却是拼命摇头，躲在雪影长老身后，看来还是对前面的经历心有余悸。

"哎，看来这神功也有坑人的时候嘛！"秦归陌无奈自嘲。

六十八
密道出谷

　　很快，那师兄弟二人就打开了密道，大家随着他俩鱼贯而入。几支火把掩映中，倒也瞧得清清楚楚。

　　"为什么不沿着来时的路出谷呢？"长孙欣立刻化身好奇宝宝。她也清楚那师兄弟二人困在谷中多年，一直找不到出谷的方法，不过他们这边雪影长老可是识路的呀。

　　"我想，两位谷主既然修此密道，自然会有他们的用意。"雪影长老分析着，"如今这两位小友就要出谷闯荡了，这个师门密道自然是要走一遍的。"

　　"说的是啊！"不知道什么时候，柳庄主已经凑到了雪影长老的身边，此刻附和着。

　　"保持距离！"冷冷地抛出这句话后，雪影长老不耐烦地给了他一个白眼。

　　"好咧！"后者听话地向后退了两步，不过很快又跟了上来。

　　雪影长老无奈，只得加快自己的脚步，好离柳庄主远些。

　　见此情形，众人强忍住笑意，差点憋出内伤。

　　"而且，我们此去中州，当然是越近越好了。如果再折返回去，岂不是又绕了远路？"秦归陌一边解释，一边试图缓解这尴尬，"如果我没猜错的话，密道出口处就是宋地边界了吧。"

　　"没错，封底上就是这么标识的。"师兄在前面停了下来，火光映衬着他坚毅的面庞，"活死人谷本就位于楚宋交界之处，穿过宋地，就能到达中州了。"

"宋地不大，一路向北大概只要五六日的路程，就能进入中州了。"斐一箭补充道。

"听闻宋地最有权势的帮派就是阎罗门了，不知道这次在中州能不能看到他们。"斐双雕摸着下巴思索着。

"中州逐鹿大会十年一次，此等盛事，像阎罗门这种级别的帮派，断然不会错过。"柳庄主眯缝着双眼，沉声说道，似乎是想起了什么往事。不过很快，他又恢复了正常，"当然，如若雪影长老遇到任何麻烦，我柳某人第一个不答应。"

嗨，又来了！秦归陌等人笑而不语。

"柳老头，你能不能安静点！"雪影长老颇为不爽，这个老家伙到底怎么回事，吃错药了吧？

"咳咳。"柳庄主难掩尴尬，自觉地退到后面去了。

其他人只好耸耸肩，继续前行。只有长孙欣悄悄在雪影长老耳旁说道，"我倒是觉得柳庄主人挺不错的，对你又好，身手又赞，要不考虑一下？"

"考虑什么？哪对我好了？他那身手也就……"雪影长老嘀咕着，"也就那样吧。"嘴上这么说着，心里却不由得想起了几个月前的雪神祭祀大会：当时自己遭遇偷袭，正在和天南魈苦战，就在快支撑不住的时候，这个柳老头出现了，一记破裂之拳迅速制服天南魈，最后同剑心长老三人合力绞杀了对方。平心而论，制敌的关键还是这个柳老头的破裂之拳，虽然自己未遭偷袭之前足以应付对方，不过这柳老头当时也未必尽了全力。这样看来，身手应该是比自己要好上一些的。不管怎么说，人家好歹救了自己一命，这却是事实……

"那也不行！"似乎是急了，雪影长老突然冒出这句，就撇下长孙欣，自顾自地朝前走了，只是神情显得很不自然。

留下的长孙欣一脸茫然：什么情况啊这是？那到底行还是不行啊喂……

"哈哈哈！"看着长孙欣她那热心肠的样子，还有雪影长老那鲜有的窘态，秦归陌不由得笑出声来。是啊，前些日子自己压抑得太久了，直到现在，才能真正做到爽朗一笑。此前，阴谋，家仇，师命，屈辱，种种因素折磨着他，压得他难以喘息。而现在，秦归陌看向自己的左手——红色斑点越来越浅，虽然心里很不想承认，不过自己也许真的就是他们的族人？至少现在，自己的死生符算是解了，那么以后能和小欣厮守的日子就不止这短短几个月了。更何况，自己刚刚练就七重雪鉴神功，这可是百多年前的鸿毅前辈都没能完成的壮举！尽管很大程度上是靠着黑色秘籍和夜明珠的帮助，不过这些都是父亲留给我的礼物——父亲，究竟是一个怎样的人呢？

秦归陌的脑海之中，关于父亲的思绪也是一闪而过：早晚会弄明白的，中州大会，等着我！

如今，自己实力大涨，再不是当初那个没用的小子了，即便是如今各地的世家，见识到自己的实力后，怕也是要正视他，乃至忌惮他了吧？

"我说过，早晚有一天，我能配得上她！"秦归陌仰着头，与前方空中虚幻的身影对话，"现在，你总该相信了吧？"

那个身影，是曾经年幼的自己所畏惧的；直至今天，从前的自卑一扫而空。

"哈哈哈！"幻影随即破灭，秦归陌心情甚好，大步向前，看着前面长孙欣的背影，眼里满是柔情。

……

六十九
赵地骤变

与此同时，赵地的神驹营却正遭逢一场巨变！

谁都不会想到，首席长老公孙丑，竟然会勾结魔教，里应外合之下，偷袭了毫不知情的长孙离！后者刚刚才从中州折返回营地，正为神驹营将成为这次中州大会三大座上客而春风得意，因此丝毫没有防备，哪料快到自家营地时却遭遇伏击。

此役，战况相当惨烈，长孙离的三百亲信全部战死，无一生还。而长孙离自己，则在长子的舍命掩护之下，负重伤只身逃逸。

狭长的山谷底部，几百具尸体凌乱地陈列着，血流成河，在夕阳的残辉之中，更透着一抹诡异。伏击已然结束，但谷顶仍伫立着俩人。

"我就说嘛，大可不必来硬的，等他回到营地，我在酒菜之中稍微做点手脚……"其中一人说着。

"你怕了？"旁边一女子打断他，"还是你真的以为他会那么蠢？"

"怕？哈哈哈！"说话的正是公孙丑，不过他的笑声倒是有点惊悚，"我要是怕的话，就不会跟着你干这一票了！只是我心疼你的脸……"

"呸，也是我大意了。"那女子啐了一口，脸颊上一道血印赫然醒目，不过依然不影响其整体的美感，尤其是她身上所缠着的一匹赤红彩练，相当醒目，"二十几年过去了，没想到，长孙离的实力着实增长了不少。"

"不过，他虽然跑了，却也多半是个废人了。"说完，踢了踢脚下的尸体，"把他带回去罢！"

"嗯！"公孙丑扛起尸体，嘴里念叨着：人各有志，死生有命，咱们各为其主，大少爷，你可不要怪我……

回去之后，自然是要剪除旧系党羽，一番改朝易帜。要说这公孙丑，也确实颇有能耐，二十几年来，表面上一直勤勤恳恳，兢兢业业，虽是百般隐忍，韬光养晦，但在神驹营中威望还挺高，仅用了十年时间就成了首席长老，之后便在暗中悄悄地培植自己的心腹。长孙离也不是没有怀疑过他，只是一来这公孙丑武功平平，威胁不到他；二来公孙丑确实是个人才，二十年来将神驹营上下管理得井井有条，生意也经营得越来越好；三来他毕竟是自己当年一手提拔的人，尽管那时候公孙丑还只是个普通甲士。

而长孙离本人则是痴迷于武功和权力，他把大部分时间都花在研究武学和外交上了。但是，经济基础决定上层建筑，长孙离要想在外更有面子，要想在与各地世家的互动中更有话语权，甚至是在中州圣坛里都拥有自己的一席之地，背后离不开神驹营雄厚的经济实力。而这一切，都要归功于公孙丑的经营才能，在他手上，神驹营的生意越做越大，前些年更是一跃而超过了齐地的盐帮，成为了各地世家中的翘楚！

二十几年前的那场大战，人们只道是魔教溃败。实际上，因为魔教教主在战前就实力大损，加上没有重装骑士冲破中州圣坛的防御，他们选择了求稳而暂时撤退。至于魔教精英，除了左右自在二使两位甘愿留下断后，自我牺牲外，其余尽皆脱逃；而魔教六大护法，更是一个没死！其中的赤练仙子，在撤退时，慧眼识珠发现了公孙丑，并对后者施了"蛊心术"（东海仙岛秘术，中术者对主人神魂颠倒，言听计从），在那个时候，就已经埋下了这颗"棋子"。

此时，营帐中上首端坐着的，正是魔教六大护法之首——赤练仙子！而公孙丑，则是安静地站立在其身后一侧。中央地上躺着的，则是长孙离长子的尸体。忠于旧主，起身反抗的将领已经被当场诛杀，两列剩下的将士中，除了几个见风使舵的中间派，其余都是公孙丑的心腹！

"从今往后，神驹营的主人，便是这位赤练仙子！都明白了么？"公孙丑一改往日的低调，大声呵斥着！

"诺！"甲胄声声，军队式的管理，得到的，自然是军队式的回应。

"我再说一遍，一万匹优质战马，二月二十二之前，务必集结到中州边境线上！"

"诺！"

赤练仙子好整以暇地看着这一切，似乎相当满意，脑中却想着：三十年了，我等了那么久，终于，要回家了！

梦境中的故乡，鸿筠教主的承诺，这一切，近了……

"放心，我一定会帮您回到故乡的！"旁边有个声音响起，"只要您到时候能带我一起走。"

谁？怎么知道我心中所想？赤练仙子猛地惊醒，环视一圈，众将领早已退去，此时帐中只剩下她和一旁的公孙丑。

"我当然会带你一起走啊，我的小心肝。"赤练仙子马上换了一副表情，魅惑至极。

"如果我说，我已经解开了'蛊心术'呢？"公孙丑缓缓地抛出这一句。

"什么？"赤练仙子霍地站起，全神戒备地看着对方。

"您不用紧张，就算没有了'蛊心术'，我仍然会对您效忠。"公孙丑微微踱步，正视着赤练仙子，不疾不徐地说道，"我不知道什么原因，也许是距离太远了，也许是时间太长了，也许是这块大陆的限制，总之，五年前，'蛊心术'就已经对我失效了。"

"所以呢？"想到后者的实力，赤练仙子索性又坐了回去，嗤笑问道。

"尽管如此，我还是心甘情愿供您驱使，只要我还有利用价值。"公孙丑真情流露，"您不知道，每次您在我的梦中出现，安排我为您做事的时候，我是有多开心……"

"你要知道，我只是——"赤练仙子冷冷道。

"我知道，我当然知道！"公孙丑抢道，"你只是利用我罢了！哈哈哈！像我这么一个丑八怪，谁又会真心喜欢我！"

"可是，你知道么？那二十年来，我做的那些大同小异的梦，那些画面中有你的梦——竟是我，这辈子最快乐的时光了。"

赤练仙子微微动容。

"所以，当你真的出现的时候，我是多么地激动！"公孙丑此刻像极了自言自语的疯子，"自从'蛊心术'解开之后，我就一直在等这一天。"

　　"五年了，我终于等到你，真好……"

叶 归

七十
三大要点

秦归陌等人在密道之中走了约莫两个时辰，方才看到出口，可想而知，当初建这密道，也是费了两位谷主不少心血的。若说还有什么特别之处，就是里面另有一间上锁了的密室，还有一段密道两旁刻有关于医药知识的图文雕刻。这些东西自然是"活死人谷"一派的秘辛，旁人确实是不方便在此多做停留，何况秦归陌他们这些外人也看不懂啊。

好在这一行人大部分都是所谓的名门正派，倒也没有谁动这个歪心思。那师兄弟俩人在雕刻和密室前稍做停留，便又继续向前。

"此去中州，一方面是增长见识；另一方面，也是看看师父究竟救得什么人，到底值不值得。"

"嗯，待我们回来，一定会努力研习，好延续我谷一脉！"

师兄弟二人口中念念有词。众人也不在意，只想尽快出谷。

"哟呵！"终于出来了，秦归陌一个箭步冲出来，长出一口气，刚想升个懒腰，却被外面的光线刺得眼睛有点生疼：原来自己在密道里面适应昏暗的光线有点久了，这乍一出来，难免吃不消。

"快把眼睛闭上。"秦归陌赶紧找到身后的长孙欣，后者刚准备走出密道。

"干嘛？"长孙欣莫名其妙。

"外面阳光很刺眼的，搞不好会瞎的哦。"秦归陌试图恐吓她，"你要是瞎了的话，我可就不要你了哟。"

"切！不要拉到！"嘴上虽然这么说，长孙欣还是喜滋滋地闭上了眼睛，满脸笑意。她心里也高兴：秦归陌的毒解了，而且身手又提高了一个层次，这下再难有什么阻力能把他俩给分开了吧？只是，内心里仍然还有一丝丝担忧，许是马上就要到来的中州大会罢？

想到这里，长孙欣不禁眼皮直跳，似乎有一种很不祥的预感。

秦归陌刚帮她遮住眼睛，拉她走出密道，却发现后者眼皮子跳个不停。

"怎么了？"秦归陌柔声问道，一边慢慢挪开覆着长孙欣眼睛的大手。

"没什么。"长孙欣也不知道从何说起，只能搪塞过去，一边缓缓地睁开了眼睛：呀，果然好刺眼。

"你看那边！"察觉到长孙欣突然的情绪低落，秦归陌试图逗她开心。顺着他手指的方向，长孙欣一眼望去，只见——

柳庄主似乎也想依葫芦画瓢，去帮雪影长老遮挡阳光，却被后者厉声斥退，只好灰溜溜地跑到一边。

"哎，我说贤侄啊——"柳庄主憨憨地挠挠头跑过来取经，"为啥这招你用就行，我用就不灵呢？"

"扑哧！"长孙欣终于还是没有忍住，轻声笑了出来。

"你笑什么嘛！真是的！"柳庄主似乎有点懊恼。

"这种事情嘛，还是要讲天赋的。"秦归陌装作认真思索了一会，"最关键的呢，是得看脸！哎！"

"看脸？好你个臭小子，学会拐弯抹角了啊！"柳庄主佯作气急败坏，追着秦归陌一副要比划的架势，"你的意思就是说我又老又丑咯！你个臭小子！"

"我可没说啊，哈哈哈！"秦归陌边跑边嚷，"再说了，柳叔，您现在也打不过我了呀，嘿嘿！"

"哎！罢了罢了！你个没良心的小东西！"柳庄主不追了，停下来气呼呼着。

"别介，我跟您开玩笑呢！"秦归陌马上换了一副表情，凑上来问道，"真想我给您支招？"

"哼！"柳庄主似乎并不买账。

"来来来，我悄悄跟您说！"秦归陌搭着柳庄主的肩膀，耳语道，"你只要记住三大要点，保证成功。"

"第一，坚持！第二，不要脸！"秦归陌说的一本正经。

"坚持我知道，这第二，呃——那，那第三呢？"柳庄主似乎有些动心。

"第三，坚持不要脸！"

"你这都是什么说道啊？"

"您还别不信，这可是真谛！包灵！你就比如说我俩！"秦归陌头一点，冲着对面的长孙欣一笑。

"可我觉得我现在已经够不要脸了啊！"

"还不够坚持！"秦归陌一脸过来人的表情，"记住，坚持——不要脸！"

"加油！记住三要点啊！"秦归陌重新走向长孙欣身边，仍不忘回头给柳庄主比着手势。

"你刚才跟柳庄主说什么呀？"长孙欣一脸好奇，因为她发现秦归陌一边跟柳庄主咬耳朵说悄悄话，一边还冲着这边的自己笑。

"我现在越发觉得，女人的第六感实在太可怕了。"秦归陌耸了耸肩膀，故意岔开话题，"这柳叔，看来是真的对雪影长老动心了。"

"那还有假？"单纯的长孙欣似乎一下子就被糊弄过去了，不过马上反应了过来，"快说，你是不是给他支招了，使了啥坏主意？"

"没，没有呀！"秦归陌故作淡定。

"还说没有，看你刚才那笑得贼眉鼠眼的，肯定不怀好意。"

"真，真没有！"

"还想骗我！别跑！"

"你不追我就不跑！"

"你不跑我就不追！"

……

"过了那片树林，应该就是宋地边界了吧。"师兄弟两人看着地图，互相交流着。

"没错。大家原地稍作休息，我们午后再启程吧！"师兄建议道。

此时，众人基本都已经走出了密道，来到了外面这片空地上。于是便三三两两，原地休息。

郁闷的柳庄主也只得坐下来，咬一口馒头，喝一口水，仔细回味着秦归陌刚才所说的三大要点：坚持！不要脸？

嗨，管它呢！柳庄主摇摇头，试图让自己清醒一点，却也忍不住拿眼去偷偷看那雪影长老，对方当然没有注意到自己，她正在和门下弟子谈笑风生。也不知道自己怎么就着了道，也许，是上一次联手御敌的原因吧？也许，就只是因为她长得像你吧？

你说是吧，幽若？我已经，好久没这种感觉了吧？

哦，快十年了，自从你走了以后。幽若，你在那边过得还好么？

七十一
阎 罗 门

透过树林，风一阵一阵吹来，吹乱了柳庄主本来就不齐整的头发，也将他从回忆之中给吹醒。

唔，这风，似乎有点凉，柳庄主哆嗦了一下身子；唔，这风，似乎还有点咸——不，是腥！血腥的味道！柳庄主霍地站起来，视线顺着风的方向望去。

尽管很淡，但是——不会错！那股陌生却又异常熟悉的煞气！

"在树林另一头！"柳庄主迅速赶去。

此时，也只有秦归陌同样察觉到了异样，其他人还没有反应过来，仍然在原地休息。

"那边出事了！"秦归陌肯定道，然而他也只是辨别出了轻微的血腥味道而已，并没有察觉到那些煞气。

话刚出口，身旁已经有一个人影弹射而出。

柳叔？虽然从来没有怀疑过他的实力，不过自己现在可是七重神功在身，才堪堪反应过来，怎么柳叔似乎察觉得比我还早？来不及细想，秦归陌也跟了上去。

当然察觉得比你早！因为这股煞气，他再熟悉不过了，这辈子，他都不会忘记！因为对方，就是阎罗门的人！因为他们，就是害死幽若的凶手！

十年了，他找了他们十年！心中的怒火，也已经压抑了十年！他以为他已经忘了，不！怎么能忘了！他以为他都快放弃了，不！怎么能放弃！

为何自己能与秦归陌成为忘年交，因为这个年轻人也有一个未报的大仇，因为这个年轻人同样为了这个目标而一直努力着！在他身上，柳庄主看到了曾经的自己！就在秦归陌差点就手刃天南嚣，得报大仇的时候，他是多么地为这个年轻人而可惜啊！之后自己又是第一时间以长辈的身份来安抚这个年轻人，帮他调整好心态，生怕后者就此毁掉。

　　因为，自己之前就一直活在这种仇恨里，所以他更能够感同身受。好歹，秦归陌寻到了自己的仇家，有了一次机会；可自己呢？连仇家在哪也不知道！人家报仇好歹有个明确的目标，自己却是苦寻仇家踪迹无果！这其中的痛苦，常人又怎能体会？

　　现在，总算找到那帮崽子的踪迹了！哼，等着瞧吧！

　　当初，就因为那个畜生的一句话，就可以这么草菅人命！柳庄主心中的怒火已经到达了顶点，不过还是不断地在告诫着自己：冷静，冷静，一定要留活口，问出那个畜生的下落！

　　虽然，希望并不大。但是，不可以放弃！决不！

　　憋着一股气，柳庄主率先冲出了树林，秦归陌紧随其后。只见十来个满脸乌青，穿统一制服的"凶神"们团团围住了中间的五个人，其中有两个已经毙命，剩下三人瑟瑟发抖；另一边，几个穿着同样制服的"凶神"正在和两个人交手，似乎是打得难解难分。

　　没有错，就是他们！这制服，错不了！柳庄主刚想上前发问，秦归陌已经动起了手，似乎是在帮圈子外的两个人。

　　"怎么是你俩？"不一会，几个穿制服的就被秦归陌给全部撂倒了。拍拍手，秦归陌好奇问道。

　　"秦，秦大哥！"那俩人似乎是喜出望外，以至于一个弯腰驼背，口水直流；另一个仰面叉腰，口眼歪斜。正是胡丢三，胡落四这对智障双胞胎。

　　"这也真是巧了，在这也能碰见你们。"秦归陌见到这两个活宝也是挺意外的，不过还是显得很高兴，"你俩怎么惹到了这群人？"

　　"他，他们要杀人。"

　　"我，我们不让。"

　　两年不见，看上去，这哥俩脑子似乎好使了一些，不过说话还是结结巴巴的。

那边终于意识到这边的情况了，为首的一个厉声喝道："妈的，那俩傻子还没解决掉么？"

"你，你才是傻子！"

"对，你们，杀，杀人就是不对！"傻兄弟俩毫不示弱。

"你他妈是谁啊？"首领看向秦归陌，估计是他出手收拾了他的手下，"少他妈多管闲事！"

"阎罗门还是这么嚣张啊！"秦归陌还没开口，柳庄主已经飘到那首领面前，冷冷地问道，"告诉我，阎青大少爷现在在哪里？"

"我靠！你他妈又是谁啊？"那个首领明显被吓了一跳，这人什么时候飞到自己身边的？

"砰！"根本没来得及反应，一个穿制服的直接被破裂之拳硬生生打死，在场的众人清晰地听到了那个人胸椎骨断裂的声音。

"说不说！"柳庄主面色阴郁。

"柳叔！"秦归陌还是第一次看到柳庄主这个状态，之前他搭救胡丢三、胡落四兄弟俩人的时候，也仅仅只是制服对方而已，并没有伤及他们性命。而柳庄主这一出手就是痛下杀手，看这神情，得是有多深仇大恨啊！

"呃，你，你他妈到底是谁啊！"首领的嗓子里明显吞了下口水，不过还是色厉内荏地叫嚣着，只不过，怎么听，大家都觉得他这句话都快哭出来了，后面音调都变样了。

此时，雪影长老等一众人也纷纷越过树林，来到这一边。

七十二
往事不堪

"你不用管我是谁!"柳庄主伸手抓住对方衣领,将他整个人都给提了起来,"你只需要告诉我,阎青在哪里?"

"我,我不知道啊?"那首领试图反抗,却只是徒劳,"这,这个时候,应该在总舵吧?"

"那么,带路!"柳庄主稍稍松了下手。

"这,我就真的不认识了啊!我这个级别的,哪里有资格去过总舵!"那首领明显慌了,赶紧解释着,"就,就连阎青少爷他本人,我也仅仅见过一次啊,还是在他几年前巡视分舵的时候,我在一旁远远地看着,咳咳……"

"嗯?"柳庄主手上加重了力道,似乎对这回答相当不满。

"不,不过,您要是找他,可以去中州圣域啊!"那首领赶紧道,"马上就是中州逐鹿大会了,阎少爷他,肯定会陪老爷子过去的!"

"阎青!"往事历历在目,柳庄主的怒气值已经达到了顶点,面目略微狰狞,双手也不自觉地扼住了对方的咽喉,但见那首领本就乌青的脸上瞬间憋胀得通红,差一点就一命呜呼了。

"柳叔!""柳老头!"

秦归陌再次出声,就连雪影长老也是第一次看到前者这种神情,忍不住出口喝止。

"咳咳咳!"那首领眼看就要归西了!手下众人也是吓得不敢动弹。

也罢,就让他再多活一阵子吧!柳庄主轻叹一口气:幽若,委屈你再等等吧。马上，马上就可以替你报仇雪恨了！

"快滚！"随手将那首领掷出，柳庄主抬头望天，极力控制着自己的情绪：一定要冷静！就在刚才，他真恨不得将这些人全部杀光！可是，那又怎样，罪魁祸首阎青，仍然在外逍遥。

况且那个首领说得不错，阎罗门行事向来阴狠诡秘，总舵不是谁都能轻易进的，否则他也不至于前后查访了十年，也没能找到阎青的下落！倒是有几次听到风声，可是当他赶到的时候，对方早已没了身影，只能捣毁几处几乎废弃的分舵；想要直捣黄龙，却怎么也找不到阎罗门总舵所在。

可恶！幽若，你不会怪我吧？

那首领刚获自由，立刻连滚带爬地狼狈逃离；手下众人微微一愣之后，也跟着抱头鼠窜。这时候，不知道哪个不长眼的喽啰问了一句：那这三个人怎么办？

"你他妈爱滚不滚！"那首领气急败坏，头也不回地吼道！也不知道是哪个兔崽子，回去再好好收拾他！这都什么时候了，命都快没了，还要那几个人身上钱财何用？再说了——看刚才那人的反应，肯定是跟阎青大少爷有深仇大恨的！说不定就是前些年捣毁几处分舵的那厮！亏得老子机警，侥幸活命，此时不溜更待何时？而且，若是将这消息报上去，岂不是大功一件？这可比搜刮钱财去贿赂打点有用多了，说不定，自己就能凭此而跻身进了总舵呢？

首领心里想得挺美，脚下却不闲着，不一会，便逃得没影了。其余众人也都是树倒猢狲散，一个个四散而去！

问清楚了情况之后，秦归陌等人围了过来，柳庄主仍然举目望天，面无表情。

原来那几个人是跑商的买卖人，不想却被阎罗门的人给逮到了，差点被谋财害命。胡丢三、胡落四只是碰巧路过，因为老母亲去年病逝，他俩便散尽家财，出来游戏人生，刚才也只是抱打不平。那三个人谢过救命之恩后，便匆匆离去，连同伴的尸体也不管不顾。对此，秦归陌倒是习以为常。世态炎凉，人情冷暖，他再熟悉不过了。

此刻，他只关心柳庄主的情况，"刚才……"

"我给你们说段往事吧。"柳庄主似乎已经恢复如常，只是颓然坐下，缓缓道，"我曾有一个妻子，她的名字叫幽若——

她性子直爽，武功也不错，是个女中豪杰！相识之后，我俩便经常互相切磋，共同进步。当时我使得还是绣春刀，她用的是雌雄双股剑。老实说，那个时候，我对武学并不痴迷，只是学来强身健体和必要时防身所用。认识她之后，我这才勤奋起来，因为我太想要保护她了。

婚后好长时间，也不知是什么原因，我们一直都没有自己的孩子。她嘴上不说，其实我知道，她心里是介意的，因为她一直想要做一个好母亲。所以我只能多花时间陪她，尽量弥补这遗憾。直到有一天，她亲口告诉我有了身孕，我简直比她还要激动。

当时，我们正在宋地游历，我想着自己终于要当爹了，便想去附近寺庙为她们母子祈福，保佑大小平安。她知道后要陪我同去，我不肯，说她有孕在身，应该好好休息，况且山路难走，她也就没坚持。谁知道，这一别，竟是永远！"

"我不该留她一个人的！我不该留她一个人的！"柳庄主双手抱头，表情痛苦，不停喃喃。

"柳叔……"秦归陌拍了拍他，却不知如何安慰。

"等我回去的时候，已经是人去屋空，哪里还有幽若的影子？只剩下雌雄双股剑仍挂在屋内一角！一定是出事了，这武器她向来是不离身的！可是，现场并没有打斗的痕迹，就在我一顿分析，刚想去问店家小二的时候，一阵晕眩袭来，我便失去了知觉。

等我醒来的时候，已经是第二天中午，呵，这种迷药还真厉害。幽若？幽若呢？我立刻冲到前台，店家却是一问三不知。这个时候，我才回想起，昨日刚回客栈的时候碰到的一群怪人。

他们穿着统一的制服，脸上全都不同程度的乌青状，浑身散发着一股恶心人的煞气，一群人簇拥着一个阔少，其中一人好像提到"少爷，这次这个妞绝对正点……"

一定是他们，一定是他们！我疯狂地追了出去，却哪里还有对方的影子！后来，我才知道，他们，就是阎罗门的人！而那个阔少，就是罪魁祸首阎青！"

七十三
月 夜 围 剿

"我找了他们十年！却收效甚微！就算捣毁几处废弃的分舵那又怎样？总舵依然寻不到，阎青依然在外逍遥！有时候我自己都快要放弃了！可是，怎么能够轻易放弃？就算幽若肯原谅我，我自己也原谅不了我自己！都是我的错，都是我的错！为什么我要丢下她？为什么没有带她一起走？为什么！"

"所以，当我得知你的情况之后，我是多么的感同身受却又充满羡慕啊！"柳庄主转过头，看着秦归陌说道，"至少，你还有明确的寻仇目标，而我，却连仇人在哪都找不到！呵呵哈哈哈哈哈！"

"柳叔，你别这样。""柳老头……"

"还有你，你一定觉得，我之前的举动很奇怪吧？"柳庄主看了看雪影长老，又低下头轻声道，"因为你，和幽若长得真像啊，真的，太像了……"

一言既出，所有人都愣住了；然后，所有人也都明白了，为何柳庄主之前会有种种荒诞的举动。

其中，最震惊的莫过于雪影长老。长期生活在雪神谷中，对于男女一事，其实雪影长老并不是很懂，就像当年她怎么也想不明白雪千寻谷主和那个魔头之间的纠葛。不过她内心深处，是否也在等待自己的意中人，这只有她自己心里清楚。

关于喜欢，她或许是能看明白的；至于"爱"，雪影长老估计自己这一辈子也没机会去体验那种感觉吧？

而现在，眼前的这个"柳老头"——其实对方也就四十来岁，甚至比自己还年轻，竟然还有这样一个不为人知的故事。再联想到之前对方确实救过自己一命，还有后来对自己的种种，雪影长老一下子慌了。

早已不是豆蔻年华，此时的雪影长老内心却是颇多波澜，喜怒参半。喜的是，看来这"柳老头"还真的是喜欢自己，并不是拿她寻开心，自己或许也有机会体验那种感觉？怒的是，说不定只是因为自己长得像他的爱人，所以对方才在自己身上找别人的影子。

雪影长老盯着柳庄主，似乎是在思索，又似乎是在寻求答案。

"我并没有把你当做是替代品！你是你，她是她！"好像是看穿了雪影长老的心思，柳庄主赶紧解释道，"我知道的，你们不同！你比较温婉，她则更显豪气！"

"我没有戏弄你的意思。"

风过无言，唯剩静默。

大家仍静静地或坐或立，似乎还在消化刚才的故事。

"好了，时间不早了，我们还是赶路吧！"谁都没有想到，最先走出来的，竟然是柳庄主本人，"约定的时间就要到了，我们可不能落在他们后面。"

是啊，你们那边，还顺利么？秦归陌不由得想起了薛傲天他们。

……

月夜，赵地，神驹营，气氛相当诡异。

薛傲天横卧长刀，冷冷地注视着四周，脑中飞快地思索着自身的处境——两千重装甲士已将他们团团围住。

"爹，怎么办？"薛采芝背倚着父亲，紧张地问道。

"兵来将挡，水来土掩！"薛傲天沉声道，手中的大刀早已饥渴难耐。

"到底是哪里出了问题？"剑心长老此刻也是百思不得其解。

"喂，那个什么长老，你是不是搞错了？那封信是你们长孙小姐亲笔所写，怎么我们就成了魔教奸细了呢？"薛采芝还是不愿相信，又问了一遍。

"对！让长孙离出来当面对质！我就不信他认不出我！"薛傲天朝地上啐了一口。

"哈哈哈哈哈哈哈！"远处，公孙丑大笑出声，"信件是不假，也确实是长孙小姐的笔迹；只不过，神驹营现在，不姓长孙啦！哈哈哈！"

话刚落地，公孙丑侧开身子，后面走来一个姿色绝佳的女子，但见她眉目之间极尽魅惑，周身裹着一匹赤红色的练子。

"它现在的主人，是她！"公孙丑补充道。

"赤红色的练子……赤练仙子！"薛傲天心中一惊：她果然没死！一切都明白了，看来这里，已经被魔教支配了。

传闻中，紫发道人擅长轻功和暗器，武功倒也未必如何了得，薛傲天自信可以与之一战；蓝瞳道人内力深厚，拳脚出众，自己上次在他手上就不小心吃了大亏，还折损了薛洪这员爱将；至于六大护法之首的赤练仙子，老实说，他一点把握也没有。

想到这里，握紧大刀的手心竟也渗出些许汗来。

"哎，看来这次我们是凶多吉少了。"剑心长老轻叹一口气，立刻换了一副视死如归的表情，"地剑阁众弟子听令，结防御剑阵！"

锵锵锵锵锵！剑芒大涨。而秦地的另两个门派的众人，也摆出一副将殊死搏斗的架势，大战一触即发。

"阿福，等会动手你尽全力保小姐安全，能逃出去最好——"狠狠地盯着赤练仙子，薛傲天咬牙说道，"我来拖住她！"

"是！""爹，我不要——"

"动手！""杀！""拼了！"

随着赤练仙子一声令下，场面顿时失控，而她的目标，正是薛傲天！

"来吧！"薛傲天舔了舔舌头。

……

最终，一切的喧嚣与嘈杂，全都湮没在浓厚的夜色之中。

剑心长老使出了阁中禁术——万剑归宗，瞬间头发花白，最终耗尽毕生真气，与一百甲士同归于尽。

福伯的双腿已经残废，再也没有气力踢出任何一脚，此刻正倒在地上奄奄一息，只是口中喃喃，"总，总算，完成任务了……"

薛傲天的长刀已经断成两截，此刻他全身被赤练所缚，动弹不得，尤其是脖子上的那一圈，越收越紧，看来，断气，是迟早的事情。而他的对手，表面上看，几乎毫发未损，只是衣服上沾染了些许血迹和灰尘。不过，只有她自己清楚，腹部略有不适，看来是刚才不小心被对方的居合斩的刀气给命中了。

"采，采芝……"倒地的薛傲天呢喃着，生命即将终结。

"这个薛傲天，还不错。"得到的，也仅仅是对手这样一个评价，"哦？跑了一只苍蝇？不过问题不大，呵呵，你这个义子，本事不小！"

说罢，赤练仙子拂袖而去，竟没有深究。公孙丑只好瞪了鬼脚七一眼，赶紧追上去。

只剩下鬼脚七在原地憨憨地挠挠头：义父对自己恩重如山，如今局面已经这样了，将来该怎么面对小姐啊！哎，但愿这点小忙，能得到小姐的原谅罢！

七十四
中州大会

三月初一，已经是约定的日子。

秦归陌等人一大早便抵达中州的"缘来是你"客栈。这里，已经离圣域很近了，仅有一天的路程。此时，客栈里住满了人，几乎都是从四面八方赶来的武林人士，要去中州看热闹的。可是，直到太阳落山，秦归陌他们也没见着另一队人马的踪迹，大家不免又是一场交流。这另一队人马，自然是指的薛傲天他们。按理说，他们走的是近路，自己这边则是相对绕了远路，所以应该是他们先到才是。可结果却是——

"也许他们路上遇到什么事情给耽搁了？"

"这个时候会有什么事情能耽搁啊？中州大会这么重要的事情……"

"也许他们已经提前动身，前往圣域了呢？"

"那更不可能！明明约好在此碰头的，他们不会无缘无故单独行动的！"

"我一直有种不祥的预感，我也说不清楚。"

大家七嘴八舌，谁也没能理清楚头绪。

"明天一早再看情况吧，要是还没有他们的消息，我们就直接去中州大会现场。反正到时候总会碰面的。"秦归陌强行安慰大家，其实自己心里也很疑惑。

众人只好作罢，各自散去睡觉。

到了第二天，果然还是没有薛傲天他们的消息，此时秦归陌心中已经有所警觉：他们可能出事了！因为以薛傲天的为人，必定不会做出与人失约这种事情出来。那么肯定是外界因素迫使他们未能如期而至，可是薛傲天那边团队的实力并不弱啊，到底是怎样的外力才能迫使这样一群人改变自己的计划呢？思来想去，答案只有一个，那就是——魔教！

呵！秦归陌冷笑一声：好戏，已经开始了么？其实他心中还是有些担忧的，尤其是，薛采芝的安危！他并不是真的是块木头，怎么会察觉不到对方对自己的情愫，以前不知道对方是女儿身，还以为是兄弟之间共患难的感情！可是后来真相大白，他怎么可能不清楚对方的心意？只是自己已经有了长孙欣，并且早就已经互许终身，因此也只能佯装不解风情的榆木！此刻，猜想对方是大概率陷入困境之后，秦归陌不免有些内疚与自责。

哎，但愿是我想多了，一切只是个意外罢了，你们，一定已经在大会现场等我们了罢。这番心理暗示，秦归陌自己都不相信，只能暗叹一口气，抖擞精神继续赶路。

很快，便是三月三，十年一度的中州逐鹿大会。主会场就设立在中州圣域之中，光是内场就有五千座位，所有进入内场的武林人士，都必须在入口处验明身份，这部分人在江湖上都是享有一定声誉的。至于更多的没有名气的游侠散客，甚至是普通的围观群众，看热闹的寻常百姓，不好意思，只能在外场远远站立看着，甚至连人脸都看不清，根本就过不了眼瘾。那为何大家还对此趋之若鹜呢？因为这毕竟是十年难得一次的盛事啊，必须得好好感受一番，回去才好向邻里亲朋吹嘘一遍，以满足自己的虚荣心，典型的小市民心态！

在圣域最外围，还有着东道主中州圣坛的八千铁骑在往返巡逻，维持秩序。这架势，当真热闹非凡，远非秦地一个小小的雪神祭祀大会可比。

内场，一些各有名气的，认识的不认识的，全都互相打着招呼，自我介绍与吹嘘。这边"幸会幸会！"，那边"久仰久仰！"，其实压根就不认识对方。

此外，来自中州十二地的代表们也全部汇聚于此，比起普通的"江湖名人"，位置也更为靠前。秦归陌他们作为秦地代表，自然待遇不差，虽然比不了中州圣坛和楚、赵、燕三地的绝佳位置，不过跟其余各地的代表们则是享受同等待遇，并没有如传言那般，同以往的秦地代表们一样而受到歧视。相比内场的其他武林人士有利多了，而对比外场的一众江湖人士，那更是天壤之别了！

只是，直到此时此刻，仍然没有薛傲天他们的消息。秦归陌忧心忡忡，心中已经断定对方出事了。

秦归陌强打起精神，向中心看了看：圣坛代表还没有露面，楚地的不老峰，燕地的燕家堡，赵地的神驹营似乎人都已经到齐了。

等等，怎么没见到那个男人？那个自己拼命想证明给他看的男人——长孙离！此刻，神驹营的主座上居然是个奇怪的女人，旁边那个丑长老，小时候自己倒是见过。可是，长孙离他人呢？转过头，他发现小欣也在焦急地看着那边。

"你认识那个女人么？"秦归陌问道。

"不认识啊！"长孙欣有点慌，此前她眼皮直跳，一直有着不祥的预感。

"别着急。"秦归陌握住长孙欣的手，试图安慰，心中却越发疑惑。

这时候，他发现柳叔的表情很奇怪，眼中都快喷出火来了。顺着他的目光看去，原来是宋地阎罗门的所在——只见正中坐着一个老头子在不停地咳嗽，旁边站着一个三十多岁的年轻人。同样统一的制服，同样乌青的脸，煞气倒是控制得很好，只有一丝丝，看来都是高手。

秦归陌瞬间了然，示意柳叔暂且隐忍，柳叔强忍住怒气，只能将面前的酒杯生生捏碎。

秦归陌环视一周，各地的代表们基本已经到齐：凉地的百毒教，韩地的风流寨，魏地的千机门，齐地的盐帮，吴地的弃剑山庄全都来了。这些豪杰中，他比较熟悉的有燕家堡堡主燕十一，听闻此人做事一向光明磊落，一生重情重义；还有千机门门主笑众生，此人擅长玩弄心机权术，是个狠角色。其实这两人跟小时候的秦归陌曾有过一面之缘——当时还在秦地长孙欣的十岁生日宴上，只是双方后来都不知道罢了。

此外，盐帮帮主任疤生的豪迈，风流寨寨主韩嵩的多情，秦归陌在江湖中道听途说下也知道不少。至于其他豪杰，他此前并无多少了解。

其实这些他都不甚在意，他真正在意的是——秦归陌看向自己的手臂，斑点几乎已经褪去，再看不出痕迹；这些日子以来偶尔的梦境，也不得不让他相信那个人的话。可是，他还是想再次见到对方本人，问清楚一切来龙去脉！

没错，那就是——摩仑，此刻的秦归陌最为迫切想见到的人！

七十五
谜团重重

"你是在找我么？呵呵哈哈哈！"这熟悉的声音？摩仑已经到了，就在现场！秦归陌立刻断定！可他四下环顾，却无法发现对方的身影！

"别东张西望了，你找不到我的！好好看戏吧！"

这种传音之术，只有秦归陌一个人能听到。

此时，现场爆发出热烈呼声，场面顿时热闹起来！原来，是有个重要人物出场了！那就是中州圣坛的聂老！没有人知道他的真名，没有人知道他的真实年龄，更没有人知道他真正的实力！几十年来，尽管风云变幻，尽管各种势力新老交替，就算是各地世家也会有一夜倾覆之虞！但中州圣坛，却永远不会垮台！就因为他的存在——被誉为是这块大陆上最强的男人！

只见他慢悠悠地踱到中间坐好，双手示意大家安静。而在他的左右两边，也各自坐着一位老者，同样的气场，同样的深不可测！

这就是中州圣坛的实力么？即使是现在的秦归陌，也明显感受到了那三人强大的气场，暗自运起内力来抵御这份压迫感，尤其是那个聂老！

哦？聂老一直眯缝着的双眼微微睁开，似乎是无意地朝秦归陌这边一瞥：似乎是更有意思了啊。

他注意到我了？秦归陌心中一惊，表面上仍不动声色。

"中州逐鹿大会虽说是十年一次，但向来是武林盛事！只不过，这一届，可能最为热闹了罢！"

聂老缓缓地，沉着声音说道；音虽不大，但却能穿透空气，清晰地传达到现场每个人的耳朵里。光是这份内力修为，就让人叹为观止。

只不过，谁都没有想到，聂老的开口第一句，竟是这样。大家，都在等着后文。

"因为，不少魔教中人，也都混了进来。"聂老继续说道，依旧是面无表情。

什么？此言一出，现场顿时大乱，议论纷纷！魔教不是早就被消灭了么？怎么又死灰复燃了？而且还是在这中州圣域之中！那对方的胆子也太大了吧？要知道，上一次双方大战还是在空旷的野外，那样情况下魔教都败了，这次居然敢深入有诸多禁制的圣域之中，那不是等于找死？聂老莫不是在开玩笑吧？

一片恐慌之中，也有人试图冷静分析。怕什么？在这圣域之中，只要对方真的敢来，我们今天这么多高手在，鹿死谁手还不一定呢！对！大不了拼个鱼死网破！上一次大战那是老子没在，我要是在，魔教早就给灭了！说得是啊，上回我也是没赶上，这回他们要是敢来，我保管让他们吃不了兜着走！就是就是，有聂老和圣坛在，怕个锤子！

嗤！这些个"高手"，还真是不要脸！暗处的摩仑轻蔑一笑：是"没在"还是"没上"，是"没赶上"还是"没敢上"，恐怕只有他们自己心里清楚了！还"拼个鱼死网破"？这些个所谓"正道中人"，所谓"名门正派"，当初要真是这么齐心协力，自己这边绝对讨不了好果子吃！

"到头来还不是各怀心思，保存实力！"

"恶心！"

"少主犯不着和这些蠢货一般见识！"

旁边三个人随即附和道。

"哼，那是自然。"

尽管如此，可在场的大部分人还是认为不太可能，所以才有各种"豪言"和"叫嚣"；看来聂老这开场白并不好笑阿，果然大家都以为聂老是在开玩笑，刚刚绷紧的神经也渐渐放松下来。

只有秦归陌等极少数人清楚，这绝对不是玩笑，而是事实！

"摩仑，你就在现场的某个角落吧？"秦归陌暗暗思忖着。

"既然来了，便是客人！诸位还是快快现身吧！"场面略微安静之后，聂老缓缓抛下这一句。

霍霍霍霍霍！五个身影箭射而出！正是——

赤练仙子，黄眉道人，蓝瞳道人和紫发道人！站在最前面的，正是摩仑！

在场众人可能并不识得摩仑，但其余几人这么鲜明的特征，怕是都认出来了！昔日的魔教六大护法，除了绿袖仙子和青木道人，全都到齐！

这下子，却是验证了聂老的话并非玩笑；而刚才那些个叫嚣的"高手"，此时全都灰溜溜地低着头，面色相当难看。

"老家伙，好久不见啊！"摩仑眉头一扬，轻佻道。

"呵呵呵，没想到，返婴术真的成功了！"聂老仍淡淡道，"不过，我劝你们还是死了这条心吧，已经被放逐的人，怎么都是回不去的！"

"那可未必！"

"怎么，难不成你要强闯传送门？别忘了——"

"区区八千铁骑而已！我的一万重装骑兵已经在路上了！"

"哦？看来准备很充分啊！"

"摩仑！这一切到底是怎么回事？"此时，秦归陌再也忍不住了，跃上看台，焦急问道，他心中实在是有太多疑惑了！

"这位小友，似乎也是你的族人吧。不过他的身上，可比你们正气多了！"

聂老看着秦归陌，眼中有着深意。

"梦境之中，还不够清楚么？"摩仑嗤笑，"如果我没猜错，你应该就是绿袖和青木的孩子吧。呵呵呵，那两个家伙，还以为一切都能和平解决，真是天真！"

"什么！谁的孩子？"秦归陌异常震惊，"我怎么可能，是魔教护法的孩子？"

秦归陌接受不了这个事实！

"到头来，还不是死在他们手里！"摩仑指着聂老，挑衅道。

"可惜，可惜。"聂老的神色略微动容，"我只能说，那是一个意外……"

"你们把话说清楚！"秦归陌大手一挥，吼道！

"这，这枚戒指——"聂老指着秦归陌拇指上的绿色戒指，双目睁开，脸上第一次有了表情，"怎么来的？"

"自然是家师留给我的！"秦归陌抚摸着这枚戒指，恩师彦一真人仙逝几近两年，自己还是前两天特意戴上这枚戒指，以示纪念。

"真是天意。哎！"聂老不由得叹了口气！

"彦一兄，连你，也不认同我的做法么？"

七十六
诸方混战

"你们回不去的！"聂老摇了摇头，"就是我自己，也是不可能再回去了，除非——"

"除非什么？"对面的六个人齐声问道。

"除非禁制破开，传送门大开。但——"聂老面色沉重，"即使那样，也未必能够成功！绿袖和青木这两个孩子，可惜了……"

"老家伙，我知道你可以解除禁制，能不能成功，你就不要多管了！"一身红衣的摩仑蓄势待发，伺机发难。

"我虽然不认同你们双方的做法，但我毕竟守护了这块大陆六十年！"聂老的衣袍无风自动，强大的气场迅速压迫对面众人，"所以，必须履行我的职责！"

"哼！那就是没得商量了！"摩仑鬼魅的身影一闪即逝，率先发难。

"断念指！"

"金钟罩！"

只听嗡的一声，聂老的周身便覆盖上了一圈金黄色的大钟，掷地有声。

铿！断念指未能击穿后者，反而是弹射偏出，余劲不减——

"哎呀！"现场的某个"高手"反而是遭殃了！

此时，见到主会场看台上已经打了起来，底下的"群雄们"开始不淡定了，各怀心思：是这个时候马上参战，显露自己，博得声名呢？还是按兵不动，保存实力呢？还是静观其变，最后见风使舵呢？

最终，只有少部分挺身而出，而大部分则选择了看戏。

啧啧啧，这就是"高手"，这就是所谓"正道中人"和"名门正派"！

已经被魔教所支配的"神驹营"此时足以应付这些少部分豪杰。

同样需要表明立场的还有中州十二地的代表们，这些人的影响可是举足轻重了，一旦站了边，局势就完全不同了！

离得最近的就是楚地的不老峰和燕地的燕家堡了。燕十一二话不说，冲着蓝瞳道人就去了，在他眼中：正邪势不两立！

而不老峰的乔一凡，略微犹豫了一下后，选择了按兵不动，同时紧紧攥住了右手拳头，没有人注意到，那里只剩四根指头了。心中却在暗忖：上一回大战，逞强的几个老家伙死了四个，剩下四人中，阎老头子这肺痨怕是没救了；任疤生后背上几个大口子这辈子也除不去了；自己的无名指也再难续上；而笑众生，估计此后再也不敢出头逞强了吧？

果不其然，阎罗门、盐帮，还有千机门三地代表们，也都是按兵不动。

而风流寨、千毒教、弃剑山庄现在当家的这些小辈们，自然是要为父辈报仇的！

此时，赤练仙子和黄眉道人分别迎战圣坛的另两个老者，前者均势，后者小劣；而摩仑一人独斗聂老，似乎是久攻不下；蓝瞳道人与燕十一激战正酣；剩下秦归陌不知所措。

风流寨小寨主韩嵩直接找到紫发道人，"我风流寨向来御风厉害，比划一下？"却也不像是寻仇的模样，反而倒像要切磋轻功。

"乐意奉陪！"紫发道人瞬间没影。

"我去！这么快！"韩嵩咬牙紧追而去。

千毒教的凉生和弃剑山庄的吴谋两位少主眼看着没对手了，这怎么行？父辈的大仇怎能不报？便齐齐盯上了秦归陌——这家伙，看来也是魔教中人，先干掉再说！

而秦归陌，此时仍陷入沉思之中，还在想着之前摩仑和聂老的对话：父亲是青木道人？母亲是绿袖仙子？还有彦一师父，你们，到底希望我怎么做？却浑然不觉，两个充满杀机的敌人正在向自己逼近！

"小心！白痴！""秦大哥！""归陌！"

从不同方向传来了三声惊呼！然而秦归陌仍然是呆在原处！

摩仑眼角的余光瞅着自己的这个族人，"哎，真是个白痴！"但是，却无暇顾及，这个聂老，实在是太难缠了，看来自己此前大大低估了对方的实力！

"哦？还有余力他顾？看来我给你的压力还不够呵！"聂老振臂一甩，一道气劲激射而出。

"鬼步——瞬闪！"摩仑急速躲避，但听"嗤"的一声，他的肩膀上还是裂开了一道口子，殷红的血渗出，衬着红色大衣，分外绚烂。

"你根本不是鸿筠！"聂老眯缝着双眼，犹疑问道，"难道是返婴术失败了？"

"呵呵哈哈哈！"摩仑鬼魅一笑，"你猜呢？"便又迅速拉开距离。

……

"呵呀！""唔！"此时，秦归陌的左右两边，出现了一白一紫两个身影，一个手执银色长鞭，替他挡住了千毒教凉生的袭击；另一个握着"情投"软剑，为他拦下了弃剑山庄吴谋的偷袭。

但是，却因为双方的实力差距，纷纷受伤被弹开；而这两人，自然就是薛采芝和长孙欣了。

直到此刻，秦归陌才回过神来：天哪，我到底在做什么？

"小欣，你怎么样？"秦归陌赶紧抱住小欣，关切地问道。

果然，秦大哥，最爱的还是你呵！另一边，薛采芝倒在地上，绝望地闭上眼睛。

"咳咳，我没事！"长孙欣勉强道，"你快去看看采芝妹妹，她好像中毒了。"

秦归陌顺着长孙欣的目光看去，这才注意到薛采芝已经倒地不起，面色苍白。

"薛贤——采芝，采芝！"秦归陌急忙改口，"你别动，我马上帮你治疗！"

"不，不用了！"薛采芝还是闭着眼睛，流泪道，"来不及了，已经，都——"

"什么来不及了？都什么？"秦归陌一下子慌了神，语无伦次地问道，"你怎么来的？薛叔叔呢，剑心长老他们呢？"

"都死了，全，全都死了！"薛采芝的情绪波动很大，全身都在剧烈颤抖着。

这个时候，凉生和吴谋可没有闲着。既然一击未能得手，那就再来一次吧！

"去死吧！魔教异端！"两个人的眼里满是恨意，杀意更浓！

"臭小子，还不还手！"一个熟悉的声音响起！

此时，圣域里早就开启了禁制，整个大会现场已经被牢牢封锁，里面的人出不去，外面的人也进不来。那些在外场看热闹的人群，除了极少数胆大的，几乎都躲得远远的。

"轰隆隆！轰隆隆！"最外围，本来巡逻的八千铁骑正在迅速集结，因为——"魔教"的一万重装骑兵已经出现在视野以内。

七十七
新仇旧怨

"咳咳！咳咳咳！"

"爹，你没事吧？"

"没事，看样子，情况只会越来越糟！"阎老头子紧皱着眉头，二十几年前的那场大战让他仍然心有余悸：那个鸿钧，太可怕了！自己能活下来，真是万幸。

"爹当年还是太冲动太逞能了，差点就断送了阎罗门的基业。咳咳咳！"阎老头继续道，"青儿，到时候看情况，你带着主力先悄悄撤走。留得青山在，不怕没柴烧！"

"好的，爹！"

"走？往哪走？"一个声音冷冷地响起。

"谁？"父子俩同时回头，只见一人面色阴郁地站在一旁，充满杀意。

"阎青大少爷？找到你可真不容易。"开口的正是柳庄主。

"哦？找我何事？"阎青装作不知情的样子，其实此前手下早已报了消息上来，说是"那个人"要来找他报仇。

那又怎样，堂堂阎罗门，难道还怕他一个江湖疯狗？

"这雌雄双股剑，你还记得么？"柳庄主抚摸着双剑，脸上满是回忆。

"怎么回事？""爹，没事。您就别管了。""哼，你的那些破事，自己擦好屁股，别坏了阎罗门的名声！"

噗，阎罗门还有好名声么？阎青自己都差点笑了出来，不过在他老子面前还是忍住了。

"哦，你或许早就忘了。那么，幽若呢，这个名字你还记得么？"

"哈哈哈，我玩过的女人那么多，怎么记得清楚哪个是哪个？"阎青故作轻松，"要不你帮我回忆回忆？"

"无耻！"柳庄主仗剑刺去，依旧面无表情。

"哦！我想起来了！"阎青矫健地避让过去，挑衅道，"味道很润！哈哈哈！"

"罪不可恕！"柳庄主终究是被激怒了，向着对方疯狂地攻了过去。只不过，剑法很普通，对方都能避让过去，一边交手还一边出言讥讽。

"怎么？就只有这两下子？"

"我还以为寻仇的是个什么高手，原来是个疯子！捣毁分舵很威风嘛！"

"哎哟，敢和阎罗门作对呢，我好怕！"

这剑法，他再熟悉不过了，虽然很普通，但满满的都是回忆。十年前，他和幽若几乎是天天对练，那个时候，他还使的是绣春刀。刀剑合并，琴瑟和鸣，那个时候，是多么快乐逍遥啊！可是，一切都被这个人给毁了，给毁了！

"必须，碎尸万段！"柳庄主心中默念着。

啪！嘣！剑断了，心死了，回忆——也结束了！

"啧啧啧，剑都断了，怎么办呢？"那头的阎青好整以暇，浑然不觉自己的死期已经将至。

柳庄主弃了剑，默默裹好剑身，轻轻地放到一旁。似乎是吁了一口气，又似乎是在向过去告别。接着，猛地睁开双眼，双拳渐渐紧握，拳头处汇聚出一股蓝色弧光。

是的，当他知道自己的仇家就是阎罗门之后，他深深感到无力。因为那个时候的他，根本就不是他们的对手，可是大仇压在心头，逼迫着他只有疯狂地练习——

砰！砰！砰！一拳一拳地打在树上，墙上！鲜血早已淋满了双手，可他全然不顾，只是埋头一遍又一遍，锤炼着这双拳头，锤炼着自己的心灵。他用这种几乎自虐的方式，鞭策着自己前行，警示着自己的大仇！他用这种自我肉体折磨的方式完成了短暂的心灵救赎！

幽若，我必为你报仇！

树，倒了一棵又一棵；墙，毁了一堵又一堵。而破裂之拳，也终于练成！

"砰！"一记重拳击在了阎青的胸口，阎青根本就没反应过来，甚至此前还在嬉笑怒骂。此刻，他只能是瞪大了自己的双眼，不可置信地倒飞而去。

轰！阎青栽进人群，胸骨齐碎，内脏俱损，扑棱了几下后，便再也不动了。

"我等这一天，很久了！"柳庄主默念。一方面，是阎青轻敌了；另一方面，他这一招，已经练得无比熟练，讲究的就是一击必杀——快、准、稳、狠！

为了防止出现意外，柳庄主这次用上了平时练习时的双倍爆发力，已经超过了自己的极限，因此，他的右手臂，此刻几乎是废了。

"青儿！"阎老头子此前还在注意这边的打斗，不过见识到柳庄主的剑法之后，倒是一点也不担心了，便又去关注中心的聂老等人的战圈。

此刻，见到自己爱子被杀，阎老头子顿时怒气大涨！

"是你？"

"是我！"柳庄主毫不回避，"要报仇，尽管来！"

"呵呵，看来你早就已经有了觉悟了！"阎老头面色狰狞，沉声道，"杀了他！"

转眼间，柳庄主已经被阎罗门众人给团团围住，这些人的身上，煞气控制得相当好，那可都是阎罗门的精英，实打实的高手！

"呼，来吧！"柳庄主已经有了必死的觉悟，他再自大，也不可能以一己之躯去抗衡整个阎罗门，何况此时几乎废了一只手，何况那边还有个老怪物没出手。

"青儿……"阎老头子抱住儿子的尸体，尚且沉浸在悲痛之中，"咳咳咳……"

面对敌人暴风骤雨般的围攻，柳庄主只能勉强应付，处处被动，难以还手，落败似乎是迟早的事情。

幽若，大仇已报！你且稍等，待我再多杀几个，就来陪你！

"破裂之拳！"再次击退一人之后，柳庄主发现对方的包围圈似乎是松了一个口子。

"柳老头！"一个熟悉的声音传来，原来是雪影长老带着弟子杀过来了，而斐一箭，斐双雕兄弟两人也加入了战圈。

呵，看来我，不是一个人在战斗啊！柳庄主感觉压力骤减，心里瞬间暖暖的。

雪影长老也不清楚自己为什么会做出这种举动。自己明明是来揭穿魔教阴谋的，不过似乎圣坛那边早就知道消息了；那也应该是联合各地势力一起对抗魔教啊，怎么此时却又和阎罗门树敌了呢？后者的实力摆在那里，她的决定会葬送雪神谷么？雪影不知道，也许是他的故事感动了她，也许自己是为了报答上次的救命之恩，也许是之后相处的日子改变了她的想法，又或许自己已经——？

雪影不知道，她只知道——这个决定，她不后悔！

七十八

幡 然 醒 悟

一片混战中，虽然双方的整体实力有着差距，不过靠着柳老头，雪影，还有斐氏兄弟的发挥，总算是稳住了局势。不过雪神谷的普通弟子，倒是伤亡惨重，雪影长老的脸色显得很难看。

"对不起，让你为难了。"柳庄主愧赧道，"为了我……"

"哼！"雪影长老仍是冷冷地，"尽说这些没有意义。"

"真正棘手的麻烦来了！"连斐氏兄弟都紧张起来了。

"都让开！废物！"刚刚痛失爱子，阎老头子已经快要暴走了，此时看到凶手还是安然无恙，终于决定亲自动手了！

对方步步逼近，面色乌青，周身的煞气此刻完全解封，毫无掩饰地散发出来，腥臭无比；那样子，那表情，就像刚从地狱中走出的阎王一般！

人们只道他外号阎王，其实本名连他自己都扔了不用了，此时的他，就是阎王！

阎王的目标很明确，就是柳庄主！

"阎罗煞！"迅猛而粗暴的攻击，没有任何花招！

"破裂之拳！"柳庄主咬牙，迎了上去！

砰！阎王只是稍稍退了一小步，而柳庄主却是"蹬蹬蹬"向后连退了好几步才稳住身形，沿途还撞毁了一些桌椅杯盘。

可恶！要是我右手无碍，双拳尽出，也不至于落得如此下风。柳庄主心中想着。

可是阎王却并不打算给他时间思考，一击未果，便又欺身上来！

"咻！"但听一声清啸，阎王的动作似乎是缓了一缓，同时三支利箭向他疾射而来。

"啪！啪！"电光火石之间，阎王靠着本能挡掉了其中两箭，可最后一箭还是射中了他的臂膀。

"唔！咳咳咳！"阎王心下骇异，刚才的幻听是怎么回事？要不是自己机警，最后一箭命中的可就是自己的咽喉了！当下循着来箭的方向望去——

斐氏兄弟也是吃惊不小，他们这"一箭双雕"的配合之前还从未失手过。老大这次为了求稳还连射三箭，老二模仿的雕声虽然成功干扰了对方的神志，但也只有那么一瞬，看来面对顶尖高手，这种杀伤还是不够啊。

话虽如此，阎王可不敢大意：这两个人，威胁很大。因为未知，所以畏惧。阎王不知道刚才的幻听是什么情况，所以此时必须先除掉这两人！

"噗！"拔出箭头，阎王暴怒，直奔兄弟二人！

"破裂之拳！""幻影之舞！"柳庄主和雪影长老二人联手，挡在了斐氏兄弟的面前，拦下了阎王的攻击。

兄弟俩立刻拉开距离，再次寻找着机会，在战圈外不断给阎王施加压力。

四战一，竟然只是个小优局面。

此时的阎王十分烦躁，如果只是面对眼前的两人，他足以轻松应对。可是那时不时的冷箭，还有那该死的幻听，让他吃了不少闷亏：挨了柳庄主两拳，受了雪影长老一掌。反观对面，也没讨到好处：柳庄主和雪影长老都在交手中受了伤，而斐氏兄弟也要面对阎罗门其他高手的骚扰，给予阎王的压力也越来越小——

更为关键的是，老二的雕声幻听，对同一个人的效果是越来越差的；而阎王似乎也是察觉到了这一点，虽然前几次吃了亏，不过自己好歹挺过来了，虽然也拼得受伤，但还不足以致命！

"哈哈哈！去死吧！"交手中已然发现雪影的实力较弱，阎王决定先行除之。

"小心！""砰！""噗嗤！""柳老头！""唔！"

"咳，快，动手……"

千钧一发之际，柳庄主替雪影长老挡下了这致命一击，转身死死地抱住了阎王——

"滚开！"阎王刚想挣扎，却发现自己竟又无法动弹了。

"咻——"斐双雕知道机不可失，拼着自损的风险发出了最长的一声雕鸣，之后便"哇！"的一声吐出血来。

"动……手……"

"噗噗噗！"斐老大知道柳庄主心意已决，含泪射出了三箭，贯穿了紧紧抱住的二人——从咽喉，心口和肺部三处。

"不！"雪影长老绝望地吼道，"不要！"蓄出全力一掌，打在了阎王的脑袋上，可怜的阎王刚刚恢复一丝神志，便真的去见了阎王了。

鲜血喷了对面的柳庄主一脸，狰狞，血腥，而又恐怖。可是雪影长老却全然不顾，"为什么？为什么又要救我！"

"咳咳咳……"柳庄主气若游丝，"你真的，很特别……"

幽若，我来了。当年没能保护好你，这一次，我做到了……

"你别睡啊！"雪影长老拼命摇着柳庄主，"柳老头，你醒醒！"后者，却再也醒不过来了。雪影长老感觉自己的心很痛，非常难受。这种痛，不同于身体上受的伤，这种痛，煎熬而又折磨，也更难治愈——

直到此刻，她才明白这种感受；直到这时，她才懂得什么是爱；也只有这时，她才理解当初雪千寻谷主的义无反顾。

可是，一切，都太晚了。

……

"臭小子，还不动手！"就在凉生和吴谋想要再次动手的时候，一个熟悉的声音想起！

是长孙离！那个自己一直想证明给他看的男人！

"火焰双枪！"秦归陌旋即清醒，双掌分别迎向凉生和吴谋两人，炽热的火焰生生将对方逼退。显然，秦归陌并没有起杀心，尽管对方是一副要拼命的样子。不过在他们看来，正邪确实不能两立，而自己现在，则是已经被贴上了魔教的标签，秦归陌能够理解。尽管如此，已经七重神功在身的秦归陌，虽然只是使出了"火焰双枪"的招式，却足以让那二人狼狈不堪。只见那两人被火焰逼退之后，均是面露痛苦之色，齐声问道："你是谁？"脚下却是丝毫不敢动弹！

仅仅只是露了这一手，不少人却都停下了打斗。

七十九
落叶归根

"哟！进步神速嘛！"摩仑嬉笑道。

"年轻人，当真是后生可畏！"连聂老也忍不住夸道。

燕十一这才注意到一旁的长孙离，"离兄，你怎么成了这副模样？"

长孙离此时头上脸上全都缠着绷带，要不是这声音，燕十一还真认不出来。

"还不是拜她所赐，要不是趁我不备——"长孙离努努嘴，盯着赤练仙子。

"怎样？"赤练仙子满脸不屑，"手下败将！"

"这小子，莫不是当初在那个小欣十周岁生日宴上出现的家伙？"

"爹！十一叔叔！"长孙欣这时候已经缓过神来，接着默认般点点头。

"没错，当初确实是我看走眼了。这小子现在可是今非昔比了！"虽然很不情愿，长孙离还是承认了。

"哈哈哈，我就说嘛，我当时就很看好他！这小子果然没让人失望！"燕十一倒是笑得很豪迈，"怎么？现在相信小欣的眼光了吧？"

"哼，现在还言之过早！先过了眼前的危机再说吧！"长孙离仍然摆出一副臭架子。

"说得也是！"燕十一看向秦归陌，"喂，小子，你站哪边？"

"我？站哪一边？"秦归陌突然有点发蒙。

"废话，他是我们族人，当然站在我们这边！"摩仑一脸自信。

"放屁！他都马上是长孙离的女婿了！当然站在他未来岳父这边！"燕十一快人快语，丝毫没有遮遮掩掩。

这个时候，双方都看出来秦归陌的非凡实力，都想极力拉到自己这一边。哪边有了这么一个生力军，哪边的胜算就大大提高了！

"喂，白痴！你自己选择吧！别忘了，你的亲生父母可是死在这个聂老头手里的！"

"罪过罪过。"聂老双掌合十，"我不杀伯仁，伯仁却因我而死。"似乎是变相承认了！

"他们血洗了神驹营高层，你哥哥也……"

"我哥他怎么了？"长孙欣紧张问道。

"多半死在他们手中了。而且——"长孙离话锋一转，指着薛采芝对着秦归陌说道，"她爹，薛老弟，还有随行的一伙人，也全都被他们屠戮殆尽！"此时的薛采芝面上仍毫无血色，只是不断流泪，听到这句话，身体却又剧烈颤抖起来，似乎是在回应。

长孙离虽然逃了出去，但这么多年的根基，心腹还是不少的，这些消息，他自然知道。此时，他虽然说的句句都是事实，但谁都看得出来，有极力拉拢秦归陌的意思。

终于得到对方的肯定与重视，秦归陌却一点也高兴不起来！此时的他，又面临人生的重要抉择！一边是自己所谓的"族人"，另一边为首的竟是疑似害死自己亲生父母的元凶，似乎很好站队；可是，这一边，有小欣，有他的父亲——自己一直想证明给他看的男人，有薛采芝，有太多让他牵挂的人，而那边，却戕害了许多与他关系亲密的人！

怎么办！如何抉择？秦归陌觉得自己十分无助！

轰隆隆！轰隆隆！铁蹄声越来越近！现场也越发骚乱，很多势力也都蠢蠢欲动。

"你们真的要硬闯传送门？"

"老头子，你知道的，我们只是想回去，而并不是向天下树敌！"

"你们回不去的，青木和绿袖就是个例子！总是要有人牺牲的！"

"你什么意思？他们难道不是被你害死的么？"

"我想，鸿筠大概没告诉你们一切真相吧！"聂老叹息一声，"就算凑足了八个族人，启动了传送门，除了正中的他，其余八个，生还的几率不足三成！"

"什么？""他从来没跟我们说起过！""我们六个，加上左右二使，他都许诺能一起走的！""你一定是在编织谎话！"

赤练仙子，黄眉道人，蓝瞳道人，紫发道人全都表示不信！

"信不信由你们！况且就算你们回去了，又有什么用呢？"聂老叹了一口气，"在这块大陆上，也许你们尚能呼风唤雨，到了那边，只不过是蝼蚁一般的存在罢了。"

"我们凭什么信你？"摩仑脸一昂，桀骜着。

"你以为，我就不想回去么？"聂老突然抛出这句话，大家都听蒙了，难不成——

"聂正风！你在说什么！""想想你的家人！"旁边的两个圣坛长老厉声呵止！

摩仑和赤练立刻制服了其中一个，秦归陌也制住了另一个，好让聂老继续。此刻，大家的目标是一致的，那就是：真相！

"我不知道什么原因，鸿筠的返婴术失败了，我想，如果此刻他在这里，一定会很有趣吧？"

秦归陌心中一动：看来两位谷主心中最终还是念着天下百姓的，担心又一次生灵涂炭。

"还有彦一兄，我佩服他的果敢和选择！"聂老转过头，看向秦归陌，"但愿我现在的决定还不晚。"

"我可以为你们开启传送门，但是你们现在凑不够九个人了，九星阵上的空缺位置怎么办？"

大家面面相觑，算上秦归陌他们也只有六个人。

"如果有三人甘愿牺牲自己，那么除了正中主位，其他五人的存活率将提高到六成！"

说完，聂老开启了传送门，径直走向一个阵点，而其他两个长老也被他控制着落入另两个阵点。难道说？

"聂正风，你敢！"

"怎么样？想清楚了没有？六成几率，也不是很高！"

"落叶，总归是要归根的！"秦归陌毅然决然地走向其中一个阵点，自从梦境出现之后，他的内心其实一直也在等着这一天。

摩仑等人也没有迟疑，迅速走入阵中。

"传送门即将开启，法力风暴就要来临。祝你们好运！"聂老最后轻声叹道，"六十年了，我也累了。"

东海仙岛，我的故乡啊，我回来了。意识消失之前，秦归陌喃喃着。

xú miǎo tōng jiè，cuī yǎn kuān yán。
徐　邈　通　介，崔　郾　宽　严。

yì cāo shǒu jiàn，guī zuì wèi jiān。
易　操　守　剑，归　罪　遗　缣。

十　五　咸
shí wǔ xián

shēn qíng zǐ yě，shén shí ruǎn xián。
深　情　子　野，神　识　阮　咸。

gōng sūn bái zhù，sī mǎ qīng shān。
公　孙　白　纻，司　马　青　衫。

dí liáng bèi zèn，yáng yì méng chán。
狄　梁　被　谮，杨　亿　蒙　谗。

bù zhòng yī nuò，jīn shèn sān jiān。
布　重　一　诺，金　慎　三　缄。

yàn shēng fēi shǎo，zhòng jǔ bù fán。
彦　升　非　少，仲　举　不　凡。

gǔ rén wàn yì，bú jìn zī hán。
古　人　万　亿，不　尽　兹　函。

图书在版编目（CIP）数据

龙文鞭影/乔天一译注. —北京：中华书局，2012.11（2025.1重印）
（中华蒙学经典）
ISBN 978-7-101-08809-0

Ⅰ.龙…　Ⅱ.乔…　Ⅲ.汉语-古代-启蒙读物　Ⅳ.H194.1

中国版本图书馆 CIP 数据核字（2012）第 164203 号

书　　名	龙文鞭影	
译　　者	乔天一	
丛 书 名	中华蒙学经典	
责任编辑	吴麒麟	
装帧设计	毛　淳	
责任印制	管　斌	
出版发行	中华书局	
	（北京市丰台区太平桥西里 38 号　100073）	
	http://www.zhbc.com.cn	
	E-mail:zhbc@zhbc.com.cn	
印　　刷	中煤（北京）印务有限公司	
版　　次	2012 年 11 月第 1 版	
	2025 年 1 月第 11 次印刷	
规　　格	开本/700×1000 毫米　1/16	
	印张 17½　插页 2　字数 120 千字	
印　　数	51001-56000 册	
国际书号	ISBN 978-7-101-08809-0	
定　　价	35.00 元	